COLLECTION FOLIO

Richard Millet

Dévorations

Gallimard

Né à Viam, en Corrèze, en 1953, Richard Millet a passé son enfance au Liban. Il vit et travaille à Paris. Romancier, essayiste, il a publié une quarantaine d'ouvrages, parmi lesquels *Le sentiment de la langue*, *La gloire des Pythre* (Folio nº 3018), *Lauve le pur* (Folio nº 3588), *Ma vie parmi les ombres* (Folio nº 4225), *Le renard dans le nom* (Folio nº 4114), *Le goût des femmes laides* (Folio nº 4475), et *Dévorations* (Folio nº 4700).

Les chiens dévoreront Jézabel dans les champs de Jezréel. Tout membre de la famille d'Achab qui mourra dans la ville sera dévoré par les chiens ; et celui qui mourra dans les champs sera dévoré par les oiseaux du ciel.

I Rois, 21

Notre vie est de nature microscopique.

Schopenhauer

I

Nos noms ne diront rien à personne : le mien pas plus que le sien, son vrai nom, du moins. Je ne les donnerai pas ; ils resteront tapis dans nos bouches, au fond du cœur, sous la terre noire et lourde. Bien plus que les visages, les noms ne nous distinguent que pour faire oublier ce que nous aurons été. De la buée sur une vitre ouverte. Ce qu'un doigt d'enfant mort trace dans le ciel. Et cependant il avait été écrivain, lui, un écrivain connu, sous un autre nom, c'est vrai, et il avait tout attendu de l'écriture : l'amour, ou plus simplement les femmes, et la gloire, bien sûr, tout en sachant qu'elle ne cesse de se dérober, cette gloire où mordre plus amèrement que dans aucun citron ; une gloire qui n'a aujourd'hui plus cours, disparue avec le nouveau millénaire, comme tant de choses de ce qui est désormais l'ancien monde, me dirait-il avec un sourire d'enfant contemplant les jouets qu'il a brisés. « J'ai pourtant été humble ; c'était même ma seule forme d'orgueil », ajouterait-il le jour où, croirais-je, il me regarderait enfin comme une femme et non en servante d'auberge. J'étais peu habituée à de tels égards, surtout dans le langage, et je n'osais pas soutenir son regard — celui d'un homme au sourire las, presque triste, lointain. Un vieux, aurais-je pu penser, bien qu'il n'eût pas vingt ans de plus que moi ; en tout cas plus âgé que ceux qui m'avaient approchée pour autre chose que ma qualité de serveuse ; et non pas le plus beau mais quelqu'un qui me changeait des gars de Saint-Andiau et du haut Limousin ; des gars sans séduction, ni très intéressants ni particulièrement méchants ; des types aussi peu instruits que moi, et mal dégrossis, même s'ils ne touchaient presque plus à la terre ou aux bêtes, travaillant pour la plupart dans des villes peu éloignées, Ussel, Meymac, Égletons, qui constituent un triangle dont les côtés enserrent une campagne à peu près déserte. Il y a longtemps que nous ne sommes plus des paysans, ni tout à fait des ruraux ; des provinciaux, à la rigueur, mais sans l'espèce d'importance que se donnent ceux qui habitent les grandes villes de province. Nous ne sommes pour ainsi dire rien ; aucun nom pour désigner les habitants d'un petit bourg qu'on traverserait sans le voir, n'étaient, juchées sur leurs buttes respectives, et toutes deux tournées vers l'ouest, les masses du prieuré et de l'école publique. Nous vivons dans un paysage qu'on s'accorde à trouver sauvage, rude mais beau, et que nous voyons, nous, sans le regarder, parce que nous sommes là depuis toujours, et que nous y finirons probablement nos jours ; et il m'a fallu le rencontrer, lui, l'ancien écrivain, pour comprendre que je l'aimais, cette terre où je vivais sans me poser de questions, sans me plaindre, sans songer, comme tant de jeunes gens, à aller vivre ailleurs, étant de Saint-Andiau comme on a les cheveux châtains ou le nez droit, et destinée à vieillir dans ce qui devient peu à peu une cité-dortoir, une bourgade quelconque, endormie le long de la route nationale, au bord du haut plateau granitique où il était né, lui, l'ancien écrivain, à une soixantaine de kilomètres de là, dans ce village de Siom où je n'avais jamais mis les pieds et où il ne m'emmènerait pas, ayant rompu avec tout ça, ne parlant plus de ce qu'il avait été, de ce qui lui avait fait vouer sa vie à cette chose qui me reste étrangère et me paraît inutile, hormis les Saintes Écritures : la littérature ; et non seulement le fait d'écrire, mais aussi la lecture ; ce qui, lorsque je le lui ai avoué, l'a laissé indifférent, donnant même à son sourire, ai-je cru comprendre, quelque chose de joyeux, cette indifférence étant peut-être ce qui, comme le dégoût des livres, comme les corps, pouvait nous rapprocher l'un de l'autre, puisque l'indifférence est ce à quoi tout homme aspire, une fois éteinte la mauvaise lueur qui rôde dans ses yeux quand il s'approche d'une femme sans lui parler ou bien avec des mots qui ne valent pas mieux que le silence. Et il m'avait regardée, lui, comme s'il venait de se délivrer en moi, dans ce ventre sur lequel il aurait pesé de toutes ses forces comme un timon de charrette avant de pousser dans la nuit un cri d'enfant ; dans la nuit de mon ventre, aurais-je aimé croire face à cet homme qui me regardait comme une bête morte, et en ayant pitié non pas de moi mais de lui-même, se voyant peut-être en moi tel qu'il était autrefois, enfant, dans ce Siom dont il ne prononçait jamais le nom, décourageant toute curiosité, tout mot, tout geste, ne voulant pas de moi, m'abandonnant à ce qui me dévorait le ventre et qui était tout autre chose que l'alternance de colique et de constipation qui est le lot des femmes seules, des vieilles filles, des pauvres femmes, comme on disait encore à Saint-Andiau où l'on ne parlait jamais du sang menstruel, ni des affaires féminines, de rien de ce qui relie les humains aux mouvements des astres. Pourtant, je suis curieuse, perpétuellement aux aguets, et crois qu'on peut parler de tout, pensais-je en reconnaissant en lui, l'ancien écrivain, semblable goût pour ce qui ne nous concerne pas et que personne ne tient à considérer, mais qu'on ne peut faire autrement que scruter, écouter, sentir, deviner, sachant que ce qui ne me regarde pas est précisément ce que je dois accueillir, un risque ou une chance, quitte à en devenir malade ou folle, comme le jour où il est arrivé à Saint-Andiau, lui, l'ancien écrivain, à la fin de l'été précédent, celui de la canicule (mais les étés sont de plus en plus chauds, et celui-là ne sera bientôt plus qu'un souvenir exagéré, comme le reste). Je me tenais à la fenêtre de ma chambre, au début d'une soirée de dimanche, le dernier du mois d'août, cherchant une fraîcheur qui ne viendrait pas, regardant la route nationale où les poids lourds déplaçaient un peu d'air chaud et faisaient trembler les vitres et quelquefois ma brosse à dents dans son verre, ce qui explique pourquoi mon oncle me donnait cette chambre et non une de derrière, sur le jardin, qu'il réservait aux clients de bonne mine, au temps où l'hôtel fonctionnait. Il ne se décidait cependant ni à m'en proposer une autre ni à ôter de l'enseigne indiquant « Hôtel-Restaurant Chastaing » le premier de ces trois mots, lequel m'obligeait, plusieurs fois par jour, en toute saison, à répondre à des voyageurs épuisés que nous ne faisions plus hôtel, ni restaurant, le soir, ce qui était pour moi une source de honte, car on me rétorquait généralement que si nous ne faisions plus rien, mieux valait ne pas faire perdre leur temps aux gens — c'est-à-dire l'espoir de le voir s'arrêter, ce temps, de sentir ses mâchoires se relâcher, l'espace d'un repas ou d'une nuit, pensais-je en rougissant sous le regard de mon oncle qui surgissait du couloir ombreux non pour venir à mon secours mais pour clamer qu'en effet il ne faisait plus hôtel ni, le soir, restaurant, parce qu'on ne trouvait plus de personnel, ou alors des gourles, poursuivait-il en me désignant de la tête, faisant comprendre au client interloqué qu'une gourle n'est rien d'autre qu'une de ces rustaudes à quoi on en est réduit lorsqu'on veut éviter le personnel étranger. C'est ce qu'il m'avait expliqué, de sa voix basse et ennuyée, un jour de pluie, en novembre, dans le restaurant désert, debout devant la baie donnant sur la rue Neuve où les véhicules passaient avec de grands éclaboussements d'eau sale. « Bientôt nous ne serons plus rien, en tout cas guère plus que ces nègres et ces Arabes qui viennent se réfugier chez nous dans l'espoir d'une vie meilleure », avait-il ajouté en posant sur mon cou une main qui se voulait douce mais qui m'a fait horreur, parce que trop froide et que je n'étais pas habituée, moi, à de tels gestes, ni de sa part ni de celle d'aucun homme, ayant toujours considéré la main masculine comme un couteau, et que je me méfiais de mon oncle, même si je pouvais penser qu'il voulait, ce jour-là, se faire pardonner les humiliations qu'il m'infligeait en me rabrouant de cette façon, discréditant systématiquement les étrangers, refusant les cartes bancaires et acceptant les chèques de mauvais gré, et, surtout, ne se décidant pas à modifier l'enseigne de cet établissement sur le déclin, naguère un commode relais pour routiers, voyageurs de commerce ou touristes pressés ; une maison datant des années 1920, avec un seul étage, comme toutes celles de la rue Neuve, ainsi appelée à cause de l'incendie qui avait en 1884 dévoré la plupart des bâtisses à toits de chaume de l'ancienne rue de la République ; un bâtiment en granit crépi de gris, avec, derrière, s'avançant à la perpendiculaire au milieu d'un petit jardin séparé par un muret en pierre moussue d'un pacage où paissaient les dernières vaches qu'on verrait dans Saint-Andiau, une longue salle basse en parpaings, construite en 1946, et abritant la seule activité qui nous permît de survivre, mon oncle et moi : ce restaurant pour lequel il avait appris à faire la cuisine, à la mort de mes parents, lorsqu'il s'était retrouvé avec une enfant de dix ans sur les bras et qu'il voyait bien que je ne ferais pas plus d'études que lui, qui avait jusque-là secondé son frère en tant qu'homme à tout faire de cet hôtel-restaurant Chastaing dont ni mon père ni lui n'avaient changé le nom, jugeant qu'il était mieux que le nôtre et que ça maintiendrait la clientèle, et tout d'un coup s'en retrouvant le patron, puisque je n'étais pas majeure, songeant à vendre mais, faute d'acquéreurs, forcé de se débrouiller tant bien que mal pendant une vingtaine d'années, et puis abandonnant l'hôtel pour le seul restaurant, et, récemment, le repas du soir, par manque de clients réguliers, ou par fatigue, ou désespoir, en cela semblable à bien des gens du haut plateau limousin ; semblable aussi, pourquoi pas, au moins pour la mélancolie, à l'homme que j'ai entendu taper du doigt au verre dépoli de l'entrée, en ce dimanche de canicule. Un homme qui, pas plus que les autres, ne pouvait être attiré par la réputation culinaire de mon oncle dont la cuisine avait fini par se résumer, avec le temps, à un menu invariable, constitué, pour les hors-d'œuvre, de tomates ou de carottes en salade, de sardines à l'huile ou de tranches de saucisson sec ou à l'ail, de radis du jardin, le plat principal étant, lui, une côte de porc grillée accompagnée un jour sur deux de pommes de terre sautées ou de haricots verts, mon oncle ayant supprimé la salade parce qu'elle me donnait trop de vaisselle, puis d'un simple choix de desserts, toujours les mêmes : un bâtonnet glacé, une pomme ou une poire, le dimanche de médiocres tartelettes aux fruits achetées chez Charlier, le boulanger voisin, quelquefois des cerises et des fraises, des mûres si j'en avais cueilli assez le long des fossés, ce qui ne coûtait rien et réjouissait toujours les gogos, disait mon oncle ; toutes choses dont je me nourrissais avec répugnance et en rêvant de manger un jour ce dont je reniflais l'odeur dans les rues : lapin à la moutarde, filet de sandre au beurre blanc, poulet à l'estragon, rôti de veau, ou simples steaks hachés, ou même ces hamburgers dont les plus jeunes vantaient le goût inimitable, tout ce qui m'aurait permis d'oublier la côte de porc et le lent travail de transformation que je sentais s'accomplir dans mon ventre et qui me faisait redouter de me réveiller changée en animal, de ne savoir plus parler, de ne plus rien désirer d'autre que de me précipiter dans ma bauge. À moi, encore enfant, de nettoyer la salle, de dresser les tables, de faire la vaisselle puis, lorsque j'ai eu seize ans, une fois remerciée la vieille dame qui officiait dans la salle (mon oncle, incapable de surmonter sa timidité, ou sa haine des gens, ou redoutant de voir mal jugée sa pitance, ne franchissait jamais pendant l'heure du repas la porte arrondie qui rappelait celle d'une gargote espagnole, me dirait plus tard celui qui avait heurté à l'entrée, en ce dimanche de canicule), de servir à mon tour — en général la même espèce de clients, représentants de commerce, routiers, touristes, ouvriers agricoles : des hommes dont l'œil traînait sur mes fesses et mes seins, quoique je ne fusse guère jolie, alors, et que je ne sois devenue, comme on dit, pas plus moche qu'une autre, ma condition de serveuse et d'orpheline m'empêchant peut-être, il est vrai, de me voir telle que je suis. Seules mes formes me retenaient de désespérer tout à fait, et aussi une manière d'orgueil, ou de peur. Face à une femme, surtout si elle est socialement inférieure, un homme est toujours en éveil, à plus forte raison s'il s'apprête à être servi à table par une jeune fille et qu'il a pris l'apéritif, l'esprit vif, la langue déliée, le corps alourdi, les mains soudain plus lestes qu'une nuée de corneilles ; mais j'avais vite appris à sourire en regardant au loin, par la grande baie vitrée qui donne sur le jardin et ses deux saules pleureurs, ses trois bouleaux, sa rangée de pins bleus d'Autriche plantés par mon père, et ses chaises de plastique blanc sur lesquelles nul n'allait s'asseoir (sauf mon oncle, après le journal télévisé, l'été, avant la nuit, fumant sa gauloise avec cette satisfaction de propriétaire qui était, me disait-il, un des grands plaisirs d'autrefois, mais un plaisir aujourd'hui mélancolique, et lui un propriétaire las, qui voyait arriver la fin d'un monde en même temps que la sienne, et qui se disait que tout était semblable à la fumée de ses gauloises, lesquelles n'avaient d'ailleurs plus le même goût qu'avant) et, plus loin, les hauts sapins bordant Saint-Andiau, à l'est, du côté des fermes où aboient souvent des chiens inquiets de la tombée du jour, et au-delà, là où la grande ouverture du ciel me faisait rêver aux hommes qui surgiront peut-être, un jour, lorsqu'on ne s'y attendra plus, que l'un d'eux sera là, devant moi, comme le visiteur de ce soir d'été où il faisait si lourd que je pensais que l'odeur des côtes de porc préparées à midi ne me quitterait plus, malgré plusieurs douches, tandis que mon oncle, la face recuite, maudissait tout ensemble celui qui heurtait chez nous et les morts qui, prétendait-il, se remettaient à puer, là-haut, au cimetière, sur la butte de l'église ; paroles qui m'avaient frappée si bien que j'avais du mal à imaginer que l'odeur du porc grillé à midi n'était pas celle des défunts réveillés, tourmentés par une canicule qui avait un avant-goût d'enfer, ni que ce ne fût pas l'un d'eux qui venait de heurter à notre porte et d'en tourner la poignée, au lieu d'aller frapper un peu plus loin, le bougre, dans la rue Neuve, au café Gaudissart, par exemple, ou à l'ancien restaurant Favreau, qui ne servait plus que des casse-croûte et des pizzas surgelées, me donnant à penser que nous étions plus malchanceux ou maudits que les autres, et que nous n'avions pas eu assez de malheurs depuis que mes parents s'étaient tués, vingt-trois ans plus tôt, dans un accident de voiture. L'homme avait frappé assez fermement pour que mon oncle l'ait lui aussi entendu et m'ait crié depuis sa chambre, à l'autre extrémité du couloir, d'aller renvoyer l'intrus à ses foyers. J'aurais bien fait la morte. J'étais en slip et soutien-gorge et, par la fenêtre entrouverte et les persiennes à demi closes comme des meurtrières, j'observais les gens dans les voitures qui roulaient lentement dans la rue Neuve, fort dénudés pour la plupart et insoucieux de ce qu'ils laissaient paraître : cuisses, torses, ventres, bras rouges et gras, à tout le moins répugnants et indécents, ainsi que toute chair exhibée à d'autres fins que l'amour dans l'ombre des chambres. Mais mon oncle avait donné de la voix : j'ai passé un jean et un T-shirt blanc qui moulait mes seins, la seule partie de mon corps dont, avec mes jambes, je ne rougissais pas, et qui empêchait, pensais-je, qu'on juge mal mon visage, celui-ci fût-il rendu plus dur par mes cheveux mi-courts, encore mouillés et plaqués sur mon crâne. Je suis descendue ouvrir la porte que faisait trembler un semi-remorque chargé de rondins, tremblant moi aussi devant cet homme d'une cinquantaine d'années, un peu plus grand que ne le sont généralement les hommes des hautes terres, et qui se tenait plutôt mal, le dos légèrement voûté, le visage calme, un peu épais, les cheveux presque ras, le regard inquiet, pour peu que j'aie pu en juger, puisque je ne le voyais qu'à contre-jour, dans l'entrebâillement de la porte : quelqu'un d'épuisé, ou qui revient de loin, ou encore, dirait plus tard mon oncle qui avait fini par surgir au bas de l'escalier, dans la pénombre, mais qui ne se montrait pas, un homme revenu de tout ; un homme qui ne s'aimait pas, c'était visible, ma mère m'avait appris à les reconnaître et mise en garde contre eux, les plus dangereux, selon elle, car ils exigent tout d'une femme, sans contrepartie, parfois jusqu'au sacrifice suprême, avait-elle ajouté sans que j'aie alors compris de quoi elle parlait. Je l'ai donc regardé sans le voir ; c'était sa voix qui me le montrait, si j'ose dire, et qui dessinait son visage bien mieux que ses traits : une voix que je ne saurais décrire mais qu'aujourd'hui, là où je suis, je suis capable d'évoquer en moi comme celle de mes parents, ma mère surtout, qui continue à me parler après sa mort, non pas en surgissant dans mes rêves ou au cœur des ténèbres, mais parce que c'est moi qui l'évoque en m'entretenant avec moi-même dans la nuit de mon ventre, et aussi parce que, selon mon oncle, nos voix se ressemblent. « Une fille qui survit à sa mère est l'ombre portée de sa voix », me dirait, quelques semaines plus tard, en une de ces phrases que je me désolais de ne pas comprendre, celui qui avait frappé à la porte pour demander s'il était possible de dîner et qui, lorsqu'il parlait, semblait se moquer du monde, y compris de lui-même. J'ai répondu que nous ne faisions pas restaurant le soir, rougissant, détestant parler à des inconnus, malgré mon état de serveuse, surtout pour dire non, et donc le laissant, lui, prononcer cette phrase dont il attendait un passe-droit : « Je suis le nouvel instituteur. » Des mots qui ne lui allaient pas et qu'il proférait avec l'air de mentir non pas à moi mais à lui-même, étant, je le saurais plus tard, depuis toujours habitué à n'être rien, un écrivain étant une sorte de revenant, c'est-à-dire, selon mon oncle, pas grand-chose. Du moins était-il le nouvel instituteur, à présent ; et il restait là, sur le seuil, immobile dans le vent chaud soulevé par le passage des véhicules, attendant encore que ses paroles et sa qualité de maître d'école lui ouvrent les portes du restaurant, et me troublant assez pour que j'espère que mon oncle se laisserait fléchir, j'ignorais pourquoi, puisque le nouvel instituteur me semblait trop âgé pour ne pas être un imposteur, me disais-je en essayant de comprendre pourquoi je demeurais plantée là, devant lui qui attendait autre chose que la phrase que j'ai cru bon de lui servir : « Nous sommes fermés, le soir », sur un ton plus doux, lui laissant voir ma gêne, et le visiteur me demandant alors où dîner, à neuf heures du soir, à Saint-Andiau où tout paraissait fermé. « À Ussel : il y a un restaurant chinois qui est bon et qui ferme tard », ai-je dit un peu bêtement, vu que je n'y avais jamais mis les pieds, dans ce restaurant chinois, n'imaginant guère d'aller au restaurant, à cause de mon oncle qui trouvait ridicule de dépenser de l'argent ailleurs que chez soi pour se nourrir, surtout dans un restaurant chinois, une extravagance à ses yeux aussi grande que ce fast-food turc qui venait d'ouvrir, toujours à Ussel, et qui proposait du kebab, de nauséabonds sandwichs à la viande de mouton accompagnée de frites et d'oignons, ce qui faisait dire à mon oncle que le sandwich était en train de tuer la vraie restauration et qu'il aimait mieux mettre la clé sous la porte que de vendre des casse-croûte, même s'il lui arrivait de le faire, à la demande, pour des chasseurs ou des ouvriers, pestant en outre contre ces touristes d'une nouvelle race, randonneurs à pied ou à vélo, qui ne bouffaient rien, ou des choses compliquées, et qui, par-dessus le marché, voulaient savoir ce qu'ils avaient dans leur assiette, et aussi ces pauvres nanots qui louaient des ânes et ces tentes mongoles, des yourtes, les nommaient-ils, pour parcourir le plateau de Millevaches, comme les Huns et les Tafales, des siècles auparavant, lors des invasions barbares, certains coiffés comme des sauvages, avec des tresses très fines, ou qui semblaient de l'étoupe, et s'exprimant dans un français incompréhensible. Je me suis mise à sourire comme si le nouveau venu allait m'y inviter, à ce restaurant chinois, oui, ayant soudain ce fol espoir, et rougissant d'autant plus que mon oncle sortait de l'ombre pour proférer d'une voix aigre : « Qu'est-ce que c'est ? », une des phrases-clés de la haine qu'on voue (fût-on commerçant) à l'inconnu, à celui qui arrive dans le soir, affamé, perdu, couvert de la poussière d'un long voyage, et qu'on chasse au lieu de lui proposer de finir d'entrer, comme on disait autrefois sur les hautes terres limousines. C'est ce qu'il me ferait remarquer, plus tard, lui, l'ancien écrivain à qui j'avais encore dû répéter que nous ne servions pas, le soir, et plus fermement, à cause de mon oncle qui ne regardait plus seulement d'un air soupçonneux celui qu'il eût appelé l'intrus mais aussi le couple que nous formions sur le seuil, le visiteur et moi, celui-ci, particulièrement, en qui il devinait un suborneur, alors que j'avais trente-trois ans et qu'il me reprochait de ne pas trouver chaussure à mon pied, de ne fréquenter personne, sauf mon amie Cécile, qu'il n'aimait guère et redoutait comme la gale, tout en fermant les yeux sur ce qu'il pensait être mes secrètes amours et qui n'étaient que des instants fugitifs, des songes arrachés à la nuit et dont le bruit n'offusquait personne, surtout pas mon oncle qui, cela crevait les yeux, avait voulu me garder pour lui seul, à son service, s'étant sacrifié pour moi, aimait-il répéter, ayant refusé de se marier par fidélité à la mémoire de ma mère, cette belle-sœur secrètement aimée dès l'enfance et en quelque sorte épousée dans la mort qui lui avait retiré tout espoir en même temps qu'elle lui donnait le souvenir, la vie infinie de l'ombre. Et il me regardait, ce soir-là, en fille prête à perdre la tête pour le premier venu, en l'occurrence un type bien plus âgé que moi et qui avait l'air d'un instituteur comme lui d'un acrobate. C'est pourquoi j'ai été étonnée de l'entendre dire, dans le couloir qui menait à nos chambres, que nous aurions bien pu lui proposer ce qui restait de notre dîner, me faisant redouter, une nouvelle fois, qu'il ne voulût me prostituer, comme je l'ai si souvent craint, dès que j'ai eu dix-huit ans et qu'il m'a enjoint d'être aimable avec la clientèle, particulièrement avec les messieurs d'un certain âge capables de laisser de bons pourboires. Il m'enjoignait aussi de ne pas fermer ma porte à clé : « Seules les filles coupables s'enferment dans leur chambre », soutenait-il en me faisant passer des nuits quasi blanches qui me donnaient, le lendemain, la mine d'une fille de rien. Je n'ai pas répondu. Le visiteur s'était retiré, j'étais remontée dans ma chambre et, depuis la meurtrière de mes persiennes, je le regardais se diriger lentement vers l'école, perchée sur sa butte, à deux cents mètres de là : un vaste bâtiment de pierre à trois étages dont le haut toit fortement pentu est, pour la partie principale comme pour les deux parties plus étroites qui la flanquent (elles-mêmes flanquées de deux basses et longues salles de classe, et, sur la gauche, d'un préau abritant du bois de chauffe), hérissé de chiens-assis, de cheminées, de paratonnerres, de girouettes, avec, au centre du toit le plus élevé, une horloge éclairée de l'intérieur par un jaune de pleine lune au-dessus d'une niche à présent murée mais qui avait dû contenir un buste de Marianne ou celui d'un donateur oublié, plâtre rongé par les rudes hivers ou bronze vert-de-gris, ou encore un Jules à favoris blancs, Grévy, Simon, Ferry ou, c'était moins vraisemblable, Renard, l'écrivain dont *Poil de carotte* est, quoique je ne m'en souvienne pas, un des rares livres que j'aie lus — l'ensemble, en granit gris, couvert de lauzes, donnant l'impression d'une bâtisse seigneuriale, manoir ou castel républicain destiné à faire la nique, tout près, sur l'autre butte, à la sévère masse du prieuré fortifié, dont le nom exact est Saint-Michel-des-Anges, mais que nous nous contentons d'appeler l'église, peut-être parce que nous savons, les uns et les autres, que les anges se sont offusqués de ce que nous sommes devenus et qu'ils se sont retirés au plus haut des cieux. Quelque chose de démesuré, cette école bâtie en 1905, en un temps où l'on croyait à l'avenir de l'humanité, du moins à l'éternité d'une France dont les campagnes étaient encore peuplées d'enfants et de gens jeunes, et où le drapeau tricolore ne flottait pas à côté de celui de l'Union européenne, « laquelle est tout sauf une nation », disait mon oncle en ajoutant que c'était être un bien grand fadard que de faire comme s'il n'y avait pas eu la Grande Guerre ni la débâcle de l'autre, puis la perte des colonies, et de ne pas voir que la France ne se relèverait pas de ces saignées, de ces humiliations, de la décadence de ses mœurs. Il était entré dans la chambre voisine de la mienne et avait entrouvert les persiennes. Je n'étais donc pas la seule à regarder le nouveau venu pousser le lourd portail de l'école puis monter jusqu'à la porte des logements de fonction et puis hésiter, comme si, malgré la chaleur, il avait froid dans le couloir obscur ou qu'il eût peur, cherchant peut-être à faire entrer un peu de jour dans la maison, se sentant seul, abandonné, en proie au doute, ai-je pensé tout comme mon oncle qui avait fini par redescendre, dans la cuisine cette fois, et qui m'appelait pour que j'aille porter au visiteur un panier contenant du pain, de la charcuterie, du fromage, une pomme et une bouteille de vin. « On ne doit pas laisser un homme avoir faim. » Pour la première fois de ma vie, je me sentais non seulement reconnaissante envers cet homme qui n'avait guère plus de relief pour moi que le vaisselier de la salle à manger, mais pleine d'une joie nouvelle. Ce n'était pourtant, de sa part, qu'un geste « commerçant » qui, en d'autres circonstances, m'aurait fait horreur ; mais je n'y ai plus pensé, le trouble que j'avais ressenti devant l'inconnu me reprenant tandis que je marchais sur le trottoir de la rue Neuve, le panier à la main, bien droite dans mon T-shirt blanc et mon jean bleu délavé, m'efforçant de prendre l'air d'une brave fille qui va porter des provisions à sa vieille grand-mère, ou comme le faisait, chaque semaine, le père Galland qui apportait, dans une maison voisine de la nôtre, une douzaine d'œufs à l'unique descendante d'une des grandes familles du bourg, Monique Bugeaud, qui en faisait sa nourriture quasi exclusive et ne sortait plus de chez elle depuis la mort de sa mère. Nous ignorions encore qu'elle était une cousine éloignée du nouvel instituteur, nous étonnant rétrospectivement qu'il ne soit pas entré pour la saluer et lui demander de l'aide, ce soir-là, et qu'il n'allât, par la suite, presque pas la visiter, ne pouvant comprendre qu'on puisse rompre définitivement avec son passé et qu'il ne voulût être que ça, un instituteur, rien d'autre, pas même un petit-cousin, un parent éloigné, s'étant dépouillé de tout, y compris du nom sous lequel on l'avait connu écrivain, et peut-être aussi de ce dont il semble impossible de se défaire : les souvenirs, ce qu'on a été, le frémissement du sang dans la mémoire, ce qui est le bien commun des siècles plutôt que des individus. Je surveillais ma démarche, me sachant observée par les gens de la rue Neuve, par lui aussi, peut-être, là-haut, qui s'était assis sur le seuil de la maison à présent envahie par l'ombre de la plus haute colline, à l'ouest, couverte de grands sapins serrés, et par celle de l'église avec son vieux cimetière dont les croix, les stèles, les verrières des caveaux, le granit verni des pierres brillaient dans les derniers rayons du soleil comme un champ de sculptures en verre coloré telles que j'avais pu en voir, à Meymac, dans une exposition d'art contemporain où m'avait traînée Cécile et où j'avais choqué quelqu'un, l'artiste probablement, en déclarant que tout ce fourbi ne valait pas le rouge presque transparent, couleur de sang séché, des feuilles de hêtre dans le soleil levant, à la fin de l'automne. J'aurais voulu passer pour une promeneuse du soir, une chercheuse de champignons, une fille comme les autres, mais ce n'étaient ni la saison ni l'heure, et je me sentais godiche ou, pour le dire mieux, portée au-delà de moi-même, le cœur battant plus vite, respirant avec peine, attribuant cela à la chaleur qui ne tombait pas avec la nuit, à la fatigue, à l'inquiétude, aussi, comme si c'était moi qu'on envoyait à cet homme, et non le panier de victuailles. Le doute me prenait : j'avais envie de rebrousser chemin ; mon ventre se serrait ; j'ai secoué la tête, pensant que pour une fois le cœur devait l'emporter sur la raison. Je serrais les dents. J'ai poussé la porte de fer forgé que je n'avais pas franchie depuis ma dernière année d'école et qui, devant une demi-lune de gravier où était garée sa voiture, une vieille Saab noire dont nul n'avait la pareille dans tout le canton, voire dans le haut Limousin, s'ouvrait sur un chemin de terre montant à travers un pré transformé en une vague pelouse en pente, disait mon oncle qui y avait souvent passé la faux, enfant, et rassemblé l'herbe en de petits tas dont les instituteurs d'autrefois nourrissaient les lapins qu'ils élevaient dans un appentis, derrière le préau. Une herbe haute et jaune, dans laquelle la mairie n'avait fait passer nulle tondeuse et où, montant le raidillon, je me souvenais de m'être jetée, autrefois, lorsqu'on m'avait appris la mort de mes parents, roulant sur moi-même pour trouver dans le vertige et les vomissements une façon d'oublier que j'étais désormais seule au monde. Elle me dérobait, cette herbe, le nouvel instituteur vers qui, me rappelant cette fois une légende grecque (une des rares choses que j'aie retenues de ma scolarité), j'étais dépêchée comme une jeune fille offerte à quelque minotaure réclamant sa pitance, et non seulement par mon oncle mais par le bourg tout entier qui m'épiait non pas derrière des fenêtres ouvertes sur une fraîcheur qui ne viendrait pas, mais du fond des cuisines, des salles à manger, des chambres, d'où on pouvait voir sans être vu et où je n'avais, moi, pas besoin de porter mes regards pour savoir ce que j'y apercevrais : des yeux, des dents, des ongles, des lèvres luisant dans une pénombre qui, de l'endroit où je me trouvais, paraissait plus menaçante que la nuit la plus noire, tandis que je réveillais les chiens assoupis derrière les portes et les clôtures, haïssables animaux pleins de haine et aboyant à tue-tête et si semblables à leurs maîtres, bruyants, stupides, mesquins, prêts à mordre, à tuer sans raison, exactement les chiens qu'il faut à des gens sans foi ni avenir, et qu'il suffit de voir s'attaquer les uns aux autres pour comprendre que leurs maîtres soient tout aussi disposés à le faire, comme on avait pu le constater, il y avait quelque temps, devant l'école, précisément, lorsqu'un père de famille bousculé par deux enfants avait lancé à ces derniers une remarque un peu véhémente à laquelle un des garnements avait répondu que le père n'eût qu'à aller se faire voir ailleurs, ce qui lui avait valu une gifle et déclenché un bref échange d'insultes et de coups de poing entre leur géniteur et le père prétendument offensé — un irascible jeune gars, originaire du Maroc, et qui avait été obligé de déménager et de s'installer à Ussel pour ne pas risquer de recevoir un coup de fusil, un soir, dans les bois où il travaillait et où auraient peut-être fini par venir le débusquer le père ulcéré et ses amis. Je suis arrivée devant le préau sous lequel, comme sous tous les préaux, avaient eu lieu des scènes d'humiliation enfantine, jamais de joie, et où j'avais imaginé, je ne sais pourquoi, qu'il se tenait, lui, le nouvel instituteur, et que c'était de cette ombre, et non de la porte d'entrée ou d'une fenêtre ouverte sur le soir, que venait la voix qui disait : « Une femme se révèle à sa démarche », ou quelque chose de ce genre, que je n'ai pas compris sur-le-champ ou pas voulu entendre, et qui ne s'adressait peut-être pas à moi, même si j'en ai rougi autrement que sous l'effet de la chaleur ; une phrase dont l'ironie m'apportait un surcroît de chaleur, donc de disgrâce, comme s'il avait plutôt dit : « Une femme qui marche avec effort est rarement belle », mais sans avoir l'air de croire tout à fait à ses paroles, pensais-je en arrivant devant lui, qui était assis sur la pierre du seuil, une cigarette à la main, et qui me souriait, aurais-je pu penser si je ne m'en étais remise à ce qu'avait murmuré la voix et à l'idée que j'étais promise au sacrifice, au couteau sur ma gorge, au sang qui coulerait sur mon ventre jusqu'à mon entrejambe, sans me rendre compte que j'étais consentante, que je désirais plus que tout être arrachée à la monotonie de mes journées et de mes nuits, à l'ennui d'une existence vouée à une tâche servile, avec des amours qui n'en étaient pas et auxquelles je ne faisais pas semblant de croire, qui avaient lieu debout derrière des arbres ou dans des voitures aux vitres embuées ; des amours qui n'aboutissaient jamais et avaient fini de me déconsidérer aux yeux des jeunes mâles de la région. Je préférais le plaisir solitaire, sur mon lit, ou sous la douche, là où j'avais le temps et où je ne redoutais pas d'être forcée, ni surprise par mon oncle ou par un client ou un habitant du bourg, pouvant m'imaginer abandonnée à un tout autre corps que celui des hommes frustes et pressés que je ne faisais que décevoir, et jouissant, moi, si j'ose dire, de sentir mes doigts susciter un corps qui me prenait avec une douceur et une fermeté qui me tiraient des larmes que nul vivant ne pourrait obtenir de moi, condamnée à vivre en moi-même plus à l'étroit qu'entre le couteau et la plaie, pensais-je en sentant sur mes bras et mon dos l'ombre à présent plus épaisse du prieuré. J'étais tout près de l'homme. Il fumait sur le pas de la porte et semblait moins le maître des lieux qu'un voyageur épuisé, inquiet à l'arrivée de la nuit. Il contemplait le soleil qui se couchait sur le prieuré, de l'autre côté d'un vallon au fond duquel, entre des potagers et des pelouses déjà envahis par l'ombre, coule la Triouzoune, une petite rivière dont il me dirait que le nom ne fait pas sérieux, un nom de conte de fées, qui jurait avec cette haute et sévère église fortifiée. « Une des deux choses qui méritent d'être admirées à Saint-Andiau », ai-je fini par bredouiller en parlant de l'église et sans savoir quelle était la seconde, songeant que j'aurais tout donné pour être l'autre objet d'admiration, être du moins regardée autrement qu'il ne le faisait, avec cet air de ne pas me voir comme une femme, malgré le T-shirt moulant mes seins et le jean qui me donnait des fesses un peu plus épaisses qu'elles ne sont en réalité mais dont je savais que les hommes ne les dédaignaient pas, surtout un type tel que lui, un chasseur, l'œil sans cesse aux aguets, et qui méprisait peut-être la proie facile que je semblais être, n'imaginant pas de pouvoir lui inspirer le moindre désir, pas même celui d'une étreinte violente et brève, moi, la petite serveuse du restaurant Chastaing, celle qui lui avait ouvert sa porte pour la refermer et qui lui apportait maintenant de quoi manger, le vrai tribut offert non pas à l'inconnu mais au nouveau maître d'école, comme on disait autrefois, ce qui était plus beau qu'*enseignant* ou *professeur des écoles*, jugeait mon oncle chez qui le goût du mot propre était la seule forme d'élégance, je n'ose parler de noblesse pour un être si souvent injuste dans ses jugements. Une femme qu'on ne regarde que pour lui demander du pain, une fourchette, une carafe d'eau, ou la remercier de sa gentillesse, et rien d'autre, voilà ce que j'étais, malgré une poitrine d'un juste poids et un visage pas trop désagréable, quoique sans vraie beauté, ayant en outre ce qu'on appelle le privilège de la jeunesse, encore que celle-ci commençât à passer, la routine, la tristesse, le défaut d'amour, la salle de restaurant et les tâches ménagères (mon oncle tenant, bien que l'hôtel fût fermé, à garder les chambres propres pour une saison imaginaire où il voyait revenir ensemble les bons clients d'autrefois, vieillis, parcheminés, certains avec un pied dans la tombe, mais souriants et heureux), rien ne me prédisposant au rayonnement qui transforme un visage. Et pourtant le nouvel instituteur ne me regardait pas avec hostilité, ni comme si j'étais une ombre surgie du cimetière, mais comme quelqu'un qu'on accueille avec reconnaissance et dont la venue, les gestes simples, les mots banals que j'ai fini par prononcer, le réconfortaient : « Je vous apporte quelques vivres de la part de mon oncle », ne trouvant rien d'autre que ce mot de *vivres* qui sonnait un peu faux, ayant essayé de ne pas dire que je lui apportais *à manger*, comme à un malade ou à un vieillard, ni de la *nourriture*, encore moins des *victuailles* ou *de quoi ne pas mourir de faim*, alors que c'étaient ces derniers mots que j'avais envie de prononcer et qu'il a dits, lui, à peu près de cette façon, moqueuse, désabusée. « Un homme qui mange n'est pas tout à fait seul », a-t-il murmuré en me faisant rougir jusqu'à la racine des cheveux, mais sans dommage pour ma figure puisque j'avais derrière moi tout l'or du crépuscule, comme on disait dans les anciens poèmes, et que, distinguant mal mon visage, il pouvait me trouver jolie, voire désirable, grâce à ma silhouette que le contre-jour rendait avantageuse et à ma voix que je n'imaginais pas plus désagréable qu'une autre, même si la timidité la rendait probablement niaise. « Toute voix est d'ailleurs insupportable à qui l'entend : entendre sa propre voix, je veux dire, non pas comme si on se regardait dans une glace mais du dehors, séparé de soi, une sorte de mort vivant », ajouterait-il un peu plus tard. Et il souriait de me voir quasi interdite, muette, frémissante, lui qui était bien ça, au fond, un mort vivant, du moins quelqu'un qui n'était plus ce qu'il avait été, sans être vraiment autre chose, je ne tarderais pas à le comprendre : quelqu'un qui n'était même plus rien, qui n'avait en tout cas pas l'air d'un écrivain (des écrivains, j'en avais parfois aperçu sans les écouter, la nuit, à la télévision, bavards et grimaçants comme des vieilles femmes en train de tisser l'étoffe de leurs linceuls), encore moins d'un instituteur, non pas parce qu'il était trop vieux, à cinquante ans, mais parce qu'il n'avait pas l'air tout à fait de ce monde, ce soir-là, en regardant le panier que j'avais déposé à ses pieds, avec un geste qui avait dû lui sembler une offrande et non un simple service, ou de la générosité ; un geste un peu trop solennel par rapport au contenu du panier : quoique serveuse, je suis avant tout une femme et non la gamine qu'on eût attendue dans ce rôle, cette tâche dont j'aurais pu, en échange d'un ou deux euros, charger la fille du boulanger, notre voisin, qui avait treize ans et ne demandait qu'à quitter la fournaise paternelle ; de sorte que c'était bien moi que je paraissais offrir, en fin de compte, j'y revenais, l'idée ne m'ayant pas quittée depuis que mon oncle avait refermé ma main sur l'anse du panier et que tous les yeux de Saint-Andiau s'étaient mis à briller dans l'ombre : j'allais être sacrifiée, dévorée par un inconnu tout juste arrivé dans notre bourg et qu'il fallait amadouer, désarmer, rendre inoffensif. Mais ils ignoraient, les gens de Saint-Andiau, que je ne désirais peut-être rien d'autre, une fin de ce genre, une mort amoureuse, fût-elle simplement rêvée, et qu'il y a dans tout sacrifice, toute mise à mort, un consentement de la victime, bien plus que de la soumission ou du renoncement ; oui, un acquiescement, un profond désir, même, vu que je périssais d'ennui et que j'étais d'une certaine façon prête à tout, à ceci près que, ce soir-là, à la fin d'une journée harassante, j'étais disposée à faire n'importe quoi, acceptant tout d'avance, non pas en m'y résignant mais avec une joie désespérée, ou mauvaise, cette joie qui, mieux que le soleil couchant, me revêtait d'une sourde gloire dont je tirais ma vraie beauté, celle d'un ordre où il n'y a ni vainqueur ni vaincu, pensais-je en le regardant cligner des yeux vers moi, ou plutôt s'abriter dans mon ombre comme ceux qui n'aiment pas le soleil, alors que les femmes aiment le soleil, ai-je songé en restant immobile pour qu'il n'ait pas dans les yeux cette lumière sanglante, et lui proposant ça, aussi : mon ombre, m'offrant à lui sous forme d'ombre, ayant compris qu'il ne se passerait rien d'autre, qu'il ne bougerait pas, ne me dirait pas autre chose que ce qu'il avait dit en guise de remerciement, quelques instants plus tôt, et qu'il ne pouvait répéter, ni rien y ajouter, n'ayant rien à m'offrir, épuisé, hébété, arrivé en fin d'après-midi, étant allé sonner chez l'adjoint au maire chargé des affaires scolaires qu'il avait tiré d'une longue sieste et qui l'avait accompagné à l'école, lui avait remis les clés puis l'avait laissé devant la haute bâtisse en lui conseillant d'ouvrir toutes les fenêtres pour en chasser les mouches, ces terribles mouches qui avaient prospéré là tout l'été et parmi lesquelles le nouveau venu redoutait de dormir, ne pouvant les faire partir, car elles paraissaient se plaire à l'intérieur et être en mesure de le dévorer vivant. « Pour ma part, je préférerais avoir affaire aux fantômes », avait dit l'adjoint avec un petit rire. « Quels fantômes ? » avait demandé le nouvel instituteur. « Les esprits de ceux qui ont souffert ici, usé leurs culottes sur ces bancs. » L'adjoint, qui se voulait spirituel, l'avait, après quelques conseils d'usage, planté là avec pour tout potage le soleil lui entrant à flots dans la bouche, comme l'instituteur me le dirait plus tard. Il m'avait regardée une dernière fois avant de murmurer que tout irait bien, désormais, qu'il aimait par-dessus tout cette heure où la nuit vient à pas de loup ; et puis, je lui avais fourni de quoi franchir le fleuve, surtout la bouteille de vin. « Mais ces fantômes ? » ai-je fini par bredouiller. « Quels fantômes ? » « Ceux du troisième étage », ai-je dit en levant le doigt. « Eh bien, je n'irai pas les réveiller. J'ai assez à faire avec les miens. » « Les vôtres ? » « Oui, le passé. Tout le reste n'est que mulots, musaraignes, chauves-souris. » Dès lors la conversation était close : je n'avais plus qu'à partir, aller retrouver ce qui me hantait, moi, et qui n'était peut-être rien d'autre que la femme que j'étais pour moi-même. Aucun salut de part et d'autre. Je suis partie en silence : le moindre mot, le moindre geste aurait, je le sentais, entraîné une chute — la mienne, évidemment, non seulement dans le chemin de terre que je redescendais aussi lentement que je pouvais, tâchant de dissimuler mon sourire et de ne pas prêter à ma démarche quoi que ce soit d'ondulant ou de maladroit, mais aussi en moi-même où j'avais décidé, dès que je lui eus tourné le dos, de ne pas choir, sachant qu'il m'observait, qu'il devait regarder mes fesses, mon dos, mes cheveux que je n'avais pas eu le temps de coiffer, après la douche, et, au moment où j'empruntais le tournant, mon profil, ma poitrine, l'expression de ma bouche que je trouve trop petite, mon nez légèrement busqué, mon ventre un peu rebondi. J'ai été tentée de lever la tête vers lui ; je suis, dois-je le dire, une fille simple ; je ne connais rien aux stratégies amoureuses, n'ayant jamais eu à séduire un homme ni été amoureuse tout de bon ; mais je n'étais pas gourde au point de ne pas savoir que je ne devais pas le regarder : j'aurais, si je l'avais fait, détruit ce qui m'avait été donné, ce jour-là, et dont je m'efforçais de ne pas me dire que c'était le destin qui me l'octroyait, mais quelque chose qui, au plus haut du ciel, là où se dissipent les nuages et où la nuit et le jour échangent leurs vertus élémentaires, m'était enfin favorable. Je refusais pourtant de penser que ma vie allait changer, par superstition, par peur de renvoyer à l'obscurité l'homme allongé sur le seuil, non pas l'obscurité qui montait des vallons et des bois de sapins, ni même celle qui sourdait de la maison silencieuse, mais celle qui était en lui et que nulle lumière, sauf peut-être l'amour, ne peut vraiment dissiper et qui est plus noire que celle où, de retour dans ma chambre, je l'ai regardé disparaître, depuis ma fenêtre, jusqu'à ce que la nuit soit entièrement tombée et qu'on ne voie plus de lui que la masse pâle de son visage que faisait rougeoyer de temps à autre sa cigarette, et puis ne distinguant plus rien, l'imaginant non pas dans la maison mais toujours allongé, les jambes reposant sur les marches du seuil, le reste du corps sur les dalles de l'entrée et prêt à s'y endormir, ne disposant d'aucun meuble puisqu'il était arrivé avant le camion de déménagement que nous verrions s'arrêter le lendemain sur la demi-lune, devant le portail, et qu'il était vraiment tête en l'air, me disais-je en me déshabillant pour la nuit, avant de m'installer sous la douche, au fond de ma chambre : la seule chose que j'aie exigée de mon oncle lorsque à l'âge de dix-huit ans on m'avait proposé de devenir caissière dans un supermarché d'Ussel ; un travail régulier, propre, bien mieux rémunéré que celui que j'accomplissais à l'hôtel-restaurant Chastaing, même quand mon oncle eut décidé d'abandonner la partie hôtelière de l'affaire et que je n'eus plus à faire régulièrement les chambres, me retrouvant donc avec le loisir de faire couler sur mon corps de l'eau chaude ou fraîche : une pluie d'argent, voilà ce que j'avais obtenu, en échange de mon renoncement à travailler ailleurs et d'un petit salaire, donc d'une forme de liberté, me disais-je en quittant l'habitacle de plastique transparent pour revenir à la fenêtre, le corps entouré d'une serviette, répugnant à marcher toute nue, même dans l'obscurité, par crainte d'être vue autant que par pudibonderie héréditaire. La chaleur était toujours aussi lourde. Je tremblais, la tête me tournait un peu, la douche ne m'avait apporté ni fraîcheur ni répit, j'avais presque envie de rendre ; par la fenêtre on ne voyait plus rien que l'église éclairée par des projecteurs placés à l'extérieur, et, pour toute lune, la lumière jaunâtre de l'horloge dans son médaillon, sur le toit de l'école. J'ai laissé mes mains m'apporter la seule paix que je pouvais trouver, entre mes cuisses, debout dans la brève nuit d'août, ma serviette tombée à mes pieds, mon oncle ronflant à l'autre bout du couloir, ayant, moi, cessé de craindre qu'on ne surgisse derrière moi pour me briser la nuque, alors que j'étais seule, que la chaleur faisait craquer la charpente de la maison, que les camions faisaient trembler les vitres, et que je frémissais avec elles, inquiète, fiévreuse, penchée vers la lumière orangée de la rue, cherchant le plaisir, n'étant bientôt plus que cette lumière couleur de viscères, les larmes aux yeux, aveuglée par l'eau et par le sel, et mesurant une nouvelle fois à quel point le plaisir nous sépare de tout, y compris de nous-même.

II

Il avait été écrivain dans une vie antérieure, loin de son Limousin natal, loin de tout, disait-il, et le voilà revenant en des habits d'instituteur, sur ces hauteurs dont on prétend qu'elles n'existent plus que dans les livres : une illusion, une légende, l'objet d'une nostalgie partagée par beaucoup mais non par moi, sans doute parce que plus jeune que lui, n'aimant ni ne détestant, je l'ai dit, le rude territoire sur lequel je vis, et n'ayant à regretter que ma mère et mon père, et les brèves années de mon enfance, celles où nous avons vécu ensemble et qui me semblent aujourd'hui l'éternité, et comprenant peut-être enfin ce que lui, le nouvel instituteur, entendait lorsqu'il me disait que l'éternité n'est qu'un éclat de lumière dans le regard de Dieu. Il était arrivé le dernier jour d'août ; les classes reprenaient le mardi 2 septembre. Nous l'avons revu dès le lendemain, au restaurant, à midi, après la réunion avec les parents d'élèves qu'il avait tenue en compagnie de sa collègue, Mme Razel, laquelle enseignait aux petites sections mais qui, n'habitant pas Saint-Andiau qu'elle quittait dès la fin de ses cours, ne jouerait aucun rôle dans cette histoire, donnant même l'impression d'éviter celui dont elle dirait, bien des mois plus tard, qu'il lui faisait l'effet d'un imposteur, en tout cas d'un homme qui n'était pas à sa place. Il nous rapportait le panier dans lequel le torchon était plié sur le petit pot de terrine bien lavé, nous remerciant brièvement et, avec un empressement qui pouvait faire croire qu'il trouvait maladroits ses remerciements ou que le service que nous lui avions rendu méritait une autre forme de gratitude, s'entendant avec mon oncle pour prendre ses repas chez nous, malgré la sempiternelle côte de porc grillée et les légumes alternés. Il voulait bien y être condamné, ayant du goût pour les rites et pour tout ce qui vient du porc, à cause de son enfance à Siom et de l'époque où cette bête constituait, sur ces hautes terres, avec la volaille et le lapin, la base de l'alimentation en viande, a-t-il dit en me souriant, quoique tourné vers mon oncle qui l'approuvait et ajoutait que les mahométans ne savent pas de quoi ils se privent et que c'était au moins ça qu'ils ne nous prendraient pas. « On est toujours les Prussiens de quelqu'un », a rétorqué le nouvel instituteur avant de se mettre d'accord avec lui sur le prix des repas, et sans que ni mon oncle ni moi ayons compris ce qu'il voulait dire, mon oncle ne pouvant penser qu'il se souciait des musulmans et moi trop jeune pour connaître l'expression : « Encore un que les Prussiens n'auront pas ! » ; trop inculte, aussi, pour savoir qu'il y avait eu, en 1870, une guerre entre la Prusse et la France, mais que lui, le nouvel instituteur, avait pu encore entendre à Siom, dans son enfance, et qui l'amusait plus que ce que lui disait mon oncle à propos des prix qu'il pratiquait et des misères du temps : toutes choses qui lui semblaient indifférentes, l'indifférence étant, je le verrais peu à peu, l'état auquel il aspirait par-dessus tout et qui lui avait fait demander puis obtenir ce poste d'instituteur dans le haut Limousin, grâce à un ami bien placé au ministère de l'Éducation nationale, ayant enseigné quelque temps, autrefois, dans ce qu'il appelait une de ses vies antérieures. « Oui, ce qu'on peut appeler un autre temps, une autre vie, chaque époque dévorant la précédente, si bien que ce n'est pas le temps qui nous tue mais nous qui, incarnant le temps, ne cessons de nous dévorer nous-même, à chaque instant », a-t-il dit sans que j'aie été capable de rien lui répondre. Il avait l'air gêné de ses propos. Je souriais bêtement, et mon oncle hochait la tête d'un air entendu, avec une expression qui n'avait rien à envier à la mienne sur le chapitre de la bêtise. J'avais la bouche entrouverte comme autrefois, à l'école, pendant les cours de mathématiques ou lorsqu'il me fallait réciter debout, près du bureau du maître, une de ces poésies auxquelles je ne comprenais rien et que, à voir sortir de mes lèvres pour toute parole un peu de buée, dans la salle de classe mal chauffée, il me semblait que c'était l'hiver qui m'habitait : un froid qui ne m'a plus jamais quittée, qui me glace les mains et les pieds dès lors qu'on me parle et qu'il me faut répondre sans avoir bien compris ce qu'on me demande, me retrouvant devant le nouvel instituteur telle que devant l'ancien, incapable de retenir ce souffle que je cherchais à dompter et qui m'élargissait la bouche à l'excès ; un souffle plus froid que le vent du nord qui, au lieu de tomber du ciel, paraît sortir quelquefois de la terre, du granit, des eaux, des bois de sapins. L'hiver reprenait possession de moi en plein été, et, malgré la chaleur et le souffle brûlant venu de la cuisine où j'avais l'impression que c'était ma face qui cuisait et non les côtes de porc que je servais, en ce premier lundi de septembre, j'en étais presque à grelotter devant cet homme assis à la table qui serait désormais la sienne, près de la baie : une bonne table, presque froide en hiver, mais fraîche en été, où l'on pouvait échapper aux relents de cochon grillé, et qui donnait sur le jardin dont j'avais réussi à garder à peu près verte la pelouse. Je tremblais. Je ne disais rien. J'avais honte de lui proposer, comme pour nous, une serviette à carreaux glissée dans un rond de fer-blanc. J'étais incapable de déboucher la bouteille de ce vin de Cahors auquel il resterait fidèle tout le temps qu'il déjeunerait chez nous ;

incapable, aussi, de voir seulement en lui l'instituteur qu'il disait être, à le considérer là, silencieux, soumis, quasi intimidé devant moi qui tenais le manche en cep verni du tire-bouchon que j'étais prête à retourner contre mon cœur, ai-je pensé en regardant vers la salle qui allait bientôt se remplir, tandis que mon oncle s'affairait à la cuisine, fredonnant en homme qui a conclu une affaire avantageuse mais qui ne tarderait pas à râler en me voyant plantée là comme un mauvais bouleau, et à me lancer devant tout le monde ce « Que tu es malaveigne, ma pauvre fille ! », qui m'avait tant de fois humiliée, parce que proclamant que je n'étais pas vraiment sa fille, mais une simple fille de salle, maladroite et pauvre. J'ai dû battre en retraite dans la cuisine pour me ressaisir et ouvrir sans dégâts la bouteille que j'ai rapportée à sa table avec l'assiette de hors-d'œuvre et la corbeille de pain, sans un mot, le laissant poser les yeux sur mes mains rouges de servante toutefois disposée à passer de l'état ancillaire à la dépendance amoureuse, de la servilité à l'asservissement volontaire, de l'absence d'amour à l'acceptation pure et simple de ma condition de femme transfigurée par l'amour, aurait-il pu me dire avec ses propres mots ; des phrases que je ne comprendrais pas toujours mais qui, par leur mystère, me marqueraient autant que ma découverte, très jeune, du feu dans le regard des hommes. De mes mains abîmées par la plonge et les tâches ménagères, malgré les crèmes dont je les enduisais, il remontait à ma taille, mes seins, mon cou, mon menton, ma bouche, tout en murmurant que les gestes invisibles sont souvent les plus difficiles et les plus beaux, sans que j'aie pu comprendre s'il faisait allusion à ce qui se passait dans la salle ou bien aux gestes à venir, une sorte de promesse, la possibilité pour moi de me rattraper, sinon de me racheter, de me montrer sous un autre jour que celui de serveuse dans un médiocre restaurant de campagne ; condition dont il ne me faisait certes pas prendre conscience, mais dont j'avais honte pour la première fois, et ce n'était pas là une fameuse découverte, puisque je me rendais compte que je ne serais jamais rien d'autre, mon oncle ayant récemment échoué à me faire embaucher à la fabrique de produits pharmaceutiques américains installée à Meymac, ainsi qu'à l'usine de la zone industrielle de l'Empereur, à l'entrée d'Ussel, où l'on fabrique des planchers flottants et des panneaux de bois en aggloméré, et moi n'ayant ni l'idée ni le goût d'aucun métier, encore moins les qualités requises pour autre chose que serveuse, caissière ou aide-ménagère, mon oncle préférant en fin de compte me maintenir jusqu'à sa retraite dans l'état où tout le monde me connaissait, ce qui était une façon d'échapper à l'humiliation d'être incapable de rien trouver d'autre : ni mari, ni protecteur, ni travail, ni même une tâche moins reluisante mais qui m'aurait donné un sentiment de liberté et rendue l'égale des autres femmes. Je n'avais pas eu de véritable enfance, je n'étais rien, et j'avais toujours attendu, toute femme attend, toute sa vie, un homme qu'elle ne saura sans doute pas reconnaître pour celui qui lui est destiné. « Je ne suis rien », ai-je dit à voix presque haute, profitant de ce que mon oncle remuait ses casseroles et ses plats, et que, dans la salle qui sentait un peu le renfermé, même en été, nous étions seuls, le nouvel instituteur et moi. Il était encore tôt, mais je voulais voir dans le fait que j'allais le servir un signe favorable et y puiser le courage de lui parler de moi, en répétant ces mots : « Je ne suis rien », qu'il a entendus d'abord sans broncher, comme s'ils ne se distinguaient pas du bruit produit par mon oncle ni du murmure du ruisseau qui coulait derrière la haie du jardin et sous la maison et donnait de l'humidité à la salle de restaurant, ni des camions qui passaient en faisant frémir les piles d'assiettes sur la desserte ; et pourtant, il les avait écoutés, ces mots ; il a fini par me dire qu'il comprenait, que n'être rien est sans doute la chose la plus difficile qui soit, surtout aujourd'hui où chacun prétend être quelque chose, c'est-à-dire péter plus haut que son cul, pour parler comme mon oncle. Et puis, comme je demeurais interdite, avec ma tête de vêle devant le merlin du boucher, pensant qu'il se moquait, que je n'étais pas assez bien pour lui, que nul ne me prendrait jamais au sérieux, sauf ceux qui me reluquaient et avec lesquels j'avais l'impression que mon oncle s'était entendu pour que je satisfasse chez eux un appétit d'un autre ordre, il a eu ces mots qui m'ont immobilisée, les joues flambantes, les yeux dans le vague : « Je ne suis rien, moi non plus. » N'était-il pas aussi venu chez nous, au restaurant, pour me voir, osais-je penser, sans pouvoir m'expliquer ce que j'entendais par « me voir », ni ce qu'il voulait dire en affirmant qu'il n'était rien ? Il fallait bien répondre ; nous ne pouvions en rester là ; je jouais ma vie, je le devinais, et aucun son, aucun souffle ne franchissait mes lèvres. Il n'avait pas touché à ses hors-d'œuvre et je voyais venir le moment où il me faudrait lui en parler, de ces hors-d'œuvre, lui demander s'il ne les trouvait pas à son goût, s'il désirait autre chose (ce que je n'étais d'ailleurs pas en mesure de lui offrir, mon oncle ne voulant pas faire d'exception ni d'extra), ou s'il souhaitait passer au plat de résistance, quitte à me faire gronder par mon oncle, lequel était partagé entre l'idée que des hors-d'œuvre qu'on repousse font mal augurer de la suite, surtout aux yeux des autres clients, et que le gain procuré par ces hors-d'œuvre qu'il pourrait réutiliser était médiocre, pour peu que le client n'y voie pas argument pour discuter l'addition. C'est lui qui m'a tirée d'affaire en agitant la tête par le passe-plat de la cuisine : « Et alors, Estelle, tu ne laisses pas manger monsieur ! » Rappelée à l'ordre, donc, au néant que j'étais, rougissant non pas de ce à quoi me renvoyait la voix de mon oncle mais d'entendre mon prénom proféré, révélé, profané à voix si haute devant l'homme assis à la table la plus reculée d'une salle qui, malgré la chaleur entrant par la baie entrouverte, sentait l'humidité, la côte de porc grillée et les pommes de terre sautées à la ciboulette, le vin et la bière, tout ce que peuvent exhaler, roter, exsuder des hommes et des femmes en train de manger : un prénom, Estelle, qui non seulement jurait avec le lieu, mais aussi avec ma condition et, me répétais-je depuis des années, avec le peu de grâce de mes manières et de ma figure — laquelle m'était d'autant plus insupportable que le nouvel instituteur pouvait maintenant la grimer de mon nom, cette indiscrétion m'indignant plus que si on m'avait forcée à relever ma jupe pour lui montrer mes fesses (car je servais toujours en jupe noire et en chemisier blanc, conformément à la volonté de mon oncle qui jugeait qu'une serveuse en pantalon ressemble à une fille de baraque foraine). Alors il m'a vraiment regardée, non plus comme un visiteur pose les yeux sur la domestique de la maison mais en homme qui jauge une femme pour ce qu'elle est : une proie, tentant de mesurer ses chances, envisageant même (tout homme a, j'imagine, ce violent instinct au fond de lui) de la forcer pour être sûr qu'il ne doit garder aucun regret, ou que le jeu en valait la chandelle, ou tout simplement pour ne plus y penser, me disais-je à l'écouter murmurer, les yeux mi-clos, portant à sa bouche une fourchettée de tomates en salade : « Ces tomates, elles me rappellent le jardin de Siom, il y a longtemps… » Ces tomates, c'était ma vie de tous les jours, ce dont j'aurais préféré ne pas l'entendre parler, puisque je ne les avais pas préparées (s'agissant de cuisine, mon oncle n'avait nulle confiance en moi, soutenant que pour la cuisine comme pour la coiffure les femmes n'avaient qu'un médiocre talent). J'en aurais pleuré de dépit, néanmoins retenue de tomber dans la colère par l'arrivée d'un groupe d'ouvriers qui travaillaient à la construction de l'autoroute, du côté de Saint-Pardoux-le-Vieux : de jeunes et joyeux travailleurs de toutes origines, français, portugais, polonais, roumains, que j'aimais aller voir à l'ouvrage, une fois la vaisselle terminée et les tables dressées pour le lendemain, sans penser à mal ni rien leur laisser espérer, leur souriant aimablement quand ils se tournaient vers moi et que j'étais sur le point d'avoir pitié d'eux, à cause du travail de force qu'ils accomplissaient par tous les temps et parfois la nuit, à la lueur de puissants projecteurs ; en quoi j'étais naïve, on le voit bien, tout homme étant un prédateur, un suborneur, un violeur qui se cache, et moi singulièrement sourde au danger comme aux ragots qui (je ne peux plus l'ignorer, là où je me trouve à présent) faisaient de moi une fille à ouvriers comme d'autres le sont pour les soldats ou les musiciens de bal, alors que le chantier n'était pour moi qu'un but de promenade dans laquelle m'accompagnait parfois Cécile, employée à la poste de Saint-Andiau et originaire de Saint-Étienne-la-Geneste, à une douzaine de kilomètres de chez nous. L'amitié est sans doute une illusion, comme l'amour et la fidélité, et les gens préfèrent le silence, la destruction et la nuit à toute forme de joie, même la plus immédiate. Or, je suis, je le répète, une fille simple et non une traînée, en tout cas pas une fille facile ; je voulais m'élever, au moins quelque temps, fût-ce pour mieux retomber : il y a des chutes sans déchéance et des ascensions criminelles, et je désirais qu'on me voie autrement qu'en fille d'auberge. C'est pourquoi l'évocation des tomates m'a paru une injure : plutôt qu'à je ne sais quel secret jardin où serait enfouie mon enfance, j'étais renvoyée aux légumes que j'épluchais, pelais, équeutais chaque matin. J'ai retrouvé mes gestes de serveuse, mon sourire muet, mon regard lointain, me montrant aimable envers tous, avec les ouvriers comme avec lui qui mangeait à présent sa viande en les regardant, ces ouvriers, et en se disant peut-être qu'ils étaient heureux, qu'il ne pouvait qu'envier leur vie simple, au grand air, leurs appétits, leur faculté d'être là, sans honte ni détour, la tête haute, les jambes ouvertes selon un angle juste, les bras non pas ballants mais à hauteur de hanche, travaillant exactement de la façon dont ils prenaient les femmes, après l'ouvrage, le travail, l'amour, le sommeil s'enchaînant avec la force de l'évidence — des gens pour qui le jour est le jour, et la nuit rien d'autre que ce qui est compris entre le crépuscule et l'aube, et non ce clair-obscur, cette incertaine lisière, cette incessante inversion de l'ombre et de la lumière dans quoi il s'était toujours tenu, lui, l'ancien écrivain, ce qui revenait à n'être pas tout à fait au monde, me dirait-il plus tard, non pas dans la salle de restaurant où nous avons, ce lundi-là, pris l'habitude de ne pas nous parler et de nous regarder le moins possible (une bonne habitude, bien plus qu'une décision, sans rien d'hostile ni de négligent), mais là-haut, à l'école, le mercredi, en fin d'après-midi, lui assis dans la salle de classe où il préparait ses cours, et moi dépêchée par mon oncle qui semblait s'être pris d'intérêt pour lui, chose remarquable chez un homme qui n'aimait personne et détestait les politicards, les fonctionnaires, les intellectuels, mais qui faisait exception pour celui-là, sans doute parce que célibataire, lui aussi, et qu'il plaignait ce gars qui vivait seul dans sa grande maison froide, le devinant incapable de se préparer un repas, n'imaginant pas que des hommes, en ce nouveau millénaire, choisissent de vivre seuls et que, malgré les conserves, les surgelés, les fours à micro-ondes où il voyait un instrument de l'enfer, ils puissent ne pas mourir de faim et de froid sans une femme auprès d'eux. « Un homme sans femme est une maison sans cheminée », répétait-il un peu bêtement, usant d'un dicton de son cru ou qu'il avait lu dans le journal, et qu'il était loin de s'appliquer à lui-même, vu qu'il ne se considérait pas comme un vieux garçon : « Je t'ai, toi », disait-il en me regardant étrangement, non pas de façon menaçante mais avec lassitude, comme si, de ce qu'il venait de dire, je devais ne retenir que les deux dernières syllabes et me taire, comprenant non pas que c'était l'existence qui lui pesait, mais moi, devenue un objet d'exaspération, sinon de haine, faute d'amour vrai, et mesurant, à me voir encore là, à trente-trois ans, quel désastre étaient non seulement ma vie mais la sienne, lui qui, je le savais (ce qui m'avait fait accepter tant de choses), s'était sacrifié pour m'élever dignement puis s'était résigné au couple que nous formions, devenu une sorte de père et moi, non seulement une fille de remplacement mais une espèce d'épouse à laquelle il se serait bien gardé de toucher, même si on me voyait parfois telle une de ces jeunes et soumises épouses venues d'outre-mer combler la solitude de vieux célibataires ruraux et connaître là une nouvelle forme d'esclavage ; et ignorant, lui, s'il devait se résoudre à cet état de fait ou me trouver à tout prix un mari, lui-même trop vieux pour supporter une autre femme, hésitant à se séparer de moi, devinant sans doute qu'il le ferait en vendant le fonds de commerce, le jour où il prendrait sa retraite, à la fin de l'année suivante, et me remettant ma part pour que je puisse m'installer ailleurs, il me le souhaitait, et lui, pour vivre seul dans la petite maison qu'il avait presque fini de payer, à la sortie de Saint-Andiau, sur la route d'Égletons. Il la louait à un couple de jeunes professeurs en attendant d'y entrer non pas en héros épuisé mais en homme résigné à mourir, ni plus ni moins, et l'acceptant avec un fatalisme qui lui tenait lieu de religion, à lui comme à tant d'autres, avais-je entendu dire, d'une manière plus générale, au nouveau curé d'Ussel qui venait servir la messe chez nous, une fois par mois, et qui s'étonnait de voir des vivants devant lui, dans l'étroite et haute nef de l'église, au lieu de ces demi-morts qui hantent les chapelles de campagne. Nous n'imaginions pas, mon oncle et moi, de vivre ensemble dans sa petite maison : nos vies se sépareraient là, comme le printemps de l'hiver, mon oncle s'enfonçant dans le souvenir d'une femme aimée et deux fois perdue, et moi gardant le souvenir de la même femme mais ignorant ce que je deviendrais, sans métier ni mari, ni soutien d'aucune sorte, mais enfin appelée à devenir femme, ce que je redoutais tout en y aspirant d'une manière qui touchait à la résignation, ayant peur de rester seule et d'une certaine façon ne désirant rien d'autre, seule depuis l'âge de dix ans et sans doute destinée à le rester, encore que j'aie pu croire, dix ans plus tôt, qu'un homme s'intéressait vraiment à moi — un chef d'entreprise d'une cinquantaine d'années, plutôt bel homme, même si, plus que des gourles qui tournaient autour de moi, je me méfiais des hommes beaux, un homme qui, pendant des années, m'avait fait remettre par mon oncle deux billets de cinq cents francs pour mon anniversaire et au jour de l'an, et qui, lorsqu'il venait nous rendre visite, me donnait encore quelques billets, d'un air à la fois franc et gêné, sans paraître se soucier de rien d'autre que de savoir si je n'étais pas trop malheureuse ; à quoi je répondais invariablement que j'aurais bien le temps d'être malheureuse, un jour, sans susciter chez lui un signe par lequel il m'aurait montré qu'il m'avait entendue ou, même, écoutée ; un ami de mon père, disait mon oncle qui aimait parler avec lui de la vie d'autrefois sur les hautes terres, celle qu'ils avaient connue et celle qu'ils n'avaient pas pu voir. Mon oncle ne me révélait rien des intentions de cet homme qu'on disait marié mais qui, soudain devenu veuf, ne tarderait pas à succomber à son tour à la maladie, m'empêchant de devenir, à Villevaleix, où il vivait, à l'extrémité nord-ouest du haut plateau limousin, sa nouvelle épouse, ou plus simplement gouvernante, dame de compagnie, servante-maîtresse, je me serais bien trouvée de chacun de ces rôles, et je n'ai pu qu'aller me recueillir sur sa tombe, au cimetière de L'Église-aux-Bois, près de Villevaleix, non pas en compagnie de mon oncle (qui ne voyait dans cette mort qu'une affaire manquée, au lieu de la rapporter, comme moi, à la maudissure qui ne nous lâchait pas), mais seule, telle une fiancée perdue, pleurant dans le petit cimetière isolé en pleins champs, à flanc de colline, l'unique homme qui m'ait témoigné de l'intérêt et dont je n'ai eu que des regards singuliers mais, pour une fois, nullement inquiétants, outre la somme que ses dons avaient fini par constituer et à quoi je n'ai jamais touché, ayant même songé à brûler l'argent sur sa tombe avant de me résoudre à le garder pour m'enfuir, un jour, une femme ne serait pas femme si elle n'avait de ces pensées, même si c'était pour rentrer au bercail, me disait Cécile qui ajoutait qu'il faut savoir être faible ou généreux avec soi-même, de temps en temps. C'est pourquoi la générosité de mon oncle envers le nouvel instituteur ne me paraissait pas dépourvue d'arrière-pensées : il agissait par intérêt autant que par inquiétude pour moi qui pourtant n'étais pas trop désagréable à regarder, même si je n'avais pas la beauté de ma mère, et qui serais heureuse de quitter le restaurant Chastaing et la compagnie de mon oncle, laquelle ne m'avait jamais autant pesé que depuis que le chantier de l'autoroute était parvenu jusqu'à nous et, bien sûr, depuis l'arrivée du nouvel instituteur. Quelque chose touchait à sa fin, ma condition m'humiliait, j'aurais voulu être une femme sans passé, sans ombre, une visiteuse attendue, désirée, et non la pauvre fille qui apportait à un inconnu, sur ordre de son oncle, tous les mercredis, avant le dîner, une demi-douzaine d'œufs auxquels, au fond d'un panier, j'ajouterais, en cachette, selon les semaines, une bouteille de bergerac, de gaillac ou de fronton, une boîte de pâté, un paquet de gâteaux secs, des fleurs cueillies au jardin ou dans l'herbe des talus. Mission qui me permettait de me rendre à l'école la tête haute, entre les regards luisant dans l'ombre et prêts à me réduire en cendres, pour peu que j'eusse l'air de sourire, de marcher d'un pas trop vif, de me trouver bien de cette tâche, alors que je n'avais pas de vraie raison de m'en réjouir, sachant mon temps compté, là-haut, dès lors que j'aurais heurté à la porte de la salle de classe où il achevait de corriger les cahiers de ses élèves : il m'ouvrait, me laissait entrer sans rien dire ni paraître remarquer mon salut, allait se rasseoir non pas à son bureau, sur l'estrade, mais sur une chaise d'élève, au fond, m'ayant indiqué une autre chaise, à une autre table, au premier rang, et, les jambes étendues, allumant une cigarette, épuisé, reculant probablement le moment de regagner, au premier étage de l'immense maison, l'appartement de fonction qu'il trouvait froid, sonore, inhospitalier, et dans lequel ses pas semblaient, m'avait-il dit, éveiller des hôtes importuns. « Des morts ? » ai-je demandé, une fois assise à ce qui, le savait-il, avait autrefois été ma place, près d'une des quatre petites fenêtres donnant à l'ouest, d'où on avait vue sur l'église, le cimetière, les toits des maisons pressées comme des fortifications autour de la butte, les cimes des hauts sapins, et le ciel, ce vaste ciel rougeoyant que je contemplais en évoquant ses hôtes nocturnes. « Des morts, en quelque sorte, ces morts qui reposent en nous bien plus que dans la terre », a-t-il fini par répondre en rejoignant son bureau pour regarder, lui aussi, par la fenêtre, la main sur sa pile de cahiers à couverture vert chou ; une main lasse, la seule partie de lui que j'osais observer, avec, lorsqu'il parlait, des coups d'œil à sa bouche dont j'ai d'emblée aimé la lèvre inférieure, épaisse, bien dessinée, un peu boudeuse, ai-je envie de dire pour ne pas penser qu'elle était amère, comme la mienne. Je m'aveuglais, m'efforçais de le voir tout à la fois homme et enfant ; c'était dire à quoi je m'exposais, risquant alors ces mots : « Mais les vivants, ils ne vous intéressent pas ? » Mon audace me faisait cuire les joues, le front, la nuque ; les mots avaient dépassé ma pensée ; et il était trop tard pour les ravaler, pour lui faire croire que les vivants ne se résumaient pas à ma personne, que je n'étais pas en train de me jeter à son cou, envoyée par mon oncle à quelque vieux roi David grelottant et désabusé, ou venue là de mon propre chef et me retrouvant moi aussi enfant et femme, qui plus est à mon ancienne place d'élève, et m'adressant à lui comme s'il m'avait gardée après la classe pour me faire la leçon — eût-elle pour sujet les morts qui, disait-il, l'auraient en effet occupé toute sa vie, bien plus que les vivants, au point de ne plus tout à fait savoir dans quel monde il vivait, seuls les femmes et les enfants pouvant le tirer vers le plein jour. C'était la raison pour laquelle il était revenu en Limousin et avait renoué avec un métier qui, comment ne pas le comprendre, était indigne de lui, du moins de l'écrivain qu'il avait été, même si, pour moi, c'était ce à quoi j'avais longtemps rêvé. Je le lui ai dit, les yeux baissés, la voix perdue, les joues et le front flamboyant dans le soleil couchant. Il a souri : je l'ai deviné au son de sa voix, lorsqu'il m'a demandé de me lever, s'étant lui-même mis debout. Il aurait tout aussi bien pu me demander de faire tomber ma robe ou d'offrir ma gorge au couteau. Je suis pourtant restée assise. « Vous valez mieux que ça. » Ces mots m'ont amenée au bord des larmes, ravivant ma honte — celle d'être serveuse, avec des rêves qui ne trouvaient pas grâce à ses yeux. Je me suis levée. Je ne retenais plus mes larmes. J'aurais voulu me jeter dans le vide, dans mon enfance, dans les couleurs sanglantes du soleil : j'ai reculé jusqu'à la porte, la main sur la poignée d'émail blanc (celle d'autrefois et qu'il m'avait fallu toucher, bien plus que la voir, pour regagner mon corps de fillette), je bondis au-dehors, dans la pente du pré, j'ai dix ans, les cheveux ramassés en une queue-de-cheval qui me fouette les épaules, les reins, le maître me crie de revenir, non pas pour vider à mon tour le poêle à bois et balayer la salle mais pour me serrer contre lui, et courant derrière moi murmurer encore : Ma pauvre petite, ma pauvre petite, et la petite roule dans l'herbe et vomit, pauvre petite, incapable de tomber quoique plus bas que terre, déjà, là où mes parents vont reposer, loin de moi, pauvre petite, pauvre petite, ces mots m'ouvrant le ventre plus sûrement que le couteau avec lequel mon oncle découpe les côtes de porc ou que le sexe des hommes, ma vie coupée en deux, tout à coup, le 15 avril 1980, et moi, vingt-trois ans après, à la même place, prête à bondir vers la même nuit, n'ayant plus cessé de saigner dans le temps, seule ou, comme cette fois, devant un homme qui murmure que mes parents ne sont pas morts puisque nous sommes là pour nous les rappeler, les évoquer, les susciter, et qui répète, le visage tourné vers le couchant. « Vous valez mieux que vos rêves. » Phrase que je mettrais des jours, des semaines à comprendre, la retournant en tous sens, l'écrivant plusieurs fois sur le mauvais papier à lettres du restaurant et puis, devant l'agacement de mon oncle à me voir gâcher du papier, sur celui des nappes blanches destinées aux tables et dans lesquelles, après qu'elles avaient servi, je découpais, entre les taches de gras et de vin, des bouts de papier propre où recopier cette phrase énigmatique pour le brûler aussitôt, me prenant à écrire autre chose, qui ne pouvait franchir mes lèvres que lorsque j'étais allongée sur mon lit, à moitié nue, au plus obscur de moi, un doigt dans l'anus, l'autre dans le vagin, toujours plus bas que terre, gémissant, suppliant, plaignant les hommes, les appelant et les vouant au feu du Ciel avant de courir m'agenouiller sous la douche.

III

« Vous étiez écrivain et vous brisez mes rêves », lui ai-je dit un peu niaisement, en m'efforçant de sourire, le mercredi suivant, après plusieurs lettres jetées au feu et que je n'aurais de toute façon pas envoyées, n'ayant ni orthographe ni style, mais une grosse écriture maladroite de fille qui a appris à écrire au stylo à bille et non au porte-plume. « Bien au contraire, vous entrez dans la vraie vie », m'a-t-il répondu en souriant franchement, enfin, en homme qui voit clair en soi. Voyait-il clair en moi ? Que pouvait-il deviner de cette jeune femme qui s'était, cette fois encore, assise à la place qu'elle occupait autrefois ? Je baissais les yeux. J'étais certainement coupable, sans comprendre de quoi, mais bien décidée à expier, et il m'exhortait à relever la tête, à le regarder non pas comme l'instituteur qu'il était ni comme l'écrivain qu'il avait été (savais-je, moi qui ne lis pas, ce qu'est un écrivain ? Ne devais-je pas oublier ceux que j'avais vus grimacer à la télévision et tâcher d'imaginer une sorte de reclus entretenant des correspondances avec des femmes belles, douces, brillantes ?), mais comme un homme : tâche impossible, car on ne peut pas voir un homme tel qu'il est, pas plus qu'on ne se voit soi-même. On ne voit jamais personne dans sa vérité, aurais-je pu lui répondre s'il n'avait deviné mes pensées, en homme habitué à tirer argument d'un visage figé par la timidité et par l'angoisse ; en homme qui connaît les femmes, ai-je dit plus tard à Cécile, la seule camarade que j'aie gardée d'une adolescence qui fut pire qu'une marche à travers les ronces ; la seule, aussi, à qui je pouvais m'ouvrir, à Saint-Andiau, où parler de soi reste honteux : sur ces hautes terres, dans les villes comme dans les lieux déserts, par atavisme autant que par nécessité de protéger d'incertaines existences, nous avons gardé le goût du secret, le sentiment qu'on n'existe qu'en se taisant, même les plus bavards, et Cécile et moi aimions nous taire ensemble, surtout en marchant dans la campagne ou dans les bois ; des marches, plus que des promenades, comme si nous avions quelque chose à exténuer en nous, et en silence, ce qui nous donnait l'impression de tout savoir l'une de l'autre, alors que la plupart des gens n'aiment rien tant qu'ahaner, gémir, se plaindre, se raconter, et meurent ignorants, oubliés de tous. De vieilles jeunes filles, voilà ce que nous étions : elle, Cécile, qu'on appelait ici une fille mère, plutôt qu'une mère célibataire, et moi qu'on hésitait à dire encore une jeune femme, malgré mes trente-trois ans, puisque sans homme ni amoureux, et retrouvant mes gestes de fille, derrière l'école, à l'endroit où la Triouzoune est barrée d'un grossier appareil de pierre pour former une petite retenue alimentant les bassins qui avaient autrefois servi de lavoir et où, non loin d'anciens moulins et de fermettes devenus des résidences secondaires au milieu de pelouses parfaitement tondues, entourées de murets ou de thuyas taillés, et plantées de saules pleureurs, de bouleaux, de prunus et d'herbes de la pampa, sur un banc qui surplombe cette sorte d'étang, j'allais parfois rêver que j'attendais un amoureux, bientôt chassée par de très jeunes filles qui venaient là avec de bien réels garçons sur le banc entaillé de prénoms, de dates, de signes obscurs ; si bien que je me retrouvais immanquablement sur la place de la mairie, près du vieux puits comblé dont la margelle déborde de ces fleurs qu'on se croit tenu de disposer partout, dans les villages et les bourgs, pour obtenir le label de « village fleuri » : « De vastes cimetières », disait mon oncle qui n'aimait pas les fleurs et qui savait, lui aussi, que j'étais, d'une certaine façon, la dernière jeune fille du bourg et qu'il n'existait plus un seul homme capable de me faire sérieusement la cour et de me demander en mariage, personne plus n'allant tirer de l'eau ou simplement deviser, le soir, devant le puits, disait-il encore, en utilisant ce « personne plus » dont l'ancien instituteur nous répétait qu'il était incorrect, car tout droit venu du patois limousin, donc répréhensible, mais dont nous avions, aujourd'hui encore, du mal à nous défaire, nos fautes de langage étant peut-être notre vrai bien, tout ce qui nous reste pour nous sentir un peu différents des autres. L'ultime jeune fille, donc, une innocente, en quelque sorte, devait-il penser tout en fermant les yeux sur ce qu'il croyait être des incartades et qui n'étaient que des chutes dans le temps, mais qui ne m'ôtaient pas cet air d'inquiétante candeur que semblait me trouver aussi le nouvel instituteur, ce soir-là, sans doute grâce à mon calme, à ma timidité et à ce prénom, Estelle, que je n'ai jamais pu supporter mais qui me donnait, disait-il, l'aspect d'une jeune fille d'autrefois ; de celles qui se rassemblaient au puits, à la fontaine, au lavoir ou sous les tilleuls de la place, et qu'il n'avait pu connaître, à Siom ni ailleurs, mais auxquelles il rêvait comme à tout ce qui est perdu ou ne sera connu que des grands rêveurs, c'est-à-dire des morts, ajoutait-il. « Je ne suis plus une jeune fille », ai-je répondu un peu bêtement, soudain sur mes gardes, repensant à ce que m'avait dit Cécile, la veille, le supposant un homme à femmes et le voyant dès lors en loup et moi en proie, mais un loup bien différent de ceux auxquels j'avais ordinairement affaire ; un loup prêt à se dévorer lui-même plutôt que ses proies, puisqu'il savait les rendre consentantes, tout à la fois soumises et terrifiées, et qui avait conscience que le plaisir qu'on tire d'une femme n'est rien en comparaison du temps qu'elle met à en mourir, une fois abandonnée, pensais-je ce soir-là en le voyant se lever pour aller à la fenêtre où il s'est tenu en silence, sans que j'ose achever le mouvement par lequel j'avais commencé à me retirer, persuadée que je n'aurais pas dû ouvrir la bouche ; mais je ne connaissais pas grand-chose aux hommes : mon savoir là-dessus était tout intuitif, et plus fragile qu'un asphodèle ; et je m'obstinais, là, devant cet homme qui avait besoin d'être seul, comme doit l'être tout homme qui a joui d'une femme, m'avait dit Cécile, à ceci près que celui-là n'avait, si j'ose dire, joui que de ma brève compagnie, pendant cette heure qui allait devenir la durée ordinaire de mes visites, au cours des semaines à venir ; et n'ayant pas entendu les coups de sept heures sonner à l'église, j'ignorais si je devais le laisser à sa rêverie et m'enfuir comme une voleuse, ou bien rester et, tout orgueil mis à bas, prétendre n'être rien d'autre pour lui qu'une serveuse de restaurant, même si j'avais depuis longtemps renoncé à l'idée d'être quoi que ce soit pour quelqu'un — pour un homme, veux-je dire, et un autre homme que mon oncle ou que les types que j'avais laissés s'approcher de moi, lorsque je retombais dans le temps : des ouvriers, des voyageurs de commerce, surtout des domestiques de ferme, et non pas n'importe lesquels mais ceux que je sentais discrets ou malheureux ; des hommes jeunes qui semblaient avoir eux aussi quelque chose à cacher ou qui ne crieraient pas par-dessus les toits la gloire, tout illusoire, de m'avoir approchée ; des gars restés près de la terre et de ce qu'on y enfouit, en fin de compte assez semblables à la serveuse que j'étais ou à Cécile, les uns et les autres des gens simples et trouvant dans leur simplicité une sorte de grâce, parfois douloureuse, mais proche de l'innocence. À cela nous étions attachées, Cécile et moi : nous nous en faisions une règle, et même, sous couvert de coquetterie, un rempart contre le monde moderne, et c'est ce qu'il avait l'air de nous envier, lui, le nouvel instituteur. « Mais si, une jeune fille, avec cette innocence que vous donne la solitude », a-t-il fini par répondre. Une solitude qu'il avait d'emblée devinée, et qui avait été mon lot dès la mort de mes parents, et peut-être de leur vivant, pour peu que je m'en souvienne ; mais je n'aurais permis à personne de me dire que j'étais seule ; c'était la pire des insultes, et j'aurais mieux aimé être roulée dans le houx que d'être regardée comme une fille seule et destinée à le demeurer ; et si je ne connaissais pas la différence entre seule et solitaire, je la devinais aussi grande que celle qui existe entre les femmes et les hommes, et tout aussi irréductible pour moi qui ne m'étais jamais montrée nue à personne, me faisant toujours approcher de façon furtive, et ne proposant que ce qui me paraît le plus dépouillé, le plus saisissant ou le plus émouvant : le visage, la bouche, les mains, rien d'autre, pas même un sein sorti du soutien-gorge ou le mont de Vénus caressé à travers l'étoffe d'une culotte, encore moins des yeux renversés vers le ciel avec des paroles aussi vite oubliées qu'excessives, mais une morte, finissaient-ils par me dire en me repoussant violemment, personne ne pouvant m'aimer, criaient-ils, personne n'ayant jamais puisé dans le corps d'autrui de quoi traverser sa propre nuit et se tenir debout devant la mort, me disais-je, autant dire dans la nuit d'une femme, une nuit sans étoiles ni fond, et n'imaginant pas que cette nuit puisse être illuminée, transfigurée par le désir ou la conception d'un enfant. Des rêves, tout ça, du vent, quelque chose soufflant du plus profond de la mémoire comme les grands vents d'automne et d'hiver sur ces hautes terres, comme la tempête de Noël 1999 qui nous avait laissés pendant de longs jours dans le froid et l'obscurité, terrés en nous-mêmes, et finissant par retrouver la mémoire des loups qui avaient assiégé le sommeil de nos ancêtres. Nous étions, ces hommes et moi (et moi sans doute bien plus qu'eux), des êtres seuls, perdus pour la société, le mariage, la postérité ; nous le savions et cherchions de moins en moins à donner le change. À trente-trois ans, on finit par admettre qu'on restera célibataire ; je le savais, Cécile aussi et les hommes qui m'approchaient, lesquels, durs ou distants ou désabusés, étaient pourtant capables de fondre en larmes devant un enfant, devenant eux-mêmes les enfants qu'ils n'avaient pas eu tout à fait le loisir d'être, et nous, Cécile et moi, des petites filles perdues ; si bien que ce pouvait être ça, la solitude : n'avoir pas eu d'enfance véritable et refuser d'être adulte, et non pas irresponsable mais, au contraire, sachant depuis toujours que l'âge adulte n'offre rien de mieux que des rêves trop lourds. « Seule ? C'est comme ça que vous me voyez ? » Ces mots, je les avais portés au bord du hurlement. Il me regardait sans effroi, en ayant sans doute vu d'autres et voyant au-delà de moi mieux que je ne pourrais le faire, et continuant à troquer une enfant infiniment blessée contre la jeune femme seule, revenue dans la salle de classe où elle se tenait bien droite, dressée sur son orgueil minuscule tout en s'attendant à être punie, mise à nu par un regard qui ne ressemblait en rien à celui, toujours plus ou moins furieux, des hommes qui l'avaient approchée ; non, rien de ça, mais un regard d'eau profonde, comme on disait dans les romans-feuilletons que publiait le journal et dont il m'arrivait de suivre quelques épisodes, un peu comme on lit l'horoscope ou commence une grille de mots croisés, sachant que ce n'est pas là la vraie vie et que cette fausse existence ne mérite pas notre attention, puisqu'elle, la fausse vie, ne s'arrête jamais, et ne nous console de rien. « Vous êtes une anti-Bovary », m'avait dit un jour un voyageur de commerce qui me voyait jeter au feu un roman à l'eau de rose oublié par une cliente : je l'avais regardé sans comprendre ni écouter davantage, le sentant en train de me draguer ou sur le point de le faire et me méfiant des intellectuels ou des gens cultivés, les plus acharnés contre des gens tels que moi. Car si j'ignorais ce qu'est la littérature et ne cherchais pas à le savoir (n'ayant même pas été voir qui était cette Bovary dont m'avait parlé le voyageur de commerce), au moins devinais-je, depuis que le nouvel instituteur était à Saint-Andiau, qu'il s'agissait de tout autre chose que de phrases capables de me faire rêver à une autre vie que la mienne, en outre persuadée qu'on n'a pas d'autre vie que ce temps qui nous est imparti et qui s'écoule en nous comme une eau tiède : quoique monotone et triste, ma vie n'était pas aussi terrible que je veux bien le laisser entendre — les mots déformant tout parce qu'ils ne contiennent ni les détails ni la texture d'un temps qui n'est qu'une accumulation de détails. Je n'étais pas vraiment malheureuse, l'ennui n'est pas tout à fait le malheur, et on a la vie qu'on mérite — mon malheur pouvant se résumer au fait de puer la côte de porc grillée, de l'ingérer jour après jour et de l'expulser de moi chaque matin, et de rêver trop souvent que nulle douche ne me déferait des soies que je croyais sentir me pousser pendant la nuit, pour m'éveiller avec des grognements ou des cris de bête sous le couteau, me terrifiant moi-même et poursuivie jusqu'à midi par les cris de : cochonne, cochonne, sale petite cochonne, grognés par les hommes qui m'approchaient et qui auraient préféré une tout autre odeur que celle du savon parfumé dont je me frottais plusieurs fois par jour et qui me faisait une peau plus rose que de nature. « On sent ce qu'on est », m'a encore dit l'instituteur en me voyant renifler mes doigts, me laissant croire que la côte de porc grillée imprégnait non seulement mes vêtements mais qu'elle donnait à ma peau une odeur malséante, comme l'ail au corps des gens vulgaires. Paraître vulgaire, voilà ce qui m'aurait le plus affligée : tant qu'à manifester mon néant, je voulais le faire avec dignité, en cela bien éduquée par mon oncle qui répétait que, dans une société débraillée, la vraie dignité consiste à passer inaperçu. Je me suis mise à pleurer en me disant que mes larmes, elles aussi, devaient sentir le porc, et j'en étais humiliée, comme une enfant surprise dans l'odeur d'un pet qu'elle n'a pu retenir, en classe, parce que inquiète, et brusquement vêtue de cet habit d'infamie que pourtant, seule dans les draps de son lit, elle n'hésite pas à trouver aussi délicieux que les parfums d'Arabie, nouant avec ce qui est issu de son propre ventre un rapport inexplicablement voluptueux, ce qui, depuis que le nouvel instituteur était à Saint-Andiau, me dissuadait, à midi, le soir, de manger n'importe quoi, surtout des féculents, des poireaux et du pain bis, l'idée qu'il pût pendant la nuit m'échapper quelque vent nauséabond me faisant horreur, car on n'imagine pas plus vessant ou déféquant une personne désirable qu'on ne se voit naître ou mourir, alors que le fait d'uriner trouve une étrange grâce à nos yeux, certains amants allant, paraît-il, jusqu'à boire à leurs plus secrètes sources, surtout après avoir mangé des asperges. Notre puanteur intime nous ravit, toutes les petites filles le savent lorsqu'elles portent le doigt à leur entrecuisse malpropre et le reniflent avec grand intérêt, voire bonheur, en se disant : « Comment est-il possible de puer si délicieusement ! », ou quelque chose de ce genre ; et non seulement les petites filles mais les femmes, comme si respirer à trente-trois ans l'odeur de ses vesses ou de sa vulve mal lavée, c'était en appeler à l'enfant qu'on a été, le rejoindre dans l'odeur nauséabonde et triomphale qu'on tire de soi, et de soi seul. « On ne cesse pas d'être l'enfant qu'on a été. » « Vous, un enfant ? » « Oui, aussi enfant que vous, comme tout homme qui a renoncé », a-t-il murmuré en souriant d'une façon toute nouvelle, qui, pour la première fois, lui éclairait le visage et lui donnait pourtant moins l'air d'un enfant que d'être proche de moi ; si proche, même, que j'en ai été effrayée comme si ce n'était plus lui qui se trouvait là, assis à son bureau, sur l'estrade, dans la salle de classe où, à la fin d'une journée encore chaude, bourdonnaient deux ou trois de ces grosses mouches qui semblent inventer par leur lenteur une grotesque mesure du temps, mais un autre, cet inconnu que devient tout homme qui se met à regarder une femme en se demandant qui elle est, c'est-à-dire quel goût elle aura lorsqu'il plantera les dents dans sa chair nue. Un homme renvoyé au feu de ses reins et à cette forme de haine qu'est le désir sexuel, ruinant dès lors tout ce qui s'était noué entre nous, au restaurant et à l'école ; du moins le croyais-je, persuadée qu'il s'était mis à me regarder comme une femme, et non plus comme une serveuse à qui il faisait l'aumône de quelques bribes de conversation. Au moins aurais-je aimé qu'il me dise quelque chose sur moi, n'importe quoi, ou sur nous, par exemple que nous n'étions pas faits l'un pour l'autre mais que nous vivions de cette impossibilité, que c'était là une forme d'amour, et que si ce n'était pas lui que j'attendais depuis si longtemps dans la forêt profonde que chacun est pour soi, il me semble quand même l'avoir entendu me le dire, et à cette parole qui n'a sans doute pas été proférée je me fie comme à une vérité absolue. Ceux qui ont toujours attendu me comprendront. Je le dis encore une fois : des hommes, je ne connaissais que l'espèce de fureur qu'on voit dans leurs yeux, à certains moments, et qui m'a toujours paru démoniaque. Je n'étais pas tout à fait idiote et, si je prenais parfois mes désirs pour des réalités, je savais qu'un homme et une femme ne peuvent être des amis, qu'il n'existe pas d'amitié pour laquelle on n'ait d'abord éteint en soi les incendies que suscite le fait d'être né homme ou femme et de plaire, désirer, vouloir à tout prix dévorer l'autre pour échapper à ce qui nous dévore, comme disait Cécile qui aimait lire, elle, mais pas les livres de l'instituteur, qu'elle jugeait ennuyeux, interminables, difficiles, même, mais dans lesquels elle cherchait cependant une vérité qui ne s'y trouve sans doute pas, me reprochant en même temps mon inculture, mon langage intemporel, la façon timorée, naïve, que j'avais de parler de l'instituteur, ma haine de tout ce qui n'est pas moi, tout droit venue de mon oncle, et qui lui donnait l'impression que je me vautrais dans mon langage comme dans l'odeur de mes pets, au lieu de tenter d'oublier par la lecture le monde où nous vivions, Saint-Andiau, le rude territoire de pacages, de brandes et de forêts, les hivers trop longs, les hommes frustes, les femmes abîmées en elles-mêmes, le morne avenir, les journées et les nuits solitaires, et l'ennui, le terrible ennui qui nous faisait rechercher dans le creux de nos ventres le remède et le mal, l'un n'allant pas sans l'autre, et rien ne nous permettant d'espérer mieux.

IV

Il avait été écrivain, un écrivain notoire, même s'il prétendait ne pas avoir été grand-chose, malgré tout ce qu'on avait dit de lui ; et je pouvais penser que je ne lui déplaisais pas tout à fait, à cet homme qui avait connu bien des femmes (ce qui se voyait à sa façon de regarder telle partie de moi et de la soupeser comme si sa vie en dépendait), et dont je commençais à oublier qu'il était instituteur, maintenant, pour ne plus voir en lui qu'un individu, un homme qui m'était déjà familier mais dont la familiarité, à chacune de mes visites (car, pendant ses repas au restaurant, nous parlions le moins possible, et avec de pauvres mots semblables à des serviettes en papier), s'augmentait de l'inconnu qu'il me semblait devenir depuis que j'avais compris qu'il m'avait toujours regardée comme il le faisait, ce soir-là. Peut-être voyait-il en moi non seulement la femme que je suis mais celle, j'osais le croire, qu'il voulait que je sois : une amoureuse plutôt qu'une victime, ce qui m'a fait penser, à la longue, que je pouvais espérer lui plaire et qu'il serait le premier à me dévêtir, à faire tomber ma cotte de mailles, après avoir martelé la pierre de mon visage, et je me suis observée chaque matin dans la glace, des pieds à la tête, me contorsionnant pour vérifier que je n'avais pas de bouton dans le dos ou sur les fesses, me rasant les poils du pubis et ceux de l'anus, mastiquant du chewing-gum pour me purifier l'haleine, refusant les assaisonnements à l'ail préparés par mon oncle, et perdant du poids, ce qui ne m'allait pas plus mal mais irritait mon oncle qui craignait que je ne devienne ce qu'il appelait une « femme d'aujourd'hui », une évaporée, une bêcheuse, une branche de saule, une fillasse indigne de servir à table parce qu'elle eût montré par sa maigreur que la nourriture n'était pas bonne, alors que je ne voulais que ressembler à celles que l'écrivain avait aimées, autant dire toutes les femmes. Car il était clair qu'il avait aimé, souffert et, surtout, beaucoup été aimé, me disait Cécile qui, sans forcément lui parler, l'approchait matin, midi et soir, en amenant son fils à l'école puis en retournant le chercher, et qui savait ce qu'elle voulait, elle : non pas le flamboiement de l'amour ni même l'excitation d'une liaison clandestine, mais, à défaut d'un père déclaré, une sécurité financière pour ce fils qu'elle avait eu d'un homme marié ; un homme qui habitait Tulle et qui ne lui avait jamais promis la lune, ni exigé qu'elle lui soit fidèle, mais qu'elle fût disponible pour lui un soir par semaine, chez elle, à Saint-Andiau, et aussi pour quelques week-ends prolongés, à Paris ou à l'étranger ; un petit industriel qui atteignait la soixantaine, ni bon ni mauvais, ni avare ni vraiment généreux, étroitement juste dans ses dons comme dans sa conduite lorsque Cécile avait été enceinte et que, gêné plus que flatté d'avoir un fils sur le tard, lui qui avait déjà des filles presque adultes, il lui avait offert d'avorter dans une clinique de Clermont-Ferrand, mais s'était heurté à sa volonté de garder l'enfant, non parce qu'elle espérait le fléchir et vivre un jour avec lui, mais parce qu'elle n'imaginait pas d'être, à bientôt quarante ans, enceinte de nouveau, et se disait que cet enfant, même sans père, était un don du ciel, et déclarant à son amant, sans menace ni exigence, son intention de le mettre au monde et de l'élever. À quoi l'amant s'était résigné, versant une rente secrète à la jeune femme qui, en échange, continuait de se donner à lui, et y trouvait son compte, elle aussi, ce genre d'accord valant mieux qu'un contrat de mariage puisqu'il lui laissait la liberté de voir d'autres hommes, si elle en avait envie, Cécile ayant compris que ne comptait que ce qu'elle avait : non pas une beauté vouée à disparaître un jour, toujours plus tôt qu'on ne pense, mais ce fils calme et doux, bien sûr dépourvu de père (et ignorant, c'était une des conditions de l'accord, que le visiteur qui dînait chez eux une fois par semaine avant d'aller s'enfermer avec sa mère dans la chambre à coucher, n'était pas ce grand-oncle, voyageur de commerce, qui s'arrêtait chez sa nièce avant de regagner Clermont-Ferrand, le lendemain matin). Un fils, c'est-à-dire l'éternité, le reste (le plaisir, l'amour, les songes) n'étant qu'un acte bref, une affaire de minutes ou bien la noyade dans la nuit, et la ruine des illusions, seule important en vérité la semence obtenue, me disait Cécile avec des mots que je ne comprenais pas bien, moi qui, à trente-trois ans, croyais encore que l'amour me délivrerait de moi, faisant sinon tomber les murs de ma forteresse, du moins m'enlevant à ma condition de serveuse. Et c'était donc le cœur battant à tout rompre que je regardais l'instituteur : ses yeux, d'abord, marron comme les miens, ses cheveux grisonnants, coupés très court, son front dégarni sur lequel se voyait, au-dessus de l'œil droit, la cicatrice d'une blessure d'enfance, ses oreilles petites et bien ourlées — et si j'ai à révéler quelque chose de ma nature profonde, je dirai que je ne pourrais me laisser approcher par un homme qui eût de vilaines oreilles, décollées, trop grandes ou velues, ou encore dont le lobe est attaché à la peau, des oreilles d'assassin, comme on parle de mains d'assassin, ce qu'il ne possédait pas non plus, lui qui avait des mains plutôt petites et fines, aux veines point trop noueuses et à la peau déjà un peu parcheminée. « Des mains que j'aurais aimées plus belles, plus longues », m'a-t-il dit, après avoir vu sur quoi se portait mon regard ou parce que, lorsqu'on se tait, ce sont les mains qu'on finit par regarder et qui demeurent malhabiles, inoccupées, honteuses, et qu'il les contemplait, lui aussi, ses mains, lesquelles m'ont incitée à cacher les miennes dans les manches de mon gilet, comme autrefois, lorsque je tirais sur les manches de mon pull pour dissimuler leur épaisseur avant d'avoir à cacher la rougeur que leur donneraient la plonge, les travaux ménagers, la rudesse du climat : de vilaines mains, malgré la crème que je me passais sur la peau et le grenat dont j'enduisais mes ongles, engloutissant dans ces produits de beauté et des parfums la totalité des pourboires parfois importants que me laissaient les clients, moins par générosité ou pitié que parce qu'ils espéraient plus ou moins se taper la serveuse, pensant que c'est forcément une Marie-couche-toi-là, et qu'il suffisait de quelques colifichets pour l'amener aux dernières faveurs, comme on disait dans un roman coquin, un roman épistolaire dont Cécile m'avait lu quelques lettres, et pour ne pas penser, moi, à ce que pouvait ourdir mon oncle dans le but de me prostituer, me disais-je en regrettant, ce soir-là, de ne pas m'être mieux apprêtée pour lui rendre visite, et me montrer à ses yeux une tout autre femme que celle qui le servait à table, chaque jour, et à qui il ne laissait jamais de pourboire, d'abord parce qu'il ne payait qu'à la fin du mois, ensuite parce qu'il aurait trouvé déshonorant de me donner la pièce, pensais-je en refusant de le croire avare, et en me convainquant que je méritais un autre cadeau qu'un pourboire, que je n'étais pas pour lui une fille facile ou disgraciée, mais autre chose, j'ignorais quoi, une femme à qui il pourrait s'intéresser vraiment et qui, néanmoins, se tenait devant lui, ce soir-là, non pas comme une femme sûre d'elle mais comme une adolescente qui s'efforçait de ne pas rougir et ne parvenait qu'à s'enlaidir. C'est pourquoi j'aurais aimé qu'il parle, qu'il sorte de ce silence où il me semblait être nue, ou qu'il déchire vraiment mes habits. « Pourquoi vous ne dites rien ? » ai-je fini par murmurer si bas qu'il n'a pas entendu et m'a demandé de répéter, me regardant si étrangement que j'ai non pas répété ma phrase mais dit la première chose qui me passait par la tête, qu'il commençait à faire frais, oui, qu'on sentait déjà les premiers froids de l'automne, qu'à cause de la canicule il y aurait sans doute peu de champignons, cet automne, mais que je lui apporterais ceux que je trouverais, girolles ou cèpes. « Ne vous moquez pas de moi », a-t-il dit en souriant. C'en était trop : c'était lui qui se foutait de moi. Je me suis levée. J'étais de nouveau au bord des larmes. J'avais envie de fuir, de me précipiter dans la fraîcheur du soir. Seuls m'ont retenue les tremblements que je ne pouvais apaiser et, peut-être, l'espoir qu'il m'aiderait, me calmerait, prononcerait les mots pour lesquels j'étais venue et grâce à quoi il arrêterait ma lente marche vers la porte que j'ai fini par ouvrir et franchir, sans la refermer, oubliant mon panier, descendant le chemin de terre sans me retourner ni le voir ouvrir la fenêtre, entendant seulement mon prénom clamé par l'écho dans le vallon, entre la butte de l'école et celle de l'église, assez fort, j'imagine, pour que tout Saint-Andiau l'ait entendu, plusieurs fois, jusqu'à ce que mon nom se perde dans l'ombre qui envahissait le bourg, parmi les aboiements des chiens que ses appels avaient excités, tandis que je poussais la grille du portail et pressais le pas sur le trottoir, dans le bruit des voitures et des camions dont les conducteurs me dévisageaient avec l'aplomb de ceux qui ne font que passer et se croient protégés par la vitesse : j'étais hagarde, en effet, mais pas désolée ni au regret d'avoir agi en fille à qui la tête tourne à cause d'un homme, certaine d'avoir remporté une sorte de victoire, me disais-je en pestant seulement de me présenter devant mon oncle le visage plus rouge qu'il n'est quand je sors de la douche. « Tu as oublié le panier ? » m'a-t-il demandé en ajoutant, devant mon silence, qu'il en avait besoin, et pas plus tard que tout de suite, pour aller ramasser des pommes de terre à la cave. Il me fallait donc remonter à l'école sur-le-champ. « Non, pas ce soir ! » ai-je crié. « Mais si, tu iras d'abord. » Pour un peu il m'aurait privée de dîner (il était capable de telles menaces, ayant compris qu'il ne me punissait jamais mieux qu'en touchant l'enfant que d'une certaine manière je demeurais). J'ai secoué la tête et je suis allée m'enfermer dans ma chambre. Il m'a suivie jusqu'à ma porte, à laquelle il a tambouriné, répétant qu'il avait grand besoin du panier, et que si je n'y allais pas, c'était lui qui y monterait, ayant probablement senti qu'il s'était passé quelque chose de singulier : il lui fallait en avoir le cœur net et il me menaçait d'un scandale plus grand que celui de sa nièce quittant l'école où l'instituteur tentait de la faire revenir à grands cris et de lui, l'oncle, se rendant là-haut peu après pour demander des comptes, lesquels ne pouvaient que relever de l'honneur, non de l'apothicairerie. J'ai fini par obtempérer : j'ai plus le sens de la soumission que de l'orgueil, un orgueil destiné à demeurer secret, et l'obéissance m'a très tôt paru le plus heureux des mensonges, une forme idéale de liberté — celle de n'être responsable que de mes songes. Et, d'une certaine façon, j'ai plus le goût de l'anéantissement que de la fondation ; naître c'est mourir, vivre c'est tuer, et je ne voyais rien dans ma vie, non plus qu'autour de moi, qui aurait pu me persuader du contraire : en cela je suis simple, je sais, mais aussi plus intelligente que je ne crois ou qu'on a bien voulu me le dire, et j'avais donc tout pour ne pas être malheureuse, et n'étais malheureuse que parce que je ne pouvais raisonnablement me dire heureuse. Je me suis passé de l'eau sur le visage en me regardant dans la glace, défigurée par les gouttes qui ruisselaient sur ma figure : j'aime ne pas me reconnaître ; ce sont à peu près les seuls moments où je souris. Je suis redescendue en déclarant à mon oncle que j'avais quitté l'instituteur parce que je sentais mauvais, oui, cette maudite côte de porc dont je ne pouvais plus souffrir ni le goût ni l'odeur, encore moins la vue, et dont je ne mangerais désormais plus du tout. « Et qu'est-ce que tu mangeras, alors, tête de coquelicot ! » « Tout, plutôt que ce poison. » « C'est elle qui nous fait vivre, nom de Dieu ! » a crié mon oncle : il se tenait sur le seuil du restaurant, dans la porte entrouverte, un peu ridicule, pathétique gardien d'un temple dont la divinité s'était retirée dans un repli du temps, me dirait un jour l'instituteur. J'avais déjà bondi de l'autre côté de la rue. J'aurais aimé crier, entre deux passages de camions, que je préférais mourir de faim, que je voulais me purifier, ne plus rien sentir que mon odeur naturelle. Mais je redoutais les regards qui se levaient derrière les rideaux de tulle pour suivre mon cheminement vers l'école avec, cette fois, l'expression d'une fille qui va se perdre ou qui s'est déjà perdue et qui ne peut qu'entériner sa chute, poussée malgré moi dans un rôle que je n'avais pas envie de jouer, du moins pas de cette façon, me maudissant de ne pas avoir su rester en place, tout à l'heure, et d'achever de me déconsidérer aux yeux de tous en ne tenant pas tête à mon oncle et ne le convainquant pas qu'il était indélicat d'aller déranger l'instituteur pour un misérable panier. « Tu ne le dérangeras pas », avait-il dit avec un air que j'ai détesté : une expression chafouine, celle d'un homme qui s'est entendu avec un autre sur le dos d'une femme et qui, à ce moment, semblait s'adresser non plus à moi mais à lui, cet autre homme qui m'attendait comme un client ouvre chez lui à la fille de joie qu'il a appelée par téléphone ; la fille ignore tout de son aspect et découvre un être répugnant, comme dans un téléfilm qui se passait à Nice, au siècle dernier, et qui m'avait emplie d'une horreur dont je n'ai pu me défaire qu'en pensant que j'étais cette fille, souffrant ce qu'elle endurait, m'imaginant envoyée par un souteneur dans une maison puant le gigot à l'ail et la ratatouille grasse, la porte ouverte par cet inconnu qui ricanait tandis que je me disais : Quelle horreur, mon Dieu, quelle horreur, et pleurant presque, et puis déshabillée à la hâte par ce gros mangeur dont j'avais dû laver le prépuce, puis sucer la verge en lui flattant les bourses, et brusquement prise par-derrière, sentant contre mes fesses le ventre et les cuisses difformes de l'homme, et mon sexe envahi, raboté, déchiré par le sien, abreuvée de mots orduriers, tandis qu'un chien aboyait dans une pièce voisine, me laissant craindre qu'il ne voulût me faire pénétrer par l'animal, puisqu'il me traitait de chienne, et puis, une fois l'affaire conclue, l'argent jeté à mes pieds, et, sans avoir eu le temps de retourner au bidet pour me laver, renvoyée dans le terrible soleil d'un après-midi d'été, après que l'homme eut roté encore une fois pour m'humilier autant que pour exprimer sa satisfaction, serrant les cuisses pour ne pas laisser couler sa semence qui devait aussi sentir l'ail et qui avait, je le constaterais chez moi, l'aspect de ce fromage au nom ridicule, la cancoillotte, que voulait me faire goûter Cécile mais à quoi je n'aurais touché pour rien au monde, tout liquide blanchâtre ou jaunâtre et un peu épais évoquant pour moi la semence d'un homme déchu, c'est-à-dire tous les hommes, dès qu'ils ont quitté le ventre de leur mère. Allons droit à la vérité : si je m'étais abaissée, je n'avais qu'à m'en prendre à moi-même ; et il ne me déplaisait pas tout à fait de remonter à l'école, brisant ce qui menaçait déjà d'être de la routine — ma visite hebdomadaire à un homme que je servais en silence tous les jours et autour de qui ma vie s'était mise à tourner. Rien de plus facile que l'habitude, c'est vrai, dans une existence déjà soumise aux rites et à la répétition, à l'espoir sans cesse déçu d'autre chose. Si je heurtais de nouveau à la porte de l'instituteur, ce même soir, c'était donc moins pour obéir à mon oncle que pour mettre fin à un malentendu qui m'indignait, me donnait l'impression qu'ils se regardaient, ces deux hommes, le premier sur le seuil du restaurant, l'autre depuis une de ses fenêtres obscures, alors qu'ils devaient en vérité ne pas se soucier l'un de l'autre, sinon dans le mépris, et qu'à leurs yeux je n'existais pas ; ce qui me faisait penser qu'on peut vivre absent, que l'absence est, pour des êtres tels que moi, dont on ne parle jamais, dont on ne se souviendra pas, une manière d'exister au plus pur de soi, dans l'inconnu, tout bas, à la façon de ces brouillards qui ne se lèvent jamais. La nuit était là, la pluie aussi, une petite pluie qui était la bienvenue puisqu'elle me forçait à relever le capuchon du blouson militaire que j'avais acheté au marché de Meymac et qui dérobait mon visage. J'ai frappé cette fois encore à l'entrée principale, celle du logement de fonction, où je n'avais jamais mis les pieds, même à l'époque où j'étais élève. On ne répondait pas. On aurait dit la maison déserte et je veux croire que, d'une façon que je ne m'explique pas, il n'y avait personne, à ce moment-là, qu'il était absent, ou si abîmé en lui-même qu'on pouvait penser qu'il n'était pas là. Car il était trop tôt pour qu'il dorme, et indigne de le croire enfermé dans les toilettes, oui, indigne de nous, me suis-je dit en tentant de me convaincre que nous étions liés par autre chose que par le service quotidien que je lui rendais à table, le midi, et, une fois par semaine, en lui apportant des œufs. Il a enfin ouvert. Son pas avait résonné sur les dalles du couloir et semblait l'amener de plus loin que de la cour ou des pièces les plus reculées de la maison. Il m'a regardée comme s'il ne m'avait jamais vue, ou qu'il fût impossible que je sois là, dans un autre ordre de temps, surgie avec la nuit pluvieuse, peut-être une créature de la nuit, venue du cimetière, là-haut, sur l'autre butte. « Je vous ai réveillé ? » « Vous croyez que je me couche avec les poules ? » a-t-il répondu en me précédant dans la cuisine où il a allumé un plafonnier, souriant à la façon d'une jeune fille qui fait entrer pour la première fois un homme chez elle, un peu gêné, peut-être, d'être surpris dans son intérieur, dans cette cuisine qui, ai-je pensé, en disait plus sur lui que si j'avais été dans sa chambre à coucher : une pièce assez vaste et nue, aux murs d'un blanc sale, sentant l'humidité, mal éclairée par un faible néon, avec une cusinière à gaz, un buffet blanc, et quatre chaises de paille vernissée disposées autour d'une table recouverte de formica sur laquelle étaient posés une assiette, des couverts, un verre ballon, une bouteille de bourgogne. « Le monde se partage entre buveurs de bourgogne et amateurs de bordeaux », a-t-il dit en souriant et me proposant du vin. Incapable de répondre au sujet du bourgogne et du bordeaux dont je ne savais pas distinguer les qualités respectives, j'ai bu trop vite pour que le vin ne me soit pas monté à la tête. Je n'avais pas révélé l'objet de ma visite, et peut-être n'en avais-je plus. J'étais une petite fille perdue au commencement de la nuit. J'avais envie de rire ; j'aurais aussi bien pu me mettre à pleurer : ma vie me semblait tenir à cette hésitation. Si on m'avait frappée, j'aurais souri avec reconnaissance. Je regardais autour de moi. Le panier se trouvait près de l'évier, les œufs encore à l'intérieur. Dans l'entrée, j'avais remarqué, suspendus à une patère, une longue gabardine beige et un chapeau de feutre noir qui lui donnaient l'apparence d'un homme d'autrefois, disaient ceux qui le voyaient partir pour se promener dans les bois. Et c'était vrai : il ressemblait à un personnage du roman que lisait Cécile, cet hiver-là, lorsque ni son amant ni moi ne venions lui rendre visite et qu'elle trouvait stupides les programmes de la télévision ; un roman qu'elle me racontait à mesure et que j'oubliais tout aussi vite, et qui s'intitulait, si je m'en souviens bien, *Loin de la foule déchaînée*. « Il est plus courageux que nous », disait-elle en le voyant emprunter sous la pluie le chemin de La Boëtie, semblable à un chemineau de l'ancien temps, sa promenade favorite, sept kilomètres à travers les champs et les bois (ç'avait été la nôtre, aussi, mais nous lui préférions à présent le côté de Saint-Pardoux-le-Vieux, où progressait le chantier de l'autoroute, qui détruisait le paysage, me dirait un jour le maître, qui avait autrefois fait cette promenade en compagnie de sa cousine Monique Bugeaud : une modification plutôt qu'une destruction, et qui ne nous paraissait pas considérable, à nous qui ne regardions pas cette campagne de la même façon que lui, cette autoroute percée au cœur de notre terre d'enfance donnant à rêver aux grands départs, même si on sait qu'on ne partira pas, et qu'il ne nous reste qu'à nous mordre l'intérieur de la joue, comme je le faisais parfois, dans l'ombre du pont qui passe sous l'autoroute et où j'aimais entendre le ressac des voitures roulant au-dessus de ma tête, ou encore, plus loin, vers Meymac, sur le pont qui enjambe la chaussée, hantée par d'autres rêves, mauvais ceux-là, où je me voyais tomber sous les roues d'un semi-remorque lancé à grande vitesse). « Je vais préparer des œufs brouillés. Vous en voulez ? » J'ai répondu que je ne pouvais pas rester, que j'étais justement venue récupérer le panier dont mon oncle avait grand besoin ce soir même. « Ce soir ? » Mon oncle m'attendait. « Vous avez bien le temps ! » Il reprenait pour le dire l'accent du haut Limousin, était plus chaleureux, quasi joyeux, et j'avais, moi, plus que jamais, l'air d'une adolescente, et j'en rougissais, mais que faire d'autre sinon suivre mes propres mots et retourner sans tarder au restaurant Chastaing pour ne pas me compromettre, comme on disait encore au XXe siècle, et surtout ne pas donner raison à mon oncle qui avait, c'était évident, le souci de me caser, et qui me répétait depuis quelque temps que je valais mieux que de rester éternellement à son service, l'appât du gain ou, pour le dire moins brutalement, le désir d'une retraite tranquille lui faisant me trouver des qualités inédites et m'octroyer dès lors, en sus du petit salaire qu'il me versait, de l'argent de poche pour que je m'habille mieux, me rende présentable, telle une fille bonne à marier.

Comment expliquer qu'il m'envoyât, une fois par semaine, porter à l'instituteur des œufs qu'il aurait tout aussi bien pu lui remettre au restaurant ? Peut-être espérait-il, ce soir-là, que je ne rentrerais pas, que l'instituteur me garderait à dîner et, qui sait, pour la nuit, le scandale n'étant pas bien grand, aujourd'hui, et s'il l'était, la réparation serait aisée : après tout, le maître n'avait qu'une quinzaine d'années de plus que moi, et tout portait à croire qu'il était libre, sans attache extérieure ni visiteuse nocturne, nous l'aurions su, tout se sachant dans un bourg aussi petit que le nôtre. Ce dont j'étais moins sûre, c'était de pouvoir me tirer d'affaire, ce soir-là, n'ayant pas bougé, incapable de décliner son invitation à partager ses œufs que je l'ai regardé préparer, ainsi qu'une laitue, émue de voir, pour la première fois, un homme (un autre que mon oncle) préparer un repas auquel, qui plus est, j'étais conviée, moi qui jamais n'avais été invitée à déjeuner ou à dormir chez des camarades d'école, parce qu'on savait que mon oncle me faisait déjà travailler et que, maudite par le sort pour ce qui était arrivé à mes parents, on redoutait que je n'apporte le mauvais œil. J'ai voulu l'aider ; je me suis levée si brusquement que j'ai heurté la table et renversé mon verre qui a roulé, est tombé, s'est brisé. L'instituteur s'est précipité non pas pour me gifler ou me gronder (comme l'aurait sans doute fait mon oncle et comme j'ai redouté qu'il ne le fît, lui aussi, ai-je d'abord pensé en m'abritant la figure derrière mon avant-bras levé à hauteur d'yeux), mais pour ramasser les morceaux de verre en me disant qu'il ne fallait pas donner à boire au plancher et en me demandant de ne pas bouger, puis, devant mon effroi, approchant de mon visage une main dans laquelle brillaient de minuscules éclats de verre, comme s'il voulait me caresser la joue et y laisser des traces sanglantes, ai-je pensé en reculant si vivement que j'ai trébuché de nouveau et que je me suis laissée choir sur le côté, demeurant immobile, fermant les yeux, attendant je ne savais quoi, un rire, une remarque cinglante, le silence éternel, ou, tout simplement, qu'il me prît dans ses bras tandis que je me mettrais à pleurer non pas de ma maladresse, mais, moi qui n'avais plus ni mère ni père, de m'en sentir à ce point coupable, surtout devant cet inconnu, et, rien ne venant d'autre que les bruits ordinaires de la nuit, me relevant à l'aveuglette, marchant vers la porte, m'enfuyant, encore une fois, sans un mot, oubliant le panier, détalant dans la nuit pluvieuse comme un lièvre dont le cœur va lâcher dès que le grand duc aura fondu sur lui, et montant me coucher sans que mon oncle, debout sur le palier du premier étage dans son pyjama de coton rayé que je haïssais parce qu'il laissait béer la braguette, ait osé me poser la moindre question.

V

« Vous étiez écrivain, un homme connu, célébré, aimé, peut-être redouté ou détesté, et maintenant vous voilà seul », lui ai-je dit, non pas le mercredi suivant (car il n'était pas là : il participait à une réunion pédagogique, à Bort-les-Orgues, et j'avais laissé les œufs sur le pas de la porte, non plus dans le panier qu'il avait rapporté dès le lendemain, à midi, en me regardant sans sourire, comme si rien n'avait eu lieu, mais sur un lit de feuilles mortes et de mousse arrachée au talus du raidillon menant à l'école, disposant les œufs en une petite pyramide, de manière qu'il les voie en rentrant), mais quinze jours plus tard, portant mes œufs dans une boîte de plastique bleu achetée à cet effet (et pour laquelle il n'y avait d'autre nom que « boîte à œufs », alors que c'était « porte-œufs » qu'il aurait fallu dire, ce qui sonnait mal), en même temps que deux grands verres à vin — trop grands sans doute pour qu'il n'ait pas pensé que je voulais l'épater. Avoir cassé le verre me taraudait, m'indignait autant que de m'être enfuie à la façon d'une romanichelle. « Écrivain ? Ne parlons plus de ça », m'a-t-il répondu en levant à la lumière les verres que je lui offrais, ajoutant qu'ils étaient beaux, qu'il n'avait pas de vin digne d'eux mais qu'il me fallait cette fois accepter le repas qu'il allait préparer, le même que celui auquel je m'étais dérobée, la dernière fois, le seul qu'il fût capable de ne pas rater : des œufs brouillés, de la terrine de lièvre, une salade dans laquelle j'ai constaté avec soulagement qu'il ne mettait pas d'ail, du fromage et des pommes. « Un repas de célibataire », a-t-il dit en ajoutant qu'il fallait remplir mes verres sans tarder, sans paraître m'entendre lui dire que ces verres n'étaient pas à moi mais qu'ils lui appartenaient, et les remplissant comme il dresserait la table : avec une certaine élégance, refusant mon aide, et me servant courtoisement, me laissant m'enfoncer dans la chaleur de la cuisine et penser que c'était la première fois que je goûtais à un repas de célibataire, n'ayant jamais mangé seule, mon oncle, les rares fois où il était malade, s'obligeant à descendre à table, afin, disait-il, que le rythme des jours et des nuits fût respecté et trouvant là, prétendait-il, un remède aux maux de l'âme qui empoisonnent le corps. Debout près du buffet, les bras croisés, je le regardais s'affairer. « On dirait que vous allez réciter une poésie », m'a-t-il lancé. J'en étais encore à me demander comment me tenir sans avoir l'air cruche et si j'étais bien une femme adulte et libre, et si je pouvais demeurer là en compagnie d'un homme mûr qui préparait un modeste repas et me disait : « Vous voulez que j'appelle votre oncle pour lui dire que vous restez ? » Il souriait ; sans doute se moquait-il un peu ; je n'ai pas l'habitude de l'ironie : j'aurais préféré être giflée. J'ai secoué la tête en signe de refus. « Je vais quand même l'appeler. » Il est allé sur le seuil, son téléphone mobile fonctionnant mal à l'intérieur de la maison. Pour rien au monde je n'aurais voulu saisir un mot de ce qu'il disait, détestant entendre parler de moi de cette façon, laquelle me faisait penser que je n'étais déjà plus tout à fait de ce monde, et me tenant les poings sur les oreilles, avec une telle expression de douleur qu'il a pensé, de retour dans la pièce, que j'allais m'enfuir, une nouvelle fois, alors qu'il pouvait m'annoncer que mon oncle était d'accord pour que je reste et me recommandait, s'il était déjà couché, de passer par la porte de derrière, qu'il laisserait ouverte. Des mots qui me semblaient s'adresser non pas à moi mais à l'instituteur, à qui ils donnaient en quelque sorte le mode d'accès à ma chambre, ou à mon corps, me confirmant dans l'idée que j'étais l'objet d'une transaction entre les deux hommes, et qu'il m'arrivait enfin ce qui arrive à toute femme : j'allais être sacrifiée sur l'autel des intérêts masculins, quels qu'ils soient, l'argent et le désir allant fort bien ensemble, comme on sait. J'étais incapable d'avaler autre chose que ce vin qui m'est vite monté à la tête ; incapable aussi de parler, ni de relancer les propos qu'il tenait sur ses élèves, à quoi je ne prêtais qu'une attention distraite, ne songeant même pas à lui raconter mon piètre parcours scolaire, n'ayant pas l'habitude qu'on me serve, redisons-le, surtout un homme qui m'était socialement et intellectuellement supérieur et qui, voyant que ses considérations sur l'enseignement tombaient dans l'oreille d'une demi-sourde, m'a ramenée à moi en me disant qu'il cherchait une femme de ménage, pour lui et pour l'école. « Moi », ai-je dit tout doucement entre deux bouchées de terrine et de pain. « Vous ? non, pas vous. » « Je ne suis pas assez bien pour vous ? » « Vous valez mieux que ça ; c'est ce que je viens de dire à votre oncle. » Je n'avais pourtant pas l'impression que faire le ménage chez lui fût plus dégradant que de servir dans une salle de restaurant. Ignorait-il ce qu'était ma vie entre la fournaise où cuisaient les côtes de porc, l'entretien de chambres que nul ne louerait plus, la plonge, les promenades de l'après-midi et les soirées interminables, pour la plupart, l'ensemble obéissant à un rythme aussi immuable que celui des religieuses qui occupaient le prieuré, l'été, et dont il m'arrivait d'envier la vie obscure et lumineuse, tout entière vouée à une lenteur qui est l'avant-goût de l'éternité : un emploi du temps que je veux donner pour que l'on comprenne mieux qui je suis, tenant particulièrement aux détails parce qu'ils sont le sel noir d'une existence ; ainsi la mienne, qui se passait à éviter le plus possible la compagnie de mon oncle, prenant mon petit déjeuner plus tôt que lui, parce qu'il boit du café et moi du thé, et qu'il méprise ce breuvage, désapprouvant un goût selon lui luxueux et m'achetant du thé de qualité médiocre dans le magasin à bas prix d'Ussel où il se fournissait en ingrédients tels que l'huile, le vinaigre, le sel, le poivre, la moutarde, les cornichons, la confiture, le papier toilette. Je déjeunais avec lui, avant le service, ne mangeant ma côte de porc que du bout des lèvres, bientôt un jour sur deux, avec l'intention de m'abstenir de toute viande, ce qui faisait dire à mon oncle qu'un repas sans viande n'est pas un vrai repas, mais goûtant, le soir, l'éternelle soupe de légumes, suivie d'œufs durs, de salade, d'une tomme de montagne ou de chèvre frais qu'il achetait à un fermier de Sainte-Marie-Lapanouze, qui lui faisait un prix, et de fades pommes golden que j'aurais préférées en compote, avec un brin de vanille, mais qu'il se refusait à faire cuire par souci d'économie autant que par lassitude ; et puis, la vaisselle faite, fuyant la télévision parce que c'était l'heure où il se laissait aller à roter, voire à péter, et que les scènes amoureuses ou érotiques des films lui faisaient tourner vers moi un regard singulier, je montais dans ma chambre où je rêvais d'une vie meilleure, moi qui n'étais jamais allée au cinéma ni au concert, n'avais jamais parlé à un Noir, ni voyagé en première classe, ni mangé de sole, d'huîtres, de homard, de chateaubriand, ni bu de champagne rosé ou de vin d'Alsace, et ne m'étais montrée nue à aucun homme : jamais sortie de moi, errant dans le dégoût de tout ce qui n'était pas moi et ne pouvant néanmoins prétendre que je me connaissais, ignorante, ignare, traversant les jours et les nuits dans une stupeur inquiète. On peut vivre, bien sûr, sans avoir connu tout ce que je viens d'évoquer, et cent autres choses encore, ou en se contentant d'y rêver, résigné à n'être que la somme de tout ce qu'on n'aura pas accompli, vécu, senti, aimé, de la même façon qu'on ne vit vraiment que dans l'attente ou dans le songe d'autrui, me disais-je souvent quand, à la belle saison, le soir, après dîner, je prenais l'abrupte sente caillouteuse appelée chemin des Soupirs pour monter m'asseoir devant le porche de l'église, sur un banc, près du petit calvaire à croix de bois plantée dans un socle de pierre moussue, et je demeurais là, immobile, à l'exact point de croisement de deux des quatre projecteurs qui illuminaient l'édifice sans pour autant m'éblouir, dans l'odeur lourde des tilleuls et celle, peut-être, des morts, écoutant ce que je ne savais pas être le bruissement de la vie et de la mort, du moins pas nommer de la sorte, mais ayant depuis longtemps compris que ce n'est pas nous qui dévorons la chair mais la chair qui nous pourchasse, nous rattrape, nous déchire, et fait naître en nous un sanglot qui semble avoir traversé le temps ; si bien que ce ne sont pas nos morts que nous pleurons mais les défunts qui pleurent en nous, avant de pleurer avec nous, un jour, lorsque nous descendrons parmi eux en attendant la résurrection de la chair. Quant à mes promenades solitaires, l'après-midi, j'y avais plus ou moins renoncé depuis qu'une jeune fille du bourg, qui cherchait des champignons dans les bois de Pinassou, avait été retrouvée jambes et bras liés à un arbre, les vêtements lacérés, les cheveux défaits, coupés par endroits, le visage tuméfié, la peau des cuisses et du torse portant des entailles infligées par un couteau de chasse : des blessures superficielles en forme de croissant de lune, et elle, la fille Granet, jolie petite blonde qui jamais ne jouait avec le feu, incapable de reconnaître son agresseur, qui portait cagoule et gants, sachant seulement que c'était un Turc, à cause de la langue dans laquelle il l'avait injuriée, terrifiée par cette langue autant que par l'éclat du couteau et par le froid — une langue qui n'était ni du portugais, ni de l'arabe, ni même du polonais, et qui sonnait comme la langue du diable, d'autant que l'homme empestait l'oignon cru et le tabac, ce qui ajoutait à l'horreur de ce qu'il hurlait, avait-elle déclaré en murmurant qu'elle avait fermé les yeux afin qu'il n'eût pas le plaisir de voir la terreur dans son regard, puis s'évanouissant pour se retrouver seule, la nuit tombant vite et sa voix se perdant dans la forêt de ses cris. On ne l'avait retrouvée qu'à l'aube, et l'affaire n'avait pas été tirée au clair, bien qu'on ait soupçonné un ouvrier de la scierie Gadonneix, qui employait parfois des repris de justice ou des travailleurs clandestins. On s'était terré chez soi pendant quelques semaines, laissant passer l'hiver, pour ressortir au printemps avec méfiance, pestant (même ceux qui ne croyaient pas en Dieu ou qui tiraient leurs certitudes de leur foi en un grand architecte de l'univers) contre les étrangers, les mécréants, les impies, les Arabes, les Turcs, les Africains, les Pakistanais, ces derniers leur paraissant pires que les romanichels qui hantaient les enfances d'autrefois, même s'ils n'avaient rien à reprocher aux uns ni aux autres, sauf, pour les barraquins, de menus larcins et le fait que, quand une romanichelle heurtait à notre porte pour vendre des tapis ou proposer un rempaillage, notre refus nous valait d'être maudits entre les dents avec un bref geste mystérieux dont il n'était pas difficile de voir quelle menace il contenait. J'avais fini (peut-être pour simplement changer de sujet) par évoquer cet épisode devant le maître. « Mais les bois sont aussi vides que les cieux, les vrais bois, je veux dire, pas les plantations de sapins : des bois où il est encore possible de se perdre et où l'on retrouve les grandes frayeurs de l'enfance, et où l'on s'attend à rencontrer les esprits des anciennes forêts », m'a-t-il dit en me regardant si fixement que j'ai pu, un instant, l'imaginer en cagoule et veste militaire, un couteau de chasse à la main, devant le ventre nu et palpitant de la fille Granet, avant de me ressaisir, de ne même plus penser à des agneaux égorgés, à des lapins au cou brisé ou aux myriades d'insectes écrasés par le char du roi, et avalant les œufs brouillés tout en me rappelant qu'il ne vivait pas encore chez nous, l'automne dernier, encore qu'il ait pu être à Siom, où il devait bien revenir de temps en temps, pour y trouver de l'inspiration, me disais-je sans savoir que l'inspiration n'existe pas, que tout n'est que travail opiniâtre et harassant, et aussi qu'à cette époque il avait déjà coupé tout lien avec son village natal et avec la littérature, m'avait raconté Cécile qui le tenait du libraire d'Ussel chez qui elle était allée acheter un de ses livres. Un roman qu'elle avait lu avec difficulté, le jugeant trop sombre, avec des phrases exagérément longues et des considérations désespérées sur les relations entre les hommes et les femmes. J'avais refusé de le lire, nullement désireuse de constater que j'en étais incapable — refusant, aussi, de le trahir de cette façon, lui qui ne voulait plus entendre parler de ça, comme il disait. Les livres ne disent rien sur les vivants, m'étais-je persuadée dès l'école, et leur accorder crédit serait lâcher la proie pour l'ombre — et il y avait assez d'ombre autour de lui et en lui pour que je ne me sois pas attachée à une forme de lumière : celle que je prêtais à l'amour et dans laquelle j'espérais tant baigner, même si mon oncle me répétait que j'étais incapable d'éprouver quoi que ce soit pour quiconque. Un amour qui avait besoin de silence, me persuadais-je, à le voir manger sans rien dire, la tête tournée non plus vers moi mais en direction de la fenêtre obscure. Et je le respectais, ce silence qui me dispensait moi aussi de soutenir la conversation ; je ne m'ennuyais pas mais, à certains moments, j'aurais donné cher pour savoir ce qu'avait été sa vie antérieure, comme ce soir-là, où il m'avait retenue pour me faire partager son maigre dîner, en m'interdisant de remuer le petit doigt, refusant même que je l'aide à faire la vaisselle, et moi le regardant non sans agacement s'y prendre comme je ne l'aurais pas fait, dépensant trop de liquide à vaisselle et trop d'eau chaude pour rincer, liée à lui par ces simples gestes autant que par ce qui trahit notre appartenance à l'espèce humaine : l'ennui, le désir, la défécation, la parole et le silence, la terreur de la mort. En outre maniaques l'un et l'autre, sans doute incapables de renoncer à nos habitudes et, donc, déjà perdus l'un pour l'autre, semblait-il me signifier. Je ne savais que faire de moi. J'étais là, sur ma chaise, lourde et soûle comme une brebis revenue du pré, et j'étais sur le point d'entendre la nuit marcher. J'ai failli me mettre à hurler. Puis j'ai ri sans retenue. Je lui ai demandé si je pouvais allumer une cigarette. J'avais si peu l'habitude d'être seule avec un homme, à la nuit tombée, que je rougissais de ce que j'étais : une fille sans passé ni avenir, un personnage dépourvu d'intérêt, une petite sotte qui espérait quelque chose au lieu de mesurer la vanité de tout espoir à ce qui la séparait de cet homme et qui ne relevait pas seulement de l'âge ou de la condition sociale, mais de ce qui opposera éternellement les femmes et les hommes, surtout quand ils ne se connaissent pas et qu'ils se retrouvent face à face dans une cuisine pleine d'ombre, au rez-de-chaussée d'une immense maison déserte et qui devenait tout autre chose dans la nuit — une sorte de manoir, une maison du diable, pensais-je parfois en me rappelant un vieux film américain qui m'avait terrifiée parce qu'on n'y voit jamais les fantômes mais qu'on les entend frapper ou qu'on les devine à l'atmosphère glaciale dans laquelle on baigne soudain, oui, une bien étrange maison, cette école sur sa butte, face à une autre butte sur laquelle se dresse ce qui est plus une forteresse qu'une église, avec son étroite et haute nef flanquée sur un côté du cimetière et de l'autre de bâtiments conventuels terminés par une tour à toit pointu. À l'écart, donc, et dans une nuit bien plus noire que celle qui était tombée sur Saint-Andiau dans la lueur orange de l'éclairage public. Nous avons fumé en silence ; c'était ce que nous avions de mieux à faire, ce soir-là, nous le comprenions l'un et l'autre, et je me suis peu à peu détendue, le vin m'enhardissant jusqu'à lui demander, maladroitement, mais sans trébucher, ce qu'il attendait de la vie, maintenant qu'il n'était plus écrivain.

« Peut-être qu'on ne cesse jamais d'être écrivain, mais c'est une réponse trop facile, de celles dont je me suis trop longtemps contenté. J'aime pardessus tout marcher jusqu'à ce que la nuit tombe, oui, et marcher dans la nuit, toute la nuit, être la nuit qui marche. Mais vous allez me prendre pour un fadard. » Je lui ai dit que moi aussi on me prenait parfois pour une fadarde, une demi-folle, une sorte d'innocente, et qu'on me méprisait, mais que j'aimais marcher, m'exténuer, rejeter mes fantômes aux ronces des chemins. J'ai même été sur le point de lui dire que j'aimais par-dessus tout les bois de La Boëtie mais que, depuis ce qui était arrivé à la fille Granet, je n'osais guère y aller seule ; mais je me suis tue : j'aurais eu l'air de lui proposer de m'accompagner, et j'aurais passé pour une fille facile, l'expression me sautait à la figure, me donnait à me voir telle que je devais paraître aux gens de Saint-Andiau, notamment aux hommes, pas assez âgée ni assez vilaine pour être une vieille fille et, sans liaison connue, passant probablement pour quelqu'un qui en avait de multiples, non pas l'équivalent féminin d'un « homme à femmes » mais cela même qui n'existe pas dans le langage et dont le défaut fait de toute femme une putain en puissance et donc condamnée par la langue et la méchanceté des hommes et des femmes à être ce qu'elle n'est pas ; et, puisque je fréquentais Cécile avec qui je me promenais sur la route de Saint-Pardoux-le-Vieux, ou vers l'étang du Merlançon, dînant quelquefois chez elle, allant en ville avec elle, passant aussi pour une femme qui aime les femmes, chose plus inadmissible encore, chez nous, que l'amour liant deux hommes, le saphisme étant considéré non seulement comme une maladie mais, s'agissant de celles qui conçoivent les enfants et les portent, comme de la dépravation ; tandis que, disait mon oncle, les hommes peuvent bien ficher leur épieu dans n'importe quel ventre ou cul d'humain ou de bête, du moment qu'ils donnent leur semence aux femmes. Façon de voir dictée en grande partie par une fille de mon âge, originaire de Saint-Andiau, Dominique Drouot, que nous avions connue ravissante, délicate, rieuse, serviable et qui avait, à dix-huit ans, quitté ses parents agriculteurs pour devenir coiffeuse à Limoges, où elle avait vécu une dizaine d'années avant de revenir à Saint-Andiau, ayant perdu emploi et réputation, et non plus comme la jeune fille mince et affable que nous avions connue, mais en homosexuelle militante, hommasse, laide, révoltante même avec ses cheveux courts et passés au henné, ses piercings à l'arcade sourcilière et au menton, sa veste de bûcheron canadien, ses godillots de l'armée ; et non pas seule mais en compagnie d'une frêle jeune femme au visage clos, triste, l'air soumis et si craintif qu'on n'a pas tardé à murmurer qu'elle était battue par la fille Drouot, laquelle battait également ses parents dès que ceux-là s'avisaient de vouloir lui faire entendre raison, les enfermant dans la grange toute la nuit, parfois dans l'étable à cochons, racontait-on encore en s'horrifiant qu'il y eût des lesbiennes à Saint-Andiau, des femmes damnées, capables de corrompre les autres femmes — notamment les célibataires, murmurait-on en me regardant de travers, moi qui ne supportais pourtant pas le contact d'une main ou d'une bouche de femme sur ma joue, fût-ce pour une simple bise, pas même que Cécile me voie à demi nue dans ma chambre, retour de promenade, quand je sortais de la douche. Oui, la chair des femmes me faisait horreur, plus encore que celle des inconnus qui me regardaient avec l'intention de porter en mon sein bien plus que leur épieu, comme disait mon oncle : un couteau de sacrifice, une lame destinée à m'arracher le cœur, tandis que je serais dans la torpeur du vin, pour le dévorer ou le jeter aux chiens du soir, ou pour le présenter tout fumant au soleil levant, comme le faisaient les Aztèques, avais-je vu dans un documentaire télévisé. Cette chair-là me répugnait, reconnaissons-le, et je n'avais jamais croisé le regard triste et doux de la jeune amante de la fille Drouot sans une horreur mêlée de la haine qu'on éprouve à la vue d'une couleuvre particulièrement longue ou d'une trop grosse araignée. J'avais beau me placer sur le terrain de la compassion, me rappeler mon enfance catholique, tenter de ne pas juger ni de condamner : ma haine ne faisait que croître et, plus que de la haine et de l'indignation, une vertu guerrière, pure, acérée, puissante, qui m'avait fait acquérir non seulement une bombe à gaz, comme Cécile, mais aussi un couteau de chasse que je portais en permanence sur moi, sans doute parce que je me sentais menacée ; non que j'aie pour les inverties un goût que je me serais caché et dont ma haine serait le masque douloureux ; mais ces femmes maudites semblaient en avoir pour moi, le vice, le prosélytisme et la subornation entrant pour beaucoup dans une façon d'aimer que je ne me représentais pas sans frémir alors que, me disait Cécile qui avait pourtant autant horreur que moi de ces damnées, les hommes en usaient avec nous d'une manière souvent plus horrible ; et nous l'acceptions, oui, nous nous résignions à être ouvertes comme des bêtes et à trouver que c'est ce qui peut nous arriver de meilleur, ajoutait Cécile qui adorait, elle, qu'un homme la prenne d'abord doucement, tendrement, un peu comme si c'était elle qui menait la danse, puis, d'un seul coup, au moment où elle sent monter le plaisir, qu'il devienne rude, voire brutal, et son corps un objet, un corps mort, abandonné à la terre, quelque chose de méprisable, le rebut du rebut, la volupté ne pouvant lui être accordée qu'à ce prix, avouait-elle, fermant les yeux pour m'entendre raconter comment je jouissais ; mais je n'avais rien à dire : le plaisir n'est qu'une brûlure qu'on s'inflige à soi-même ; c'est pourquoi j'accablais Cécile de questions.

Moi qui n'imaginais pas que les choses puissent avoir lieu autrement que debout contre un arbre ou un mur, sans s'être déshabillé, ces confidences m'étonnaient cependant moins que ce que Cécile évoquait des relations entre femmes, la sexualité consistant en une sorte d'éreintement, une apparence de meurtre — le reste n'étant que danse de papillons de nuit autour d'une lampe-tempête, ai-je dit devant l'instituteur, sans savoir pourquoi, avec probablement la tête d'une femme qui sort des eaux d'un rêve agité, d'abord à voix basse, puis de plus en plus fort, pour finir avec des cris et des sanglots, en m'indignant de ce que je disais, me mordant les lèvres, serrant les poings dans les manches de mon blouson, et secouant la tête, incapable de l'entendre lorsqu'il disait que c'était peut-être moi que j'aimais, moi et moi seule. « Moi ! Vous voulez rire. Je ne peux pas me voir en peinture... » J'avais parlé très fort, ayant trop bu, trop remué, le temps de l'étrange repas, la boue qui est en chacun de nous mais plus particulièrement en des êtres tels que moi, me disais-je en baissant la tête devant cet homme qui me regardait avec une sorte de bonté, sans doute un peu ironique, mais comme on ne m'avait jamais encore regardée, malgré la fièvre que je croyais également voir dans ses yeux. Elle m'était favorable, cette fièvre, tempérée par la bonté ou l'ironie ; de là à penser que j'en étais l'inspiratrice, il n'y avait qu'un pas que j'hésitais pourtant à franchir, parce que je découvrais que je pouvais aussi bien inspirer de la pitié que du mépris. Je me suis levée pour prendre congé, et non pas fuir : il n'y avait plus rien à dire ; j'étais trop soûle pour ouvrir la bouche avec à-propos, et il se faisait tard, moins tard que je ne voulais bien le croire, mais, me dirais-je une fois allongée dans ma chambre, trop tard, oui, comme d'habitude, toujours trop tard, ce pourrait être ma devise, si quelqu'un comme moi méritait une devise, ou autre chose qu'un prénom, pauvre Estelle, pauvre fille, pauvre petite innocente, tout juste bonne à être violentée pour se faire pardonner la pitié ou le mépris qu'elle inspirait, les entendais-je dire en moi, mon oncle, l'instituteur, et les hommes, tous les hommes, ceux qui m'avaient approchée comme ceux qu'il me reste peut-être à connaître mais qui ne franchiront pas le gué, tous les mêmes, en fin de compte, et ne voulant qu'une chose, y compris mon oncle, je le sentais à sa façon de me regarder, certains soirs, à l'exaspération que je lisais dans son regard, moi qui n'étais coupable de rien, sinon d'être fille et orpheline, comme ce même soir, rentrée de chez l'instituteur, quand j'ai poussé la porte de derrière et qu'il a surgi, à moitié nu, de sa chambre (celle où j'avais été conçue et où il rêvait peut-être de me faire concevoir tout autre chose) et s'est avancé au milieu de l'escalier, jusqu'à moi, sous prétexte de me renifler, de me reprocher de sentir le vin mais voulant en vérité flairer une autre ivresse, tandis que je me figeais, incapable de ne pas voir, dans la braguette béante de son pyjama, ce qu'il me fallait bien appeler sa queue, comment le dire autrement, avec la volonté de ne pas me laisser démonter, le regardant droit dans les yeux, la main sur le manche de mon couteau, lui signifiant que j'avais vu et que ce spectacle-là était détestable, qu'il y avait mieux ailleurs, par exemple là-haut, sur la butte, quoique ce fût sans doute précisément ça qui l'excitait ; et lui, sentant si bien ma détermination à le renvoyer à la bouche des Enfers, me lançant ceci : « Salope ! », l'insulte s'adressant sans doute moins à moi qu'à la gent féminine tout entière, à cause des sacrifices qu'il disait avoir consentis toute sa vie — une vie de célibataire qui avait connu son drame personnel, un amour désespéré pour ma mère, et qui en avait tiré argument pour se laisser aller à la laideur, la mesquinerie, l'égoïsme, la médiocrité, et qui avait trouvé en moi une sorte d'alibi : un homme comme il y en a tant, en fin de compte, et qu'aucun événement n'amendera, pour peu qu'on croie l'homme perfectible et non, comme je le pense, mauvais, et d'une espèce en réalité increvable, toute femme l'apprend à ses dépens, un jour ou l'autre, malgré les liens du sang ou les lois de la République ou, plus simplement, malgré la pitié due aux plus faibles d'entre nous et à l'enfant qui ne cesse de supplier dans les flammes du désir.

VI

Écrivain, c'est ce qu'il avait été, et il ne supportait pas aujourd'hui qu'on évoque ses livres devant lui, ni ce qu'avait été sa vie précédente, pas même son enfance, qu'il avait enclose dans ses livres, avait expliqué à Cécile le libraire d'Ussel. « Laisse-moi au moins t'en lire un passage », m'avait-elle dit alors que je lui rappelais le dégoût que m'inspirait la lecture. Non, pas même ça, je lui vouais trop de respect pour tenter d'en apprendre par cette voie. Mais lorsque Cécile m'a demandé d'apporter à l'instituteur un livre afin qu'il le lui dédicace, me représentant qu'elle ne pouvait le faire le matin ou le soir, devant tout le monde, je n'ai pas pu refuser, même si je devinais la colère que je déclencherais, ce jour-là, ne le trouvant pas dans la salle de classe ni dans la cuisine où j'avais jeté un coup d'œil à travers les carreaux, ni sous le préau, où il avait l'habitude de casser du bois pour se chauffer, me disant qu'il avait accepté ce poste pour cette seule raison : pouvoir casser du bois et l'empiler, une activité qui était, avec la marche et le maniement de la faux, la seule chose qui lui permît d'apaiser les prurits d'écriture et la nostalgie de mondes disparus — son enfance et sa vie d'écrivain. Il voulait vivre hors du temps et c'était dans ce dehors que j'espérais le rejoindre. La porte d'entrée était entrebâillée. Je me suis avancée dans le couloir puis j'ai monté les marches jusqu'au premier étage, après avoir crié : « Monsieur l'instituteur ! » à plusieurs reprises, d'abord sur le palier, ensuite devant la porte du fond, d'où venait une musique étrange, discordante et tenace, semblable à celle qu'on entend dans les films policiers aux moments de grande tension. Je n'ai pas osé frapper, encore moins entrer : poser la main sur la porte me terrifiait, comme si j'ignorais ce que j'allais découvrir de l'autre côté, priant pour que la musique se tût, un peu comme on patiente pendant l'agonie d'un cochon qui se vide de son sang, et m'attendant presque, moi, à voir surgir un homme mué en porc ou un goret accomplissant sa métamorphose vers l'humain ; attendant encore que le silence se soit vraiment installé pour répéter, d'une voix sans doute trop forte : « Monsieur l'instituteur ! » Il l'a enfin ouverte, cette porte, et m'a regardée avec l'air de ne pas me voir, ou de revenir de loin, tandis que j'étais pétrifiée par le ridicule, avec, dans une poche de supermarché, la boîte à œufs et le livre pour lequel Cécile voulait une dédicace, lui et moi de chaque côté du seuil comme sur les deux rives d'un cours d'eau tumultueux que nous redoutions de franchir dans un sens comme dans l'autre. Or, le tumulte était dans nos cœurs, moi parce que je sentais bien que j'outrepassais ce qu'autorisaient les règles de la politesse et les lois de l'hospitalité, et lui indigné d'être forcé dans sa forteresse intime. « Monsieur l'instituteur ! » ai-je fini par répéter à voix très basse et en regardant mes chaussures. « Ne m'appelez pas comme ça ! » Je me suis rendu compte que je ne l'avais jamais appelé par son nom, que je ne l'avais jamais prononcé en moi-même, ce nom, un nom interdit, et non seulement pour moi mais pour les gens de Saint-Andiau, pour qui il n'était que l'instituteur, ou le maître d'école, et même pour les élèves qui étaient parfois tentés de l'appeler par son prénom, comme ça se faisait avec les instituteurs et les jeunes prêtres, aujourd'hui, mais qui ne l'osaient pas à cause de son âge. Prononcer son nom, ç'aurait été me mettre nue devant lui qui, pourtant, n'a pas hésité à m'appeler Estelle, ce jour-là, me donnant non pas à rougir de ces syllabes et de ce qu'elles désignaient, mais l'impression qu'il appelait quelqu'un d'autre, une femme, celle qui rôde toujours dans une histoire d'amour et qui est moins une rivale que l'autre femme, celle qui annonce ou rappelle la fin de tout amour, et qui pouvait très bien s'appeler Estelle, me suis-je dit en pensant qu'il avait peut-être déjà aimé une Estelle, autrement belle, bien sûr, et qui méritait mieux ce prénom que moi qui avais l'habitude de m'entendre dire « Mademoiselle », y compris par lui, mon métier le voulait, mon oncle l'exigeait, soucieux de ce que tout métier a de respectable, sinon de noble. Je ne lui ai pas donné les œufs, encore moins le livre. Le sac était à mes pieds ; mais je n'osais pas le repousser dans l'ombre du couloir, par crainte de paraître m'offrir à lui. « Il ne me reste que la musique, le silence, les images, les souvenirs », a-t-il murmuré en me faisant entrer dans cette pièce occupée par des disques rangés sur des rayonnages, une chaîne hi-fi aux baffles gigantesques, et, dans le fond, face à un canapé-lit, un grand téléviseur à écran plat dont je n'avais pas vu de semblable. Je me suis assise sur le canapé. J'ai regardé par la fenêtre la grande lueur des projecteurs éclairant l'église. Que lui répondre ? Je n'avais pas de passé. J'ai fini par lui dire que je lui avais trouvé une femme de ménage. « Qui est-ce ? » « Moi. » « Je vous ai déjà dit que ce n'était pas possible. » « J'ai besoin d'argent. Mon oncle ne sera pas toujours là. » « Je refuse. » J'étais au bord des larmes. Avec lui, j'avais souvent envie de pleurer, parfois de rire (ce qui était à peu près la même chose), le plus souvent de me taire et de l'écouter se taire. Si nous avions vécu ensemble, nous aurions passé notre temps dans le silence, dans ce qu'il appelait, je ne sais pourquoi, l'hiver de la langue : un hiver qui nous interdit le monde d'autrefois, disait-il encore, sans que je le comprenne davantage. Il se taisait donc, chez lui comme dans les promenades auxquelles il a fini par me convier, ce soir-là, sans doute pour se faire pardonner de ne pas me prendre comme femme de ménage (« Vous valez infiniment mieux que ça », avait-il dit tandis que je baissais la tête, moins à cause de son refus que de ce mot, infiniment, qu'on employait à mon propos pour la première fois et qui me paraissait déplacé, immérité, scandaleux, même, non pas en soi mais appliqué à une personne de basse condition), et aussi parce qu'il regrettait plus encore la violence avec laquelle, sans que je lui en aie rien dit, apercevant au fond du sac l'ouvrage confié par Cécile — l'ayant sans doute aperçu d'emblée, mais s'étant retenu tout le temps du dîner —, il m'avait, n'en pouvant plus, demandé le livre, me l'arrachant presque des mains pour le mettre en pièces, puis se tournant vers moi avec une fureur à peine contenue, comme si je l'avais trahi et qu'il n'y eût pas moyen de me pardonner ni, pour moi, d'espérer me racheter ; et lui, alors, prononçant ces mots : « Voilà qui m'aura beaucoup coûté », sans que je sache s'il parlait de son livre ou du sort qu'il venait de lui faire subir, le regardant ensuite descendre dans la cuisine où je l'ai entendu remuer les cercles de fonte de la cuisinière à bois qu'il allumait pour se chauffer et aussi, pouvais-je deviner, par nostalgie de son enfance siomoise — regret de cette époque déjà lointaine et qui n'avait pourtant pris fin qu'une dizaine d'années auparavant, où sa grand-tante, à Siom, remuait les mêmes plaques, dès l'aube, pour préparer la soupe de légumes qui s'y tiendrait au chaud toute la journée et d'autres plats dont il n'avait retrouvé la saveur nulle part, se condamnant dès lors à une sorte d'ascèse et de mélancolie que les repas préparés par aucune femme n'avaient pu apaiser, n'ayant pas connu ça, une femme qui l'aurait séduit non pas en ajoutant à son amour ses talents de cuisinière mais pour qui cuisiner afin de combler, de cette façon aussi, un homme aurait été un des accomplissements de l'amour, et cela sans la réduire, cette femme, à quelque rôle typiquement féminin, comprenais-je, moi qui suis incapable d'approcher une casserole du feu et qui, pour mon thé, ai acheté une bouilloire électrique où je fais chauffer de l'eau dans ma chambre, où je garde également un pot de confiture de coings, des biscottes suédoises et des galettes de pain azyme, pour n'avoir pas à descendre à la cuisine, le matin, et y tomber sur mon oncle buvant son café. L'instituteur ne remontait pas. Je me suis décidée à le rejoindre ; mes pas, dans le silence de la nuit, avaient la lourdeur de ceux d'une statue qui se serait mise en marche : ils m'effrayaient, et j'imaginais qu'ils lui faisaient peur, à lui aussi, dans la pénombre de la cuisine où il venait de brûler son livre. Il n'a pas levé la tête lorsque je suis entrée pour disposer les œufs dans une corbeille placée sur le frigo, tandis qu'il murmurait qu'il en avait assez, que j'étais aussi dépourvue d'intelligence que mes œufs, qu'il n'en pouvait plus de me voir, jour après jour, surtout le mercredi soir, étudier sur son visage comme dans un vieux livre ce que c'est qu'un homme qui a renoncé. Il n'y avait rien à lire, et il voulait être seul, absolument, définitivement seul. Il n'aurait pas pu mieux dire pour m'attacher davantage à lui. J'aurais dû m'enfuir, enfin délivrée de l'espèce de servitude où m'avait jetée mon oncle, mesurant l'étendue de ma naïveté, découvrant la terre dangereuse des sentiments exprimés : tout ce qui est dit peut être entendu comme son contraire, avais-je fini par comprendre, à écouter les uns et les autres raconter leur vie, particulièrement leurs affaires amoureuses. Le mensonge, ou la possibilité d'une vérité qui prenne l'allure du mensonge, régnait partout. J'aurais pu éclater en sanglots ; je me suis approchée de lui, le regardant bien en face, pour la première fois, et parlant d'une voix posée : « Vous n'aviez pas le droit de brûler ce livre. » « Je vous le rembourserai », s'est-il contenté de répondre avant d'entrer dans un silence dont je sentais qu'il ne sortirait plus, ce soir-là, sauf quand je lui eus dit qu'il ne s'agissait pas d'argent mais d'un cadeau, qu'il eût même suffi de sa signature, à l'encre, sur la page de garde. Il se tairait encore, comme je le verrais, non pas le mercredi suivant (où, ayant toqué à sa porte et sans attendre qu'il parût, je déposerais les œufs sur son seuil, dans la boîte en plastique dont je me félicitais chaque fois qu'elle m'épargnât le ridicule du panier qui m'avait trop longtemps donné l'air, selon Cécile, d'une jeune fille d'autrefois, un personnage de vieux roman, quelqu'un qui n'existe pas vraiment), mais le samedi, lorsque nous marcherions dans les bois de La Boëtie, qui s'étendent au sud-ouest de Saint-Andiau. Car dès le lendemain, au restaurant, brisant le silence dans lequel j'avais coutume de le servir, il m'avait demandé de lui pardonner son mouvement d'humeur, le visage tourné vers le jardin où les arbres perdaient leurs feuilles sous une pluie drue. Il m'avait aussi demandé si j'accepterais de me promener avec lui, le samedi ou le dimanche. Il parlait bas ; j'avais pourtant l'impression que tout le monde, mon oncle, les ouvriers de l'autoroute, les voyageurs de commerce, nous avait entendus, lui me faire sa proposition, moi l'accepter avec une feinte indifférence tout en déposant devant lui le plat contenant la côte de porc grillée et les haricots verts. Pour un peu, je me serais précipitée sous la pluie en hurlant de joie, me voyant déjà le samedi, dans les bois de La Boëtie : un nom qu'il prononçait comme celui de l'ami de Montaigne, alors que, lui dirais-je avec autant de confusion qu'avec cette pointe de cruauté qu'on trouve en ayant soudain l'impression d'exister plus vivement que d'ordinaire dans une vérité de langue qui est aussi celle du corps, on le prononce « Boitie », comme dans boîte (nous avons au moins ça, cette juste façon de prononcer, nous autres, enfants de Saint-Andiau, du moins ceux qui sont nés de parents limousins, les autres, venus d'ailleurs, vivant dans l'ignorance générale où d'ailleurs nous les rejoignions, puisque nous savons à peine qui étaient Montaigne et La Boétie). Il me répondrait, avec un bref sourire, qu'on erre dans les langues autant que dans les forêts et que seuls les lieux, aujourd'hui, gardent mémoire de la langue. « C'est bien là une remarque d'écrivain », rétorquerais-je, en m'étonnant de mon audace — j'allais dire de mon sens de l'à-propos, voire de mon intelligence, moi qui passais pour une fille éteinte mais qui étais loin d'être inintelligente, au moins avais-je ça pour me consoler de ne pas avoir eu d'enfance. « Une remarque de maître d'école, plutôt », dirait-il pour me faire taire ; car c'était bien ce qu'il recherchait : le silence des bois et des forêts, autant que celui de la nuit, me précédant sur un sentier sinuant entre des sapins chargés de gouttes de pluie qui faisaient briller ses cheveux, ses épaules, ses bras, et lui donnaient l'air d'un fabuleux guerrier à l'armure sertie de pierreries, pensais-je un peu sottement tout en tâchant de régler mon pas sur le sien, plus lent que régulier, constatais-je avec un léger agacement, et d'une autre façon, répondant à la question de savoir comment on marche dans la forêt en compagnie d'un homme ; question qui, avec la crainte qu'il annule la promenade ou l'oublie, n'avait cessé de m'inquiéter : fallait-il avancer côte à côte, devant ou derrière lui, parler ou se taire, lui laisser le choix du chemin ou lui en faire découvrir qu'il ne pouvait pas connaître, m'étais-je dit, oubliant qu'il était un arpenteur aussi obstiné que moi qui, seule ou avec Cécile, avais sillonné ces bois en tous sens avant de me contenter de chemins plus commodes, même quand je croyais encore marcher hors des sentiers battus, n'ayant pas l'esprit d'aventure, reconnaissons-le, détestant comme tout le monde l'aventure ailleurs que dans la bouche des autres ou dans les films et aucun film ne valant le sommeil où l'on glisse, chaque soir, plus lourdement que dans les eaux noires du lac de Siom, aurais-je pu lui dire si je m'étais comportée avec lui comme je le faisais avec Cécile, après la promenade, parlant de tout et de rien, le seul moment où je me sentais libre, la marche ayant libéré le souffle et la parole, et moi sortant du silence à quoi me condamnait ma vie avec mon oncle et avec les ombres de mes parents, tout à la fois une orpheline et une adulte sans descendance, ou une esseulée, appelez-moi comme il vous plaira, une seulette même, disaient les vieillards du bourg ; une femme qui, comme tant de ses semblables, aspirait à une autre vie, alors que lui, le maître d'école, n'attendait que le moment où les grands vents, les souffles de la forêt, les murmures de l'eau, les chants d'oiseaux remplaceraient la voix humaine, toute vie s'achevant dans le bruissement naturel, le silence étant somme toute ce qui peut nous arriver de mieux, « une grâce qui nous est faite », dirait-il ce jour-là, brusquement retourné vers moi quand mon téléphone mobile se fut mis à sonner avec entêtement dans la poche de mon blouson, un air de musique classique qui, au milieu des bois, avait quelque chose de grotesque, une badinerie, certes, tel était le nom du morceau, mais qui avait soudain quelque chose d'une danse macabre. J'ai eu toutes les peines du monde à l'extraire de mon blouson, non pas pour répondre, comme c'était d'abord mon intention, mais pour le mettre hors d'état de fonctionner. Le maître n'avait pas seulement l'air agacé : il était furieux, et je le regardais avec la crainte que cette fureur à peine cachée se traduise par des gestes, une gifle, un coup de pied qui m'enverrait rouler dans la bruyère et les fougères que nous avons atteintes, du côté de Pinassou, où de récentes coupes de pins permettaient d'apercevoir, à l'horizon, les monts d'Auvergne sur lesquels était tombée la première neige, qu'on ne tarderait pas à voir rosir dans le soir, si le ciel se dégageait davantage ; c'était même le but secret de cette promenade, ces monts si anciens qui avaient craché le feu et qui aujourd'hui ressemblent à un décor de carte de Noël — un de ces paysages que même une fille telle que moi pouvait trouver admirables, me disais-je, les larmes aux yeux, lui laissant le temps de se reprendre, restant loin de lui, immobile, inquiète, sentant au fond de moi non plus l'espèce de tiédeur picotante que, par orgueil, je ne voulais pas reconnaître pour du désir, mais des lames de feu qui n'annonçaient rien de bon : mes règles, ou plus sûrement une colique ; une de ces subites coliques qui me sont venues dès le jour où l'ancien instituteur m'avait annoncé la mort de mes parents et où tout s'était mis à couler hors de moi — les larmes, le sang, les excréments, mais pas le moindre mot, nulle plainte ni gémissement, la plus terrible douleur ne gagnant rien à se traduire en cris, et nulle consolation n'étant à chercher dans le cœur d'autrui, chacun étant toujours plus seul qu'on veut bien le croire, avais-je entendu dire à l'abbé Ligneyrac, qui nous faisait autrefois le catéchisme, et moi plus seule qu'une autre, privée de parents, sans mère, surtout, ni terre où enfouir ce que je criais autant que je le chuchotais, et restant assez chrétienne pour ne pas me tuer, bien que j'y aie souvent pensé en sortant de la messe, me pensant abandonnée de Dieu et tentée par le Démon qui (je sentais très vivement sa présence à un surcroît de froid, quelle que fût la saison) me suggérait d'aller me jeter dans le vide qui s'ouvre à l'extrémité du cimetière, là où le roc a été taillé pour servir de carrière et de rempart, précisément à l'endroit qui m'était en quelque sorte indiqué, sous l'encorbellement du toit de l'église, par un petit chapiteau représentant un homme en train de montrer ses fesses dans une position plus bestiale qu'acrobatique. Seule, je l'avais toujours été, et je le fus particulièrement, ce samedi-là, lorsque, n'y tenant plus, la douleur étant trop vive, j'ai dû m'accroupir dans le sentier et l'envoyer paître, lui qui s'approchait avec cet entêtement que mettent les hommes à venir à nous au mauvais moment, surtout pour demander ce qui se passe et ne pas comprendre qu'il faut nous laisser seules avec ce ventre par quoi nous différons si extraordinairement d'eux, et d'autant plus embêté, lui, qu'il devait croire que je voulais tout autre chose — cela même à quoi je ne cessais de songer et pour quoi je n'étais pas en position de lui répondre, bel et bien humiliée, donc, lui criant de s'en aller, que c'était là un simple problème féminin, et défaisant ma ceinture, baissant mon jean et la culotte rouge grenat que j'avais pris tant de soin à choisir, la veille, à Ussel, dans un magasin de lingerie fine où je mettais les pieds pour la première fois, moi qui restais hantée par l'idée de sentir la côte de porc et ne portais aucun bijou à l'exception d'une petite croix d'or donnée par ma mère ; tout ça pour la souiller et la baisser en plein air, cette culotte, les genoux repliés sur mes seins écrasés dans le soutien-gorge trop petit et que je n'avais pas osé aller changer, et relâchant mes entrailles sans attendre que le maître ait été assez loin pour ne pas entendre ce qui s'échappe de nous et dont l'odeur nous navre, jour après jour, et non seulement aux yeux d'autrui mais aussi à nos propres yeux, puisqu'il nous est ainsi rappelé que nous sommes mortels, me dirait le maître, un jour où, malade, il avait téléphoné qu'il ne viendrait pas déjeuner et où, le soir, je lui monterais un peu de soupe dans une bouteille Thermos que j'avais gagnée à la tombola, le jour de la fête du bourg. J'ignorais s'il faisait allusion à l'incident qui avait interrompu la promenade (m'obligeant à lui crier de poursuivre seul, et attendant que ma douleur s'apaise pour regagner Saint-Andiau par le plus court chemin, en un surcroît d'humiliation, vu qu'on penserait sans doute que j'avais été rabrouée, punie de mes prétentions, giflée, peut-être), ou bien s'il parlait pour lui, cet autre soir, souffrant des mêmes maux et s'attendant à trouver en moi une sœur en angoisse et en fragilité intestinale, à tout le moins une complicité dans laquelle j'étais incapable de m'établir, ne croyant pas que ce qui est possible entre femmes ou entre hommes, l'absence de pudibonderie, le soit entre un homme et une femme. Elle empêche, au contraire, leur fusion et interdit à l'amour d'être absolu ; car, m'étais-je souvent dit, comment aimer et désirer quelqu'un d'autre (à supposer que ce soit lui que nous désirions, et non pas l'extinction de ce désir qui nous met hors de nous et nous fait croire que seul ce qui le fait naître peut nous en délivrer), alors qu'il nous échoit de roter, uriner, lâcher des vents, déféquer, vomir, sentir mauvais, et d'accomplir tout ça en cachette, ou alors sans se cacher ni se gêner, comme mon oncle, qui fientait quasiment devant moi, après s'être emparé du journal pour entrer aux toilettes, au fond du couloir en m'expliquant qu'il était capable de mesurer l'excellence de sa cuisine, particulièrement de la côte de porc, à l'état onctueux et bien moulé de ses selles ; et lorsque je tentais d'y aller, moi, sans me faire voir, surtout après lui, malgré l'odeur infâme qu'il y avait laissée afin, je n'en doutais pas, de m'humilier, puisqu'il m'interdisait d'utiliser les toilettes du rez-de-chaussée au cas où il viendrait un client, il me lançait : « Remercie Dieu de pouvoir te soulager comme tu le fais : il n'est pas donné à tout le monde de faire sa crotte quotidienne. » En vain lui représentais-je que la monotonie de son existence, le vin qu'il ingurgitait en trop grande quantité, le soir, et sa sédentarité finiraient par faire son malheur ; il n'en démordait pas, s'obstinant à penser que les fonctions du corps dépendaient avant tout, pour ce qui le concernait, d'un divin bon-vouloir ; car, s'agissant des autres, il s'en remettait à ce qu'il appelait, en exagérant, ou à mauvais escient, le mérite personnel, montrant à quel point il manquait et de mérite et de foi, n'ayant pas même celle du charbonnier, et croyant, en bon républicain, à un vague Dieu qui n'était pas celui des armées ni des cœurs, mais une sorte de bon sens élevé au rang de déesse Raison et qui se confondait peu ou prou avec le destin, disait avec tristesse l'abbé Ligneyrac à qui, autrefois, je rapportais ces propos. Destin, grâce ou mérite personnel, j'avais été, ce jour-là, dans la sente forestière, l'objet d'une terrible disgrâce : quoi de pire pour une femme qui attend tout d'une promenade avec un homme que de se retrouver accroupie dans la brande gorgée d'eau, sous une petite pluie froide, insinuante, opiniâtre, pour laisser s'écouler toutes les sanies de son corps, expiant ainsi jusqu'au fait d'être femme ! En vérité, j'ignorais qui j'étais et ce que je voulais vraiment, les choses n'étant pas claires, rien ne relevant de l'évidence sur le territoire où je venais de pénétrer sans sauf-conduit, ne pensant pas être amoureuse, du moins pas à la façon dont je voyais les autres filles se comporter, ni qu'il m'aimât, lui. Mon corps parlait pourtant pour moi d'une manière que je ne connaissais pas encore et qui, avec vingt ans de retard, me rappelait à un ordre secret, impérieux, me dictait ma gloire comme ma honte et le moyen de ne pas y tomber derechef, disait ma mère, dans l'un des rares souvenirs que je garde de ses paroles. Car il me fallait bien inspirer de la pitié, ne fût-ce qu'à moi-même qui m'étais jusque-là interdit tout sentiment, surtout l'apitoiement sur soi, et qui pleurais là, sous la pluie, le pantalon autour des chevilles, les fesses à l'air, le ventre secoué de spasmes, dans l'odeur de mes sanies mêlées à celles de la mousse, des feuilles, du bois et de la terre, cette terre humide et dure où il me semblait que je creusais ma tombe, tellement je tremblais de douleur, de rage, d'humiliation, n'ayant jamais autant pleuré que depuis l'arrivée du maître à Saint-Andiau, et pleurant davantage, ce jour-là, au fond des bois de La Boëtie, redoutant qu'un insecte m'entre dans le sexe, trouvant un autre sujet de disgrâce dans mon haleine qui s'élevait, âcre, fétide, détestable, dans une buée féerique. De la pitié, je devais lui en inspirer, à lui aussi, et c'était bien la pire des choses : il s'était éloigné à grandes enjambées, pour me faire croire qu'il n'entendait pas mes bruits, mais était demeuré en réalité assez près pour me demander en criant si ça allait mieux ; et comme je ne répondais pas, s'approchant en parlant, comme on le fait pour amadouer une bête dangereuse et d'autant plus redoutable que blessée, me forçant à hurler que je voulais être seule, prête à l'insulter, voire à lui lancer un gros caillou recouvert de mica que j'avais repéré à ma gauche, s'il ne faisait pas demi-tour, et puis, n'entendant plus son pas dans le sentier, craignant qu'il soit parti, qu'il m'ait abandonnée, que j'aie cessé d'avoir le moindre intérêt pour lui, pas même celui d'être, à ce moment, une enfant perdue, prise en faute, malade, malheureuse, qui ne peut se tirer d'affaire que par un surcroît de disgrâce : désolation qui s'est muée en rage lorsque j'ai compris qu'il était là, derrière le bosquet de bouleaux, si près, imaginais-je, qu'il ne pouvait pas ne pas avoir entendu le bruit de mes entrailles — j'ai vu atterrir à mes pieds un petit paquet de mouchoirs en papier, non pas comme on eût jeté quelque chose à un chien ou à un mendiant, mais (j'ai aimé l'élégance de ce geste) comme s'il tombait du ciel. Je suis restée longtemps encore accroupie, attendant que ma douleur s'apaise, le sachant parti, cette fois, et y trouvant quelque soulagement, cachant comme un chat sous des feuilles ce qui était sorti de moi, me lavant les doigts dans l'eau d'une flaque où j'ai aperçu avec effroi mon visage en un frisson de ciel, ensuite rebroussant chemin après avoir allumé une cigarette, ce que je ne faisais ni en forêt ni même dans la rue, Cécile m'ayant expliqué que rien n'est plus vulgaire, et puis tombant sur lui qui, ayant deviné que je ne poursuivrais pas ma promenade, m'avait précédée sur la route du retour, s'était assis sur une souche, observait le travail d'un scarabée sur une fiente de chevreuil et se mettait à le commenter, ce travail, comme si nous étions en cours, pendant une leçon de choses, ainsi qu'on ne disait déjà plus quand j'étais à l'école mais comme s'obstinait à le dire M. Lardy, notre vieux maître. J'avais beau fermer les yeux pour évoquer un chevreuil, c'est-à-dire quelque chose de beau, de doux, de pur, c'était l'expression « bander comme un chevreuil » qui me venait à l'esprit, si souvent entendue dans la bouche des garçons, et non une jolie bête devant laquelle je serais tombée en arrêt, aussi effrayées l'une que l'autre, et moi indignée qu'un si craintif et si frêle animal serve à désigner ce qu'il y a de plus terrible dans le corps masculin, et le regardant alors, lui, le maître d'école, tel un chevreuil ; non pas comme si je m'attendais à le voir brandir son membre raide et nu dans la brume de novembre, mais en animal, ce très réel animal que tout homme est pour une femme, avais-je entendu dire ma mère, un soir où elle sortait non de sa chambre, au fond du couloir, mais d'une autre chambre, loin de la sienne, tout près d'une espèce de réduit, sous l'escalier, dans lequel on ne se contentait pas de m'enfermer quand je me montrais désobéissante, mais où, bien que je me rappelle peu mes parents, je crois que j'ai vécu, à cause de l'odeur d'encaustique dans laquelle, dès que je l'ouvre pour y prendre un balai, un chiffon ou l'aspirateur, je me retrouve tout entière, m'attendant à être figée en une de ces statues de cire qui servaient aux démonstrations anatomiques et dont j'avais vu des reproductions dans le Larousse en couleurs offert par mes parents, pour mon dixième anniversaire, le dernier qu'ils fêteraient. Il est possible que j'invente, tout comme j'invente ma mère me rejoignant dans ce cagibi pour me demander le secret sur sa présence dans l'autre chambre, oui, le secret absolu, celui que mon père ne doit pas connaître, même quand, elle le sait, papa me demande qui je préfère, de maman ou de lui, et qu'il me renvoie dans le réduit parce que je suis incapable de répondre à cette question, plus terrible que le secret que j'ai peut-être inventé et que la mort a néanmoins scellé, une question sans réponse apparente mais où il n'était pas difficile d'entendre que c'était ma mère que je préférais, à cause de ce qui se dressait entre les jambes des hommes, mon père, mon oncle, tous les autres, et qui me faisait mal, parce que je n'aimais pas cette réponse, et qu'on ne doit jamais demander d'être aimé, ni si on est aimé : à cela, pas de réponse, mais un souffle plus puissant que la parole, et cette tête de cerf qui entrait dans l'obscurité du réduit et cognait ses bois contre mon front, ma poitrine, mes bras, à peine sorti en bramant de la chambre où j'ai été conçue et sentant je ne sais quoi d'écœurant, l'homme et la femme qui ont saigné ensemble, à peu près comme je saignerais dans le bois où le maître m'attendait en observant le scarabée creusant la fiente de chevreuil, lui aussi transformé en bête, et me regardant comme cette bête, avec des yeux splendides, il fallait bien le reconnaître, et qui me contemplaient avec la plus grande douceur, malgré l'or en fusion que je décelais au fond de ses prunelles et qui m'inquiétait, moi qui avais alors, me dirait-il plus tard, des yeux d'effraie, agrandis par l'angoisse et par la douleur qui me reprenait, qui me donnaient le vertige, ces yeux, qui menaçaient de faire passer par le haut ce qui jusque-là avait emprunté la plus basse issue. La cigarette que je venais d'allumer pour tenter d'atténuer ma puanteur accroissait ce vertige : je titubais, j'allais choir, j'avais déchu à mes propres yeux, et j'étais prête à me jeter au cou du premier venu, non pas celui du maître d'école mais au cou, infiniment plus doux et tiède, du chevreuil qu'il était devenu, pensais-je avec le vif désir de me perdre dans cette fourrure, de me noyer dans ce regard trop lointain, trop profond pour moi, qui avais l'air probablement plus idiote que jamais, en tout cas plus sauvage, menaçante, même, et vacillant de nouveau, l'obligeant à s'approcher pour me prendre par le bras et me faire asseoir sur la souche. « N'ayez pas peur ! Je ne suis pas du genre à... » Je lui ai coupé la parole : « Pour qui vous me prenez ? » Il souriait ; il n'avait peut-être pas entendu, ou faisait mine d'ignorer mes paroles. Je songeais à ce verbe, « daigner », qui aurait pu justifier son attitude envers moi : tout ce qu'il faisait, il daignait le faire, et moi, je n'en étais pas digne. Pourtant, je n'étais pas pire qu'une autre ; j'avais même mes chances, pensais-je, une femme étant toujours une femme et un homme un affamé, et ce qui devait avoir lieu arriverait, quoi qu'il en soit, même en dehors des mots, car cela nous concernait tous les deux ; non pas en prenant mes rêves pour des réalités, mais parce qu'il se passait en moi quelque chose d'aussi violent et de bouleversant que le jour où mon sang avait coulé entre mes jambes pour la première fois, où j'avais même été saignée, m'avait-il semblé, dans le réduit où je m'étais réfugiée, après avoir quitté l'école en courant, me barbouillant le visage de cire, puis surgissant devant cet autre homme, qui était déjà là, le frère de mon père mort, et qui me regardait comme si c'était moi qui étais morte, avec ce masque de cire sur lequel il n'osait porter la main, de peur de me renvoyer non pas à ce que j'étais, mais au royaume dont j'avais l'air de sortir : celui des morts, car j'étais semblable, en effet, à une momie ou, pour être exacte, à une sainte embaumée, pensais-je en me rappelant une carte postale représentant je ne sais quelle supérieure de couvent dont on avait pris le masque mortuaire et restitué le visage non pas en plâtre mais dans une cire à peu près aussi jaunâtre que je l'étais, ce samedi-là, dans la forêt, face à cet homme tourmenté, lui aussi, et dont les tourments ne pouvaient qu'être liés aux miens, me disais-je en remarquant qu'il avait, comme mon oncle, du poil dans les oreilles, et que ça m'était indifférent, alors que j'en étais indignée chez tous les hommes qui s'étaient approchés de moi ; à telle enseigne que je ne tolérais pas chez moi le moindre poil, ayant pris ce dégoût très tôt, lorsque mes parents m'emmenaient me baigner au lac de Neuvic ou à l'étang de Meymac, et que je me jetais à l'eau dans les endroits les plus éloignés de la plage, de peur d'être transformée en ourse par les regards d'hommes velus ; et dès lors me rasant les jambes, les aisselles, le pubis, prête à en faire autant pour ma tête si mon oncle, pourtant soucieux de ne pas paraître en retard sur son temps, n'avait pensé que ça indisposerait d'être servi à table par une fille tondue qui lui eût rappelé les misérables dont on avait rasé la tête, à la Libération, et aussi, même s'il n'avait pas pu les voir, ces jeunes femmes qui, à la fin du XIXe siècle, vendaient leur chevelure dans les foires d'Ussel, de Treignac ou de Limoges, ou, plus simplement, ces jeunes gens aux mœurs douteuses qui erraient dans les grandes villes, tristes et absents, et qui semblaient n'attendre rien d'autre que le feu du ciel. Je guettais l'apparition du moindre poil comme d'autres les points noirs ou les boutons, un rasoir à la main, haïssant ma condition de brune qui faisait ressortir mon système pileux, enviant les blondes et les rousses, me rasant même l'anus, dois-je le redire, au prix de contorsions et de coupures qui me torturaient cependant moins que de garder cette broussaille entre les cuisses. Il avait donc du poil aux oreilles et je ne m'en souciais pas, occupée, il est vrai, à le regarder lever la main dans un rayon de soleil qui avait réussi à percer les nuages : à l'annulaire de sa main gauche, il avait accroché le scarabée dont le ventre vert brillait avec des reflets dorés. « J'ai décidé de ne plus porter de bagues. Quelquefois je le regrette », a-t-il murmuré en détachant l'insecte de son doigt pour le reposer sur la fiente du chevreuil, tandis que je pensais que ce même bousier ou l'un de ses congénères irait se repaître de mes déjections, un peu plus haut, tout en m'étonnant que lui, le maître d'école, soit capable, avec cette bague vivante, d'une telle fantaisie. C'était mal le connaître, ou ne pas le connaître du tout, car il avait été écrivain et sa fantaisie n'aurait pas dû m'inquiéter, non plus que les poils de ses oreilles, bien que ses mains en fussent dépourvues : des mains dont la peau sèche, presque fripée, m'étonnait, une fois encore, et me faisait me demander comment était la peau de son dos, par exemple, ou celle de ses cuisses, ou de son ventre. Pourtant il n'était pas vieux, cinquante ans, croyait savoir Cécile. À cinquante ans, ce n'est pas tant la peau qui se dessèche que le cœur, lequel se brise d'avoir trop aimé, trop souffert, pensais-je en lui disant de ne pas se soucier de moi. J'avais besoin d'être seule. « Seule ? Mais vous n'avez pas peur ? » Si j'avais peur ? Mais oui, comme tout un chacun, au cœur d'une vaste forêt, même en plein jour, et au début d'un millénaire qui semblait avoir relégué ce genre de peurs au rang de légendes, avec les loups, les saints, les sorciers, les jeteurs de sorts, et la pureté du sang familial. J'ai répondu que je n'avais peur de rien, que je connaissais ces bois comme ma poche, que je savais me défendre, ayant toujours sur moi une bombe à gaz et mon couteau de chasse, aurais-je pu ajouter en avouant que j'avais peur, en effet, à cause de ce qui était arrivé à la fille Granet, non loin de là, et à quoi aucune femme ne pouvait pas ne pas penser, non plus qu'aucun mari, amant ou soupirant ; le maître d'école pas davantage qui m'a dit qu'il marcherait devant moi, assez loin pour que je ne me sente pas importunée, au moins jusqu'à la ferme équestre de Continsouzas, où les chiens aboieraient et que je chasserais sans ménagement, non seulement parce que je savais qu'on disait dans le bourg que je n'étais bonne qu'à être escortée par des chiens, mais parce que, avouons-le, je haïssais les chiens, et que, plus loin, au hameau du Monteil, j'en avais même tué un que j'avais d'abord étourdi avec ma bombe à gaz puis égorgé parce qu'il m'avait un jour mordue jusqu'au sang et que les propriétaires, arguant qu'une fille convenable ne se promène pas toute seule dans les bois en tenue quasi militaire, comme un rôdeur, et que je méritais en quelque sorte ce qui m'était arrivé, n'avaient pas jugé bon de s'excuser autrement qu'en envoyant à mon oncle un beau lapin de garenne et une bouteille de gnôle et, bien sûr, rien à moi qui retournerais égorger leur animal, un jour de brouillard : meurtre que nul ne pourrait prouver mais dont l'auteur ne faisait doute aux yeux de personne et qui me vaudrait une sorte de craintif respect non seulement chez les humains mais aussi chez les animaux, notamment les chiens qui me suivraient désormais à distance, sans hostilité, comme ce jour-là les chiens de Continsouzas jusqu'à l'entrée de Saint-Andiau où je me suis réfugiée chez Cécile, pour reprendre souffle et enterrer ma honte, dans le petit pavillon sans grâce, mais refait à neuf et confortable, qu'elle louait, au pied de l'église, entre deux hautes maisons fermées presque toute l'année, près des anciens moulins, avant le pont sur la Triouzoune.

VII

Il avait écrit une trentaine de livres et il refusait d'en entendre parler, non plus que de l'étrange passion qu'avait été l'écriture, pendant si longtemps, peut-être depuis toujours, et qui l'avait conduit jusque chez nous, ayant laissé derrière lui des terres incendiées et continuant à brûler tout ce qui se rapportait à son passé, comme ce mercredi de novembre où je l'avais trouvé non pas dans la salle de classe ni dans sa cuisine mais dans le petit pré de derrière, en train de mettre le feu à des papiers, des lettres, des cartes postales, des coupures de presse, tout ce qui avait trait à ce qu'il appelait, avec l'air de cracher dans l'eau, sa « vie littéraire ». Il voulait la paix, la grande paix du soir, et avant l'heure, tout comme moi qui n'avais pourtant pas vécu et qui, jusque-là, ignorais tout de la jalousie, n'ayant jamais aimé pour de bon ; éprise, oui, quelquefois, comme toute adolescente, mais pas comme aurait dû l'être une jeune femme enfermée en elle-même et qui brûle pour tout autre chose que ce qu'elle s'imaginait la dévorer. Je n'avais pas eu d'enfance, je ne cessais d'attendre, j'étais peut-être incapable d'aimer vraiment, et voilà que j'avais le cœur soudain pris dans les plus féroces mâchoires : une jalousie sans raison, d'après Cécile, et aussi d'après ce que j'entendais se murmurer dans le bourg à propos de la monotonie de nos vies, personne n'ayant vu le maître d'école en compagnie galante, pas même celle de la fille Chastaing, comme on m'appelait en me donnant le nom du restaurant et non mon vrai nom, ce qui me confortait dans le sentiment de ne pas exister tout à fait et d'être vouée à devenir l'un de ces fantômes avec lesquels s'entretenait le maître, lequel était, lui aussi, une sorte de fantôme, comme tout écrivain qui a cessé d'écrire et qui tente de revenir dans le monde réel. La rumeur aurait en revanche pu être tout autre pour Cécile, qui s'attardait quelquefois sur le seuil de la salle de classe, le soir, quand elle allait chercher son fils, Augustin, au prénom démodé mais qu'elle justifiait par l'émerveillement où l'avait autrefois plongée la lecture du *Grand Meaulnes*, roman que j'avais tenté de lire, lorsque l'enfant était né, mais qui m'était vite tombé des mains, non seulement parce que je n'aime pas lire, mais que je déteste les histoires qui me rappellent le milieu dans lequel je vis : la campagne, l'école, les amours impossibles, les enfants tristes, la chute hors de l'enfance, la vie sans descendance, la fin des aventures ; et c'était du *Grand Meaulnes* que Cécile parlait avec le maître ; c'était *Le Grand Meaulnes* qui lui donnait l'occasion de rester un peu plus longtemps que les autres mères, parce que c'était un livre qui avait également compté pour le maître et qu'elle était plus jolie que moi, plus mûre, plus intelligente, la maternité ayant chassé de son visage cette tristesse que donne la solitude aux femmes qui approchent de la quarantaine et qui sont, comme le narrateur du *Grand Meaulnes*, destinées à demeurer des témoins des amours d'autrui, à vivre en songe ce que les autres éprouvent dans leur chair et leur sang, me disais-je en arrivant chez Cécile. Il m'apparaissait (et cette vérité m'aveuglait) que, s'il n'y avait personne dans la vie du maître, la place était libre pour toute femme qui saurait s'y prendre — celle par exemple qui saurait, par une transaction secrète et bouleversante, faire renouer avec son enfance cet homme de cinquante ans, revenu de tout, notamment des femmes de la ville, plus belles, plus intéressantes, plus savantes que nous autres, filles des hautes terres, Cécile pouvant néanmoins espérer mieux que moi, avec sa beauté de brune aux yeux bleus et aux formes assez menues pour qu'on la regarde à cause de ce qui lui faisait légèrement défaut et non pour ce qu'elle aurait pu avoir de trop évident, comme moi avec mes seins lourds, mes fesses rebondies sans être vraiment fortes, mon apparence de femme soumise. J'avais vite compris que ce qui séduit immédiatement est voué à bientôt lasser ou déplaire, alors que Cécile, plus typée, plus élégante, plus discrète que moi, paraissait un peu déplacée, donc recherchée, à Saint-Andiau où nous peinions à nous arracher à la terre, à la mélancolie du haut plateau, à la médiocrité de notre sort, avec le discret orgueil de n'être pas tout à fait comme les autres. Cécile, mon amie de toujours, je la voyais maintenant tout autre : non seulement parce que plus fine, plus attirante que moi, mais parce qu'elle partageait ça avec le maître : *Le Grand Meaulnes*, un rêve d'enfance qui pouvait expliquer pourquoi il avait souhaité enseigner dans une école de campagne, à l'aube d'un millénaire où tout est appelé à disparaître, me dirait-il plus tard, les écoles de campagne, la littérature, les histoires d'amour, l'aventure, et même les songes. Et peut-être était-il habité par le souvenir d'une femme, d'un amour infini que Cécile saurait non pas lui faire oublier, aucun amour ne s'oublie, mais le convaincre d'en accepter la fin, voire de le revivre d'une façon différente, le déplaçant dans le temps, et incarnant une de ses variations, ai-je pensé en me représentant que, de même que l'amour n'est jamais ce à quoi on s'attendait ou rêvait, de même nos rivales sont toujours celles auxquelles on ne pense pas d'abord : tantôt des disparues ou des femmes enfuies, tantôt des images surgies du plus lointain de l'enfance et dont une femme, parfois la première venue, avec une grâce bien plus émouvante que la plus évidente beauté, se montre capable de ramener au jour l'or perdu. « Des fantômes, voilà ce qui t'agite ! », m'a dit Cécile en me faisant remarquer que nous menions en quelque sorte une vie à deux, le maître et moi, que nous vivions réellement une histoire, nous voyant tous les jours, nous rencontrant une fois par semaine, et dînant quelquefois ensemble, privilège qu'à sa connaissance il n'accordait à nulle autre femme. « Mais il ne se passe rien ; je suis là, comme autrefois devant M. Lardy, l'ancien instituteur : muette, idiote, cramoisie, ou incapable de me retenir, comme l'autre jour, dans le bois de La Boëtie. » Il ne se passait rien, mais tout avait pourtant lieu, ou, plus exactement, tout pouvait arriver, parce que tout était menaçant ou menacé. J'étais ce que j'étais, non pas une toquée ou une rustaude — une gourle, aurait dit mon oncle —, mais une femme vivante, et tombée d'un songe, le jour de la promenade, mortifiée, déchue, renvoyée à mes basses-fosses. Je n'étais plus tout à fait moi-même. Au restaurant, je l'ai désormais servi sans le regarder et je ne suis pas allée le voir, le mercredi suivant, envoyant la fille du boulanger porter les œufs à ma place. Je ne vivais plus. J'étais réellement malade, ignorant de quoi je souffrais, mais me doutant bien que ce devait être du fait même de vivre. Mon oncle me faisait horreur ; Cécile me rendait folle de jalousie, mais c'est pourtant chez elle que, ce samedi-là, j'étais allée, la regardant d'abord sans joie, avec un fugitif besoin de tuer, ai-je cru sentir, et puis me mettant à sangloter en silence tandis que Cécile me prenait par la main et me guidait vers la salle de bains. Il me fallait la nuit, l'éclat de ce qui n'aura jamais lieu, les certitudes obscures qui ne se livrent que dans l'ombre. Je me sentais incapable de rentrer chez moi. Cécile m'a gardée à dîner, ayant laissé son fils chez sa mère, à Meymac, pour le week-end. Elle a téléphoné à son amant pour lui demander de venir le lendemain plutôt que le soir même. « Nous avons la nuit pour nous », m'a-t-elle déclaré lorsque je lui ai dit que j'avais trop mal au ventre pour rien avaler et peut-être pour souffler mot. Et j'avais l'impression de sentir plus mauvais que si je suais le saindoux rance. Elle m'a poussée non pas sous la douche mais vers sa baignoire : un luxe, pour moi qui n'en avais pas l'habitude, n'ayant jamais pris de bain que trois ans auparavant, à Istanbul, pendant ce voyage qui nous avait été offert par l'amant de Cécile, lequel avait profité d'un important rabais proposé sur Internet par un organisme de voyages (sans doute faudrait-il dire « voyagiste », mais je ne suis pas sûre du mot et reste mal à l'aise avec les mots nouveaux, qui me semblent toujours comme du plastique par rapport au bois, au fer, ou même au verre : quelque chose de moins durable et, surtout, dépourvu de noblesse. On me rétorquera que ce n'est pas à une fille de mon espèce de parler de noblesse, encore moins de s'en targuer ; mais je crois que, là où je suis aujourd'hui, ayant souffert ce que j'ai enduré, m'étant perdue comme nulle autre femme, j'en ai le droit). Mon oncle avait d'abord tempêté, me représentant qu'il y avait assez de Turcs et de mahométans, chez nous, sans aller s'exposer là-bas, en Orient, à un surcroît de danger : infections, viols, enlèvements, attentats islamistes et tout ce que rêvent de nous faire subir des gens tels que les Turcs, toujours ennemis des Européens malgré leur décadence, ou plutôt à cause d'elle, comme tous ces peuples jadis grands et aujourd'hui des gueux heurtant avec une fausse humilité aux portes du monde chrétien, ajoutait-il en se donnant des airs doctes qui m'exaspéraient. Puis il avait cédé : nous étions au temps du Carême, c'était encore la morte-saison, le voyage durait trois jours, et je n'avais jamais pris de vacances, n'étais pas allée plus loin que le puy de Sancy, Rocamadour et Limoges, et n'avais, à près de trente ans, pas encore vu la mer. Je n'en rêvais d'ailleurs pas : j'étais une fille des hautes terres, ce que je voyais à la télévision me suffisait, je naviguais dans mes songes bien mieux que sur tous les Bosphore et mer Noire. Je n'étais pas à plaindre : on a la vie qu'on a, ou celle qu'on mérite, et Cécile avait exigé que je les accompagne, pour y mettre les formes, avait-elle prétendu à son amant, lequel s'était amusé de l'expression en me regardant avec gourmandise ; de sorte que je m'étais demandé si je n'étais pas invitée au voyage pour une tout autre raison et que ce ne fût pas d'une partie à trois qu'il rêvait, ce quinquagénaire rondouillard, cynique mais point mauvais homme, sous le ciel d'Orient, dans le médiocre hôtel mal chauffé où nous logions (le printemps stambouliote était étrangement frais, presque froid, les goélands et les pigeons remplaçaient les corneilles, et j'étais en fin de compte heureuse de me croire, fermant les yeux sous le ciel chargé de neige, sur le plateau de Millevaches, dans les tourbières de Longeyroux, là où, comme s'il venait du large, le vent souffle en faisant varier les couleurs de l'herbe), dans le quartier de Galatasaray, et où, seule dans ma chambre, je redoutais qu'un indigène (le veilleur de nuit, par exemple, qui avait remarqué que je n'étais pas accompagnée et qui me suivait longuement des yeux, tout comme les serveurs, les chauffeurs de taxi, les commerçants, calculant leurs chances, n'ayant qu'une idée en tête : mettre à mal la petite chrétienne puis la vendre à un bordel ou la jeter dans le Bosphore enfermée dans un sac de cuir avec un chat furieux, comme ils faisaient autrefois des épouses adultères), oui, craignant qu'un de ces mécréants, comme les appelait mon oncle, ne se glisse dans ma chambre, et pour cela n'osant pas, moi, mettre sur mes yeux le masque qu'on m'avait donné dans l'avion et qui m'aurait permis d'échapper à la lumière de la lampe que je n'osais éteindre, non plus que me boucher les oreilles avec des boules de cire de peur de ne pas l'entendre se glisser dans ma chambre, et, d'autre part, passant des nuits presque blanches à guetter au plafond la progression d'un insecte et entendre malgré moi ce qui avait lieu dans la rue et, surtout, dans la chambre voisine où Cécile remplissait son devoir de femme entretenue, le manque de sommeil finissant par me donner à croire, tandis qu'elle gémissait, râlait, criait sous les coups de boutoir de son amant qui en voulait pour son argent, que c'était moi qu'on égorgeait, dans la chambre voisine, lentement, inexorablement, semblable à une de ces pauvresses de jadis, sur les hautes terres limousines, que des cavaliers huns, égarés parmi les feux du soir, à mille lieues de leurs steppes, clouaient à eux et dont ils déchiraient le ventre avant de les rejeter comme on se sépare de son ombre. J'ignorais encore que les femmes, pour la plupart, offrent ce cri aux hommes avec qui elles couchent, non parce qu'elles ont du plaisir, mais pour le leur faire croire et les renvoyer à l'illusion par laquelle ils s'en croient les maîtres : au moins n'aurai-je pas été cette putain-là. Cris et déchirements qui me laissaient, au matin, épuisée, tremblante, désespérée, finissant par souhaiter que quelqu'un s'introduise dans ma chambre, que la Corne d'Or pénètre en moi et fasse cesser ce tourment et cette absence de sommeil qui m'avaient empêchée de goûter Istanbul, puisque j'ai visité la ville dans une hébétude assez semblable à celle qui me ferait, quelques années plus tard, au retour de la désastreuse promenade, frapper à la porte de Cécile et m'allonger, les yeux fermés, dans le bain qu'elle me faisait couler, et dans lequel elle versait des sels qui paraissaient une attention excessive à la simple fille que je suis et qui, à Istanbul, n'avait d'abord pas eu l'esprit de se faire couler un bain, ménageant les savonnettes, les sachets de shampooing, les serviettes, comme si j'étais à Saint-Andiau. J'étais restée longtemps debout devant la baignoire fumante ; je n'osais pas demander à Cécile de me laisser seule sur la cuvette des toilettes. « Qu'est-ce que tu attends ? » a-t-elle soufflé en me déshabillant puis me poussant vers la baignoire où je suis entrée avec les mouvements de ce héron que j'avais vu marchant au bord du lac de Meymac, la semaine précédente. Je souriais bêtement, comme toute femme en proie à la grande rêverie amoureuse et qui, cependant, à force d'espérer tout, n'attend rien. « Rien ? » Non, vraiment, je n'attendais rien, pas même que cesse ce mal de ventre dont j'entendais pourtant me délivrer dans la chaleur de l'eau, quitte à m'y vider encore et baigner dans mes sanies comme une petite fille ou l'animal blessé qu'on peut devenir faute de retrouver l'enfant qu'on a été. En vérité j'attendais tout, quoique incapable de me le dire, à ce moment-là, rongée par la jalousie, l'incertitude, une forme de désespoir. « Mais alors ? » Alors je me contenterais du rêve, de l'attente, de la nuit. « Mais comment fais-tu ? » Lui dirais-je que je me caressais régulièrement, presque chaque jour ? « Comment ? Tu fais ça, toi ? » Jamais nous n'en avions parlé, pudiques l'une et l'autre, trop campagnardes, peut-être, et marquées par une façon de vivre dont nous avions pu entrevoir, toutes petites, les derniers feux, et dont nous gardions sans doute en nous les ultimes éclats, c'est-à-dire une morale qui nous dissuadait moins de tomber dans l'abjection que d'en parler. « Avec un vibromasseur ? » Avec mes doigts. « Rien ne vaut les doigts, c'est vrai. » Elle s'était assise sur le rebord du bidet. On n'entendait plus que le frémissement de la mousse et le bruit de la pluie qui s'était mise à tomber à grosses gouttes. Jamais, même lorsque j'étais dans ma chambre et que je ne souffrais ni ne m'ennuyais, je n'avais éprouvé à ce point, fût-ce en rêvassant, ce sentiment d'être chez moi, alors que je n'y étais pas, que je n'étais qu'un hôte de passage, que le moindre mot aurait pu m'en faire chasser, le paradis n'étant en fin de compte rien d'autre que la chambre qu'on tremble d'avoir à quitter parce qu'on est toujours coupable de quelque chose. Je gardais les yeux fermés, m'abandonnant à cette eau chaude, mousseuse et parfumée dans laquelle mes doigts se sont portés à mon pubis, sous la mousse où Cécile a plongé son bras en me demandant de lui montrer comment je faisais. Elle ne plaisantait pas, ne plaisantait jamais ; de nous deux, c'était elle l'autoritaire, l'audacieuse, celle qui avait compris qu'une vie est aussi ce qu'on a décidé qu'elle serait, cette décision se plaçât-elle sous le signe du Malin, avait-elle dit en souriant, avant de m'expliquer quelque chose d'assez confus, et que j'ai d'ailleurs aussitôt oublié, sur la nécessité du mal : le mal, j'y étais assez habituée, j'en avais fait l'épreuve d'une façon telle que ce qui m'arriverait maintenant ne pouvait être pire que ce que j'avais vécu jusque-là ; et puis, il y a un moment, malgré le sentiment d'être éternellement coupable, où on se met à rire sans raison, comme si on était sur le point d'atteindre la délivrance par excès d'abjection ou par indifférence. Je me suis laissée aller. J'avais besoin qu'on s'occupe de moi comme ça, au moins une fois. Cécile a écarté mes jambes. Nous étions là, toutes deux, ma main sur mon sexe et celle de Cécile sur la mienne, ouvrant cette chatte (c'était son mot, il me déplaisait, mais je n'en aurais pas trouvé de meilleur, à cet instant) : un sexe, ai-je alors remarqué, aux lèvres bien plus minces que la bouche de Cécile, qui restait habillée alors que j'aurais tant aimé voir son sexe à elle, oui, ces lèvres qui s'étaient distendues pour laisser passer un enfant et qui auraient pu s'élargir de nouveau pour que j'y glisse la tête, m'étais-je dit non sans effroi, moi que le contact d'une peau de femme eût fait hurler et que l'existence des homosexuels indignait, surtout les femmes, mais faisant exception pour Cécile, parce que nous ne nous désirions pas mais qu'elle était la main de ma mère qui traversait le temps, et moi pleurant soudain ma mère, ou bien ma mère pleurant en moi pendant que Cécile, avec son bon sourire, me maniait à la façon d'un outil, ayant enfin trouvé ce qu'il y a de plus singulier entre les lèvres secrètes des femmes et y appuyant mon majeur, le faisant tourner doucement, puis plus fort et plus vite, jusqu'à ce que je me mette à pleurer, à la réclamer, cette mère, alors que c'était autre chose qui venait et qui n'avait ni le visage de ma mère, ni celui de Cécile, ni même cette absence de visage que suscite le plaisir solitaire — l'inconnu, une puissance contraignante, irrésistible et rude, et qui me déchirait la voix, me défaisait de moi dans l'absence de pudeur, me faisait découvrir qu'il y a deux choses qu'on peut se donner à soi-même, sans rien attendre d'autrui : la mort et le plaisir ; lesquels parfois se rejoignent, me dirait Cécile qui avait eu les larmes aux yeux devant le bouleversement auquel elle assistait, non plus en rivale, comme je l'avais si naïvement cru, mais en bonne camarade qui ne voulait pas me laisser seule, ce soir-là, surtout quand je m'étais mise à bredouiller le nom de ma mère, que c'était elle qui avait surgi au bout de mon plaisir, puisque je n'avais personne d'autre à implorer (on n'implore pas un homme, et une femme qui s'y laisse aller est une femme perdue et moi, je ne l'étais pas, ne voulais pas l'être de cette façon), ni à qui demander pourquoi on m'avait abandonnée, pourquoi, mon

Dieu, pourquoi j'avais toujours été seule, sale, bête, apeurée, haineuse, et cependant si désireuse d'aimer, ne souhaitant rien d'autre, et prononçant à mi-voix des mots inconnus ou interdits qui ont fini par s'éteindre sur mes lèvres en même temps que le frémissement de la mousse à la surface de l'eau. Je n'avais pas changé, et pourtant je n'étais plus tout à fait la même, quelque chose s'étant déchiré en moi, sans me délivrer tout à fait ; apaisée, satisfaite, heureuse, j'avais fait semblant de l'être pour donner le change, cette fois encore, même à Cécile, ayant compris qu'aujourd'hui tout s'affiche, y compris le bonheur sexuel, et que la paix s'obtient parfois au prix d'un mensonge conclu avec soi-même. Et, les yeux fermés, Cécile retournée dans le salon, puis dans sa cuisine pour préparer la soupe dont je sentais l'odeur de légumes en train de bouillir, ce n'était pas au maître que je pensais comme à un objet inaccessible dont mes doigts m'auraient donné la jouissance imaginaire, mais, une fois encore, malgré le peu de souvenirs que je garde d'elle, à ma mère, à la soupe qu'elle préparait pour moi seule, comme pour une enfant maladive, une soupe où elle mettait des pâtes minuscules qui avaient la forme des lettres de l'alphabet avec lesquelles je tâchais de composer des mots à partir du contenu d'une cuillère, laissant d'abord le hasard en décider, puis cherchant, moi, à y trouver les lettres qui me permettraient de composer cette phrase : « Je t'aime, maman », mais n'y arrivant jamais, parce que mon père trouvait que je mettais trop de temps pour manger, que la soupe refroidissait, que je faisais bien des manières, et que ce n'était pas le moment de jouer ; ce que ma mère ne voyait pas tout à fait du même œil. « Laisse-la », lui disait-elle, sur un ton qui me paralysait et me montrait qu'un homme et une femme sont toujours en guerre, et qu'un enfant peut devenir l'enjeu d'une lutte féroce. J'y voyais, moi, un encouragement à lire mon destin dans les pâtes, et surtout la preuve que ma mère m'aimait. Et c'est en hommage à elle que je garde dans ma chambre un paquet de ces alphabets comestibles dont il m'arrive encore de renverser une poignée sur le drap de mon lit et, les yeux clos, avec l'index de ma main gauche (je suis une ancienne gauchère et ne porte jamais un doigt de ma main droite entre les lèvres de mon sexe), de composer les mots d'aveugle qui me dicteront ma conduite, faute d'y lire mon destin, mais sans jamais y arriver, sinon à de muets balbutiements qui me font penser que le sort se moque de moi ou que je suis décidément trop stupide, et me jurant toutefois que si j'y lisais une phrase claire et limpide, je ferais cuire ces pâtes dans mon sang et les avalerais en accomplissant ce qu'elles me commanderaient, fût-ce de tuer mon oncle ou de me pendre dans la forêt profonde. Mon père, lui, n'était presque jamais là, ses affaires allaient mal, il cherchait autre chose, et quand il se trouvait à la maison, il était absent d'une autre manière, si bien que j'ai l'impression qu'il n'a pas vraiment existé, même quand je n'étais pas enfermée dans le réduit, punie pour des fautes dont je ne parviens pas à me souvenir, et qu'une voix murmurait que ma mère m'avait faite toute seule et que c'était ça, le secret, le misérable secret de notre famille. Pourtant, mon père et ma mère sont bien morts ensemble, sur la route d'Égletons, et cette mort en a fait de vrais époux. J'avais dix ans et je suis à jamais fille de leur mort, ai-je fini par dire à Cécile qui était revenue portant un drap de bain avec lequel elle m'a essuyée en me serrant contre elle, murmurant qu'elle allait s'occuper de moi, qu'il fallait que j'oublie ce qui s'était passé dans la forêt, que la journée avait été trop rude, que j'étais épuisée : toute une armée de bûcherons était venue, ce samedi-là, fêter la paie et j'avais redouté jusqu'à la panique qu'ils ne s'attardent devant des digestifs et des cafés au-delà de l'heure fixée par le maître d'école, que mon oncle me laisse seule avec eux pour monter faire sa sieste, et que je ne sois, comme avait dit le chef d'équipe, leur « trou normand » ; et puis cette marche dans le froid et la pluie, l'angoisse, l'humiliation, le retour solitaire, les chiens marchant à distance, tout ce qui ne me laissait plus en paix depuis l'arrivée du maître parmi nous, et qui, en vérité, ne m'a jamais laissée tranquille depuis l'enfance, depuis que, par deux fois, en accouchant et en mourant, ma mère m'avait mise au monde et mon père deux fois tuée, m'abandonnant à cet oncle qui était peut-être mon vrai père, à en croire certains, et qui aurait été capable de me changer en truie pour m'engraisser, me saigner, me débiter, me servir à ses clients, avais-je entendu murmurer à Saint-Andiau, avant que les mêmes voix me fassent passer pour sa servante-maîtresse ou sa concubine, tant je ressemble à ma mère, paraît-il, une agréable femme aux cheveux châtains, aux yeux marron et au teint pâle : elle aurait aujourd'hui à peu près le double de mon âge, mon père étant plus vieux qu'elle et l'aîné des deux frères, le plus beau, le plus brillant, le plus fragile aussi, disait mon oncle, celui qui était voué à réussir ou à mourir jeune dans une famille où, d'aucun côté, on n'avait fait de vieux os, puisque je n'avais pas connu mes grands-parents, que ma mère était fille unique et que mon père et mon oncle n'avaient nulle famille proche, personne vers qui j'aurais pu me tourner. Pas d'entre-deux, de compromis, de solution de facilité, l'autre frère (mon oncle) parfaitement disposé à jouer les seconds rôles, en même temps qu'à faire payer à la terre entière — c'est-à-dire à lui-même, surtout, et à moi — sa condition de cadet, donc son échec dans la conquête de ma mère ; une condition dont, il faut le dire, nul ne se soucie plus aujourd'hui, en ce nouveau millénaire où la famille, l'honneur, les alliances, les liens du sang n'ont presque plus cours, du moins plus de la même façon, chacun, sur ces hautes terres aussi bien que dans les villes, se trouvant livré à lui-même, seul, terriblement seul, ou abandonné, comme moi, ce soir-là, après le bain, enveloppée dans un peignoir d'un beau blanc cassé que Cécile avait rapporté de l'île Maurice où elle s'était rendue avec son amant, sans m'emmener, cette fois, me disant que ces îles-là ne servent qu'à baiser ou à mourir d'ennui et qu'elle avait failli y périr doublement, et des ardeurs inaccoutumées de son amant, probablement suscitées par une nourriture épicée, et du bleu ennuyeux du ciel et de la mer : « L'île Maurice, les Seychelles, les Antilles : quelque chose comme l'enfer. » À quoi j'aurais pu rétorquer qu'il n'était pas besoin d'aller si loin, qu'à Saint-Andiau, l'alternative était la même, à ceci près qu'on peut y mourir de ne pas baiser et y vivre éternellement dans l'ennui le mieux réglé, sous un ciel bleu cobalt ; mais je ne la contredisais pas : lui donner raison, quoi que j'en pense, était pour moi une façon d'acheter son amitié, certaines personnes ne nous fréquentant que dans le but de parler d'elles-mêmes, quand ce n'est pas pour nous dévorer avec leurs mots, ce qui m'a très tôt fait penser que l'amitié est aussi intéressée que l'amour et que ce que je prenais pour tel, amitié ou amour, ne serait jamais qu'une extrême complaisance envers moi-même, victime à la fois par destin et par renoncement, ayant trouvé en Cécile de quoi être raisonnablement tourmentée et bien traitée. Je n'avais guère à me plaindre : les apparences étaient sauves, tout comme restaient en équilibre les cartes dont mon esprit bâtissait sans cesse l'extravagant château nocturne. Et mes rêves avaient été mes anges très fidèles, bienveillants ou exigeants, parfois sévères, au moins jusqu'à l'arrivée du maître, ai-je pensé, allongée sur le canapé de Cécile qui avait placé sur mon ventre une bouillotte de caoutchouc, souverain remède avec le plaisir aux maux de ventre, à condition de l'accompagner d'une soupe aux légumes : la sempiternelle soupe du haut Limousin, qui est bien la seule chose que je regrette, là où je suis et où les légumes n'ont pas le même goût ni de semblables vertus. Je souriais pour la première fois de la journée, la bête sournoise et opiniâtre ayant cessé de me dévorer les entrailles et moi de penser au maître, dont on pouvait apercevoir, depuis un certain point du salon de Cécile, les fenêtres obscures, sur l'autre butte. J'apercevais également une partie du cimetière, les croix de granit et les faîtes des caveaux aux verrières brillant sous la pluie, dans la lumière des projecteurs, et parmi eux la tombe de mes parents dont je devinais plus que je ne la voyais la croix celtique fourguée par un marbrier des Buiges qui la prétendait du dernier chic et que mon oncle avait acceptée parce qu'elle se distinguait des autres croix. Et pourtant, je me sentais à présent loin de tout, loin de moi, particulièrement, même si je savais qu'il m'aurait suffi d'aller sur le balcon et de crier en direction de l'école pour faire entendre l'éternelle plainte des femmes parmi les aboiements qu'auraient soulevés mes cris, ma voix se mêlant à la leur, cernée, happée, couverte, dévorée par les chiens du soir, et moi transformée en chienne, changée en ce que je suis : une chienne, marmonnait parfois mon oncle, en chaleur qui plus est, aurait-il pu ajouter, ce soir-là, si par chaleur on avait pu seulement entendre ce feu qui, plus que les reins et le bas-ventre, me rongeait l'âme et me faisait penser que rien n'était à sa place et que je souffrais surtout de l'extraordinaire pouvoir exercé sur moi par les absents, ceux qui ont quitté ce monde comme ceux qui, quoique vivants, sont plus loin de nous que les défunts. Un pouvoir, une loi, une fatalité dont j'ai fini par m'indigner, ce soir-là, et qui a fait dire à Cécile que c'était le lot de toute femme amoureuse. « Amoureuse, moi ! » « Mais oui, ma belle enfant ! » « Non, pas ça ! Jamais ! » Je m'étais retournée, les joues rouges, comme si elle m'avait giflée à tour de bras, ne me sentant pas amoureuse du maître d'école, sachant aussi que le désir est trop souvent séparé de ce qu'on nomme amour et qu'on a tort d'attribuer aux femmes l'impossibilité de désirer sans aimer, ou de ne voir que des nymphomanes en celles qui cherchent à se délivrer de ce qui leur ronge le cœur et le ventre. Pour moi, c'était tout autre chose, et je ne savais pas le nommer. J'étais défaite, ventre, visage, et verbe ; j'avais envie de frapper Cécile, de lui déchirer la face, de réduire ses paroles en cendres. J'ai éclaté en sanglots, m'apaisant peu à peu, me laissant reconduire sur le canapé, puis nourrir près de la table basse sur laquelle Cécile avait posé la soupière fumante, un petit pot de rillettes qu'elle achetait dans une charcuterie de Meymac (ce qui me faisait penser que nous étions déjà des vieilles filles, bardées de petits rites déchus en habitudes, bientôt en manies), du fromage, de la confiture de coings préparée par sa mère, du chocolat, des gâteaux secs, et une bouteille de côtes-de-duras, entamée la veille avec son amant et à quoi j'aurais préféré de l'alcool de prune, dont je faisais, depuis longtemps, un discret usage nocturne, et qui était devenue la seule chose capable non de me faire trouver le sommeil (comme on dit à mauvais escient, puisque c'est toujours le sommeil qui nous trouve, nous sautant sur la nuque comme un loup invisible, dépêché par le temps pour nous faire passer le tiers de notre vie dans l'oubli et dans le remords de perdre ce qui de toute façon nous perd), mais de tomber en des eaux plus profondes que le souvenir ou que ce puits obscur qu'est le cœur d'autrui. Je n'ai d'ailleurs pas tardé à y choir, dans ces eaux, délivrée, absoute par l'alcool, anticipant le plaisir que j'aurais à offrir au maître, pour me faire pardonner, une bouteille de vieille prune dérobée à mon oncle. « De la prune de Souillac, la meilleure qui soit », lui dirais-je, non pas lorsqu'il prendrait de mes nouvelles, à midi (mon oncle veillait au grain : il y avait déjà des clients dans la salle, et ce que j'avais à dire au maître eût peut-être fait tomber la foudre sur ma langue), mais chez lui, le lendemain, dans l'après-midi, à l'heure où j'émerge de ma sieste (autre habitude de vieille fille, dit Cécile) : des heures plus difficiles que les autres, celles du dimanche après-midi, pour ceux qui n'ont pas de famille et n'ont pas renoncé à découvrir dans le visage d'autrui le travail que le temps accomplit sur eux-mêmes. Il écoutait de la musique dans la pièce du haut, les yeux fermés. Je suis entrée sans qu'il m'y ait invitée et sans faire de bruit, m'étant déchaussée sur le seuil, prête à me mettre nue s'il me l'avait demandé, et, considérant son immobilité comme un blanc-seing, m'allongeant sur un grand tapis de sisal, dans la semi-obscurité, jusqu'à ce que le soleil ait disparu derrière l'église, écoutant battre mon cœur autant que la musique (c'était, je m'en souviens, une pièce d'orchestre comme je n'en avais jamais entendu : ample et terrible, douce, grinçante, pleine de stridences, de sirènes, de grattements, de déchirements, de coups de fouet — quelque chose de païen, comme si les esprits de la forêt et ceux des volcans d'Auvergne s'étaient réveillés et marchaient sur moi qui fermais les yeux, avais envie de me signer comme à la messe, le dimanche, lorsque je demandais à être sauvée, puisque je suis chrétienne et que j'ai trop souffert pour ne pas considérer que la satisfaction que j'aurais à me prendre en main, un jour, et à faire justice moi-même, dépasserait, je le dis tout simplement, la douceur de la bonté divine et sa puissance de pardon. « *Amériques*, d'Edgar Varèse, un Français qui a eu le courage de tout quitter pour devenir un compositeur américain », m'a-t-il enfin dit, comme si je n'étais pas venue pour autre chose que pour écouter de la musique. « Et vous ? » « Moi ? » « Allez-vous devenir américain ? » « J'y ai pensé, comme tous ceux qui ont renoncé. » « Renoncé à quoi ? » « À aimer, probablement. » « Je n'y renonce pas, moi, ai-je dit en lui tendant la bouteille de prune. Un cadeau », ai-je ajouté dans un souffle. « Pourquoi ? » « Pour me faire pardonner ma conduite d'hier. » « Vous n'avez rien à vous faire pardonner. Ce sont des choses qui arrivent. Nous sommes faibles, toujours plus faibles que nous ne pensons, et donc émouvants, oui, souvent plus émouvants de cette façon que ceux qui entendent nous dévorer le foie. » Il m'irritait avec son ton docte et son air d'être revenu de tout, et cette bouteille qu'il se refusait à prendre et qui commençait à me peser comme le poids de ma faute, de ma bêtise, de mon incapacité à être simple, légère, joyeuse. « Il est trop tôt ; ce genre d'alcool ne se goûte que la nuit », a-t-il ajouté sans préciser s'il souhaitait que j'attende avec lui la venue de la nuit. J'étais en tout cas bien décidée à le savoir, ayant à l'esprit le conseil donné, la veille, par Cécile selon qui il fallait parfois provoquer les choses, suggérer, demander, bousculer, imposer même, l'amour ayant besoin de démonstrations autant que les mathématiques. « Une sorte d'opération algébrique », avait-elle ajouté ; et si je ne voyais pas ce que les mathématiques venaient faire là-dedans, au moins concevais-je qu'on puisse émettre des signes, et que ces signes obéissent à un ordre de choses qui nous dépasse, qui que nous soyons. Signe ou suggestion heureuse (et, de sa part, de la pitié à considérer mon visage peu à peu envahi par l'inquiétude et l'obscurité), il a fini par me proposer de revenir, le soir même, pour goûter la prune. « Tu sors tous les soirs, maintenant ? » m'a demandé mon oncle à qui sa pingrerie ne pouvait pas ne pas avoir fait remarquer la disparition de la bouteille mais qui, en devinant le destinataire, et donc chez qui je me rendais, avait décidé de fermer les yeux, comptant bien se rembourser autrement et que l'alcool ferait avancer les choses, cette perspective l'autorisant à se croire généreux, et plus que jamais enthousiaste à l'idée de vendre l'affaire héritée de son frère et de se débarrasser de moi en me donnant la part qui me revenait, bien décidé à vivre seul, hors du temps, jusqu'à ces confins où la proximité de la mort n'est que le retour, sous une forme grimaçante, du temps infini de l'enfance. Nous avons bu en silence, le maître et moi, nous regardant à la dérobée, mais sans rien trouver dans nos regards qui puisse nous jeter l'un contre l'autre, l'alcool terrant chacun en soi, deux vieux enfants entrés dans une nuit interminable, oubliés de tous et avant tout de nous-mêmes, lui qui était revenu de tout et moi qui n'allais nulle part. Boire silencieusement en compagnie d'un homme était pourtant un pas en direction de ce qu'on appelle un couple, me semblait-il, lequel est constitué lorsque l'homme et la femme sont non seulement capables de se taire ensemble mais de déféquer l'un devant l'autre, tout du moins sachant que l'un des deux est en train de le faire et n'y trouvant nulle répugnance ; et il m'avait vue, entendue, sentie dans cette basse condition ; il me connaissait donc tout entière ; je n'avais plus rien à cacher et comptais que l'ivresse lui ferait oublier ce que mon visage a de banal. « Tu rêves », m'a dit Cécile, le lendemain. Je rêvais, oui, et nous étions de tristes enfants, le maître et moi, oubliés de tous, mais ne nous plaignant pas, y mettant même un point d'honneur, sachant que nul ne nous plaindrait jamais, et que, comme dit la langue, nous n'aurions jamais que nos yeux pour pleurer — à quoi j'ai d'ailleurs failli me laisser aller (et lui aussi, j'ose le croire) lorsqu'il a fait jouer un disque très différent de celui de l'après-midi : l'*Ave Maris Stella*, en mon honneur, parce que mon prénom y est inscrit, a-t-il murmuré sans me regarder ; des voix presque immobiles, une musique non moins étrange que la première, pour moi qui, outre quelques chants d'église, ne connaissais que la musique de variétés et celle des bals, et qui étais à peu près sourde à la grande musique, ou qui le croyais, mais qui, cette fois-là, étais plus qu'émue par celle-là, très ancienne, si ancienne que j'ai eu l'impression de remonter le cours de mon sang jusqu'à la nuit des temps. « Une messe du XVe siècle, de Josquin des Prés, le plus grand compositeur de son temps. » Et il s'était tu de nouveau, me regardant comme si la musique pouvait nous amener l'un contre l'autre, ai-je pensé avec effusion, alors qu'il ne l'avait fait retentir que pour me remercier de la bouteille de prune, me dirait-il un peu plus tard. « Rien d'autre ? » ai-je trouvé la force de demander. « Que voulez-vous qu'il y ait d'autre ? » Ainsi formulée, la question ne pouvait que rester sans réponse, et moi être renvoyée à mon silence, à l'ivresse naissante et déjà pesante, à un désarroi dont il a pris conscience, j'imagine, puisqu'il m'a dit que notre façon de boire lui rappelait une rencontre d'écrivains à laquelle il avait participé, autrefois, un été, à Saint-Marc-sur-Mer, près de Saint-Nazaire, et où, le soir, fêtant la fin de la rencontre, deux poètes danois ou norvégiens, il ne s'en souvenait plus, s'étaient mis à boire non pas en compagnie des autres, mais seuls, avec opiniâtreté, face à face, sans ouvrir la bouche ni sourire, ne se regardant que pour porter des toasts si sombres qu'ils ne pouvaient que saluer le néant, la bouche entrouverte non pas sur un « *skål !* » ou quelque autre formule par quoi se souhaiter hardiment une bonne santé, mais un silencieux *memento mori* : une beuverie qui leur rappelait qu'ils devaient mourir, tandis que la nuit tombait doucement sur cette jolie petite plage. « Et vous ? » ai-je bredouillé. « Moi ? Je buvais sur la plage, devant l'hôtel, en compagnie d'un écrivain tchèque, plutôt drôle, élégant, plus âgé que moi, donc plus cynique et désespéré, encore, et qui avait noué à la rambarde de la jetée, où il flottait dans le vent de la nuit, le blanc foulard que, par dépit, il avait dérobé au cou d'une jeune femme : une lectrice qui, pas plus que sa camarade, n'avait accepté de nous rejoindre sur la plage, par timidité ou ayant trouvé l'invitation trop cavalière, ni l'une ni l'autre très jolies, pourtant, ni bien faites, des femmes quelconques, en vérité, nous laissant, le Tchèque et moi, à la seule ivresse du vin et de la fatigue, celle des hommes seuls. » Seuls, nous l'étions plus que jamais, le maître et moi, ce soir-là, l'alcool, le silence qui avait suivi la musique, la meute des souvenirs, les espoirs infiniment déçus, les résolutions héroïques ou minables, tout ça nous faisant entrer au cœur d'une nuit qui n'était plus seulement celle qui succédait à un banal jour d'automne, mais la grande nuit limousine, une nuit qu'on croit disparue avec le nouveau millénaire et les oriflammes du progrès, mais dans laquelle on se sent plus que jamais un enfant perdu. « Et le foulard ? » J'avais fini par ouvrir la bouche, m'étant levée pour m'en aller, car je ne pouvais m'éterniser dans cette pièce silencieuse où un homme était en train de retomber en lui-même. « Quel foulard ? » « Celui de la femme qui refusait de venir vous retrouver sur la plage. » « Il a flotté là toute la nuit, près du Tchèque que j'ai trouvé au petit matin, endormi sur la jetée, oui, terrassé là par l'alcool et à qui j'ai tâté le cou, le croyant mort, et qui a relevé la tête pour me dire, d'une voix si calme qu'elle était une sorte de chant, que rien ne vaudrait une mort à l'aube d'un beau jour d'été, sur une jetée de granit rose, avec de petites voiles blanches à l'horizon. »

VIII

Voilà une des rares fois où il a évoqué l'écrivain qu'il était, plus précisément le temps où il l'avait été ; un temps où il n'avait pas été heureux, ayant d'ailleurs très tôt compris qu'il ne le serait jamais, que nul ne peut sérieusement se dire heureux, surtout en écrivant, que vivre c'est sacrifier un être à un autre, les relations entre les hommes et les femmes, les enfants et les parents, les humains et les bêtes, tout repose sur la dévoration et le crime plus ou moins déguisé, surtout dans le domaine amoureux. Il avait souffert et fait souffrir, pouvais-je deviner ; et j'enviais ces femmes qui l'avaient approché, celles qui avaient souffert à cause de lui, ou encore celles qui les auraient rejoints sur la plage s'ils y avaient mis les formes, le poète tchèque et lui ; car elles ne demandaient sans doute rien d'autre, quitte à en souffrir après coup, que de retrouver deux écrivains dans la nuit d'été, de s'allonger sur le sable, près des flots, et de se laisser prendre, là, ou dans une chambre de l'hôtel de la Plage, ces femmes qui ne valaient pas ces hommes, pas plus que je ne valais, moi, le maître d'école qu'il était devenu, ai-je dit à Cécile qui m'a répondu qu'une jeune femme sans nom et de peu de beauté valait bien un écrivain qui s'est tu, avant de me reprocher de m'être conduite comme une gourde, encore une fois, et de tout faire pour mener mon affaire au naufrage, en tout cas de ne rien rendre possible, pas même de paraître à ses yeux autre chose qu'une branche de houx sec. « Mais qu'est-ce qui te fait croire qu'il m'intéresse ? » ai-je crié, trop fort pour ne pas m'être mise à rougir, ne voulant rien avouer, ni endosser un habit qui n'était pas fait pour moi, pensais-je, alors qu'il est la livrée de toute femme normalement constituée. « Il faut en avoir le cœur net », m'a dit Cécile. « Et comment ? » « En allant au plus simple, en portant des sous-vêtements sexy, par exemple. » Et elle a poursuivi, d'une voix très douce, en se caressant le genou, les yeux mi-clos, avec un sourire presque inquiétant : « Crois-moi, les hommes marchent toujours. Ils raffolent de ce qui touche nos parties honteuses. » J'ai suivi son conseil. J'ai commandé à une maison de vente par correspondance ce que je n'aurais pas osé acheter à Ussel : un string rose pâle et un soutien-gorge qui semblait offrir mes seins plus qu'il ne les soutenait, et que j'ai portés le mercredi suivant, veille de la Toussaint. J'avais froid ; il tombait depuis trois jours une pluie oblique et ininterrompue qui gorgeait la terre d'eau et aurait rendu difficile, et compromettante, toute promenade à deux. J'avais ouvert mon blouson : ma poitrine tendait trop le tissu de ma chemise. Je me sentais une femme d'une autre sorte : une victime, encore, prête à entrer à mon tour dans l'éternel martyre de mes congénères, chantant le *Pange lingua* ou l'*Ave virgo gloriosa* qu'on entendait parfois dans la bouche des religieuses du prieuré, l'été, mais il ne m'a pas regardée. Je grelottais. J'espérais qu'il le remarquerait, qu'il me donnerait un peu de chaleur, d'une façon ou d'une autre. Il ne se tournait pas vers moi, n'avait pas l'air d'y voir plus loin que lui-même, et j'étais, moi, incapable d'échanger la chair vive contre celle des songes, ni de prendre son silence pour autre chose qu'un désaveu. Le silence, j'y suis pourtant habituée, depuis la mort de mes parents : on garde en soi plus de choses qu'on n'en ébruite, et on ne parle de soi que pour se dissimuler. Mais ce jour-là, j'en étais malade — et plus malade que je ne l'imaginais. « La seule maladie dont on ne guérisse pas », a maugréé Cécile qui, comme tant de femmes décidées à ne pas s'en laisser conter, affichait, elle, une santé extraordinaire, et, cette fois, haussait les épaules, me laissait à mes chimères, de telle sorte que j'ai pu me dire que j'étais plus seule que jamais ; une solitude que je ne devais qu'à moi-même, je le comprenais bien, les hommes étant voués à être choisis par les femmes, celui-là comme les autres, même quand ils nous prennent de force, me disais-je avec excès, de façon à peu près injustifiable, et voulant me punir de le penser, et le sort m'entendant d'une certaine façon puisque je me suis non pas fait violer par un des ouvriers étrangers qui travaillaient dans les bois, affamés et prêts à mettre leur vraie douceur dans un viol, mais que, tout bêtement, je me suis coincé un nerf au bas des reins, m'étant trop vivement penchée pour lacer mes chaussures, et dès lors incapable de servir à table de toute une semaine, à la grande fureur de mon oncle qui pensait que j'avais attrapé tout autrement ce tour de reins et qui m'a envoyée voir un rebouteux, au hameau de Jagassou, se méfiant des kinésithérapeutes et des bureaucrates de la Sécurité sociale, et trouvant qu'il ne valait pas la peine de consulter un médecin, la bouteille de gentiane que j'apporterais au rebouteux payant amplement le soin mis par cet homme fruste et taciturne à me passer sur les reins ses énormes pouces enduits de savon de Marseille, dans son arrière-cuisine glaciale, moi lui tournant le dos, la chemise et le soutien-gorge ôtés et me sentant bientôt un peu mieux quoique redoutant qu'il ne les introduisît ailleurs, ses pouces d'assassin, et non seulement ses doigts, mais ce que je croyais sentir frotter de temps à autre sur mes fesses, tandis qu'il m'exhortait, en un patois que je ne comprenais qu'à moitié, à ne pas me raidir, que c'était à lui d'être raide, qu'il me fallait m'abandonner, que je n'étais qu'un animal comme un autre, et qu'il savait bien ce dont j'avais besoin, ajoutait-il à voix plus basse, sans doute pour n'être pas entendu de sa mère qui attendait, tout en noir, dans l'obscure salle de ferme sentant le feu de bois, le lait aigre et le chien mouillé, et moi pleurant non seulement de la peur qu'il m'inspirait et de la douleur qui m'obligeait à me tenir à demi penchée en avant comme une petite vieille, mais surtout du fait que je serais privée de ma visite du mercredi, faisant porter au maître, par la fille du boulanger, une lettre dans laquelle je le priais de m'excuser de lui faire défaut, le mercredi et le samedi suivants, et obtenant de lui une courte réponse dont j'ai oublié les termes et qui, probablement, ne contenait rien d'important, mais à laquelle était joint un disque : de la grande musique, des pièces interprétées à l'alto par un musicien originaire de Siom, Philippe Feuillie, précisait-il, des pièces étranges, difficiles, dont je ne savais pas si je les aimais ou les détestais, mais que, parce qu'elles venaient du maître, j'ai écoutées comme si mon destin y était inscrit, et aussi parce que le nom du compositeur, Brahms, que je voyais pour la première fois, évoquait pour moi le brame du cerf, et sa musique la plainte que je ne savais pas laisser échapper, détestant toute jérémiade, ayant appris que se plaindre de cette façon nous réduit à n'être qu'un cerf malade au fond des bois, nous dont les ancêtres, m'avait dit mon oncle, auront passé leur vie à se distinguer à tout prix des bêtes.

J'étais contente de ce cadeau, même si je dois avouer que j'aurais préféré un bijou, pas grand-chose, une bague de quatre sous, par exemple, une chaîne, personne ne m'ayant jamais offert de bijou, sauf ma mère la chaîne et la croix d'or que je porte autour du cou. J'ai écouté cette musique comme on prie dans la nuit ou avale une étrange liqueur. Puis je suis retournée chez le rebouteux, qui m'a remise d'aplomb, cette fois, et j'ai repris mon service, mes visites du mercredi, parfois une promenade, le samedi, toujours sans dévoiler ce qui se passait en moi, et lui, le maître, n'en disant pas davantage. Et les choses ont continué comme ça jusqu'aux vacances de Noël, que je m'étais mise à redouter, contrairement à celles de la Toussaint, pendant lesquelles il s'était terré chez lui comme un renard, afin d'achever je ne sais quel travail, pensais-je, incapable de l'imaginer chez lui à ne rien faire, sauf le jour des Morts, où il est allé se recueillir sur les tombes de Siom, j'imagine, l'ayant vu partir en voiture, un matin, dans la direction de Limoges, après s'être arrêté chez Brignac, l'épicier, pour acheter un pot de chrysanthèmes. Les vacances, je n'y avais jamais pensé, n'en ayant pris qu'une seule fois, quelques jours, pour aller à Istanbul, et je me suis mise à les redouter : elles devenaient une menace, elles bouleverseraient l'ordre immuable de mes journées. Il s'absenterait pour les fêtes de fin d'année, j'en étais sûre, un tel homme ne pouvait rester seul, à ce moment-là, bien qu'il eût rompu avec son passé et refusât toute invitation à déjeuner ou à dîner chez des parents d'élèves ou des gens du conseil municipal, arguant qu'il avait trop de travail, qu'il était un peu joyeux convive, qu'il courait après le sommeil, sauvé d'une mauvaise réputation ou de l'hostilité générale par l'affection que lui portaient ses élèves et sa conscience professionnelle. On avait fini par le prendre pour une sorte d'original, personne ne sachant qu'il avait été écrivain ou ne s'en souciant ou ne voulant le savoir, les gens de Saint-Andiau, comme presque tout le monde, aujourd'hui, détestant les écrivains pour leur appartenance à l'ancien monde, alors qu'ils se veulent, ceux de Saint-Andiau, modernes, absolument de leur temps, donc oublieux, ignares, méprisants ; et je peinais à me représenter que je ne différais guère d'eux. Son absence, mon oncle me l'a annoncée le premier jour des vacances de Noël : le maître ne viendrait pas déjeuner de toute la semaine. J'avais en effet trouvé porte close, là-haut, et nulle autre lumière à l'école que les guirlandes d'ampoules que le maire avait fait placer sur la façade où elles soulignaient à l'excès le caractère monumental du bâtiment, le maître cependant ayant obtenu qu'on n'installât pas sur l'école de ces mannequins de pères Noël qui, depuis une dizaine d'années, pullulent sur les façades, les toits et les cheminées, et en quoi le maître voyait un signe de bêtise. Je suis rentrée chez moi, ma boîte à œufs à la main, pour subir les sarcasmes de mon oncle qui s'étonnait que je sois la dernière à savoir que le maître serait absent et qui en déduisait que mes affaires n'avançaient pas ; et comme Cécile, mais avec la détermination d'un souteneur, il m'a suggéré des artifices auxquels nul homme ne résisterait, et non seulement des « dessous affriolants » (c'étaient ses mots et dans sa bouche ils avaient quelque chose d'aussi répugnant que s'il avait exhibé son sexe de vieil homme), mais un maquillage plus attrayant, une jupe courte, un chemisier échancré, des talons aiguilles, tout ce qu'il fallait, selon lui, pour attraper un homme, et non le seul parfum, bon marché il est vrai, par lequel je tentais de me soustraire à l'odeur du porc grillé et dont je pensais qu'il suffisait à me montrer autre que je ne suis, ayant toujours fait plus confiance à l'odorat qu'à la vue ou au toucher. Rien n'y ferait, je le savais, et si je ne lâchais pas prise, ne m'avouais pas vaincue, c'était que la jalousie me gardait debout, ma fatigue devenant un sens suraigu, excessif, divinatoire, donné par une souffrance qui ne se relâche pas. Je rongeais mon frein, retombais dans mes pires habitudes, cherchais le sommeil par tous les moyens, notamment la vieille prune, malgré les effets secondaires (angoisses, vertiges et diarrhées) de cet alcool qui ne m'endormait parfois que pour me réveiller en sursaut et en nage, passant du sommeil à la veille — au sommeil éveillé, veux-je dire, ou à une veille hallucinée, car, dans la journée, je dormais debout, le plus gros de mes nuits et de mes jours brûlé à l'imaginer, lui, loin de moi, en ville, à Paris, probablement, dans les bras d'une femme sublime, expression qui me laissait plus songeuse encore que le mot pénétration, me disais-je en détournant la vieille prune de son usage pour m'en enduire le doigt qui me donnait du plaisir, me brûlant un peu le sexe, me punissant en quelque sorte d'éprouver seule ce plaisir au bout duquel il n'y avait qu'un sommeil sans rêves, le seul qui me convînt, moi qui ignorais ce qu'est le sommeil d'une femme satisfaite qui s'endort dans les bras d'un homme repu. Oui, je ne cessais de le voir : on ne perçoit bien les gens que de loin ou absents, ou même morts, et je le voyais, lui, faisant l'amour, un homme comme lui ne pouvant rester si longtemps sans femme, il les aimait trop, ça se sentait, me répétait Cécile. « À quoi le sens-tu ? » lui demandais-je avec l'air de découvrir l'Amérique. « À sa façon de nous regarder, toutes tant que nous sommes, toutes les femmes, les vieilles comme les jeunes, toi, moi, les mères d'élèves, et même les élèves filles en qui il paraît deviner celles qui seront belles, un jour. » « Toi ? » C'était tout ce que je retenais, et ce pronom s'enfonçait en moi comme les trois dents d'une fourche. « Toi ? » ai-je répété, trouvant enfin une preuve à cette jalousie jusque-là nourrie de suppositions entre lesquelles je me faisais encore la part belle. « Mais de quoi parles-tu, à la fin ! » Je n'ai pas répondu. Je m'étais éloignée vers le fond de la pièce, pleurant en silence, cherchant à atteindre le mur du salon pour me jeter au-dehors sans sortir de la maison. Je ne pouvais plus regarder Cécile. Elle a compris, s'est approchée de moi, a tenté de me prendre par l'épaule ; je me suis dérobée, j'ai retraversé le salon en renversant une chaise ; j'ai ouvert la porte-fenêtre qui donnait sur un étroit balcon : il faisait beau, un de ces beaux après-midi de décembre où cependant le soleil, le bleu du ciel, l'air vif, tout ce qui est censé concourir au bien-être se retourne contre nous, à ceci près que, ce jour-là, sur le balcon de cette maison bâtie au pied de l'escarpement rocheux sur lequel s'élève l'église, c'étaient aussi l'amour et l'amitié qui me prenaient à la gorge, me jetaient en enfer, la balustrade quasi enjambée sans m'en rendre compte, tremblant au bord du vide, et entendant de très loin la voix de Cécile qui criait : « Imbécile, tu ne réussiras qu'à te casser les jambes ou les reins, et le rebouteux ne pourra rien pour toi, cette fois ! », et voyant soudain, surgie du ciel, sa main, cette même main qui m'avait aidée, un soir, à me caresser, et dont je ne me demandais plus si elle l'avait caressé, lui, le maître, étant à sa merci et, plus que ça, son enfant, oui, l'enfant de cette blanche main qui avait saisi mon poignet, prolongement extraordinairement puissant d'une parole qui me disait que j'étais trop seule, malade, perdue, à bout de forces, et qu'il me fallait revenir auprès des humains, en tout cas près d'elle, cette Cécile qui m'a prise dans ses bras dès que j'eus regagné le balcon avec l'impression d'être, quelques années auparavant, sur le pont du bateau sur lequel nous devions remonter le Bosphore jusqu'à la mer Noire, et où j'avais trouvé le moyen d'être malade, comme le jour où je me promènerais avec le maître dans les bois de La Boëtie, le ventre déchiré, enfermée dans les toilettes malpropres, ne voyant rien de la mer Noire, ni les pétroliers russes qui passaient en soulevant des vagues inquiétantes, ni les yalis sur les rives, ni les pins d'Alep dans lesquels le vent d'est passe avant de tomber sur les visages pour les délivrer de l'odeur du mazout, de la puanteur des entrailles et des bouches, avec une exquise fraîcheur qui fait que l'image que je garde d'Istanbul n'est constituée ni de palais, ni de mosquées, ni de somptueuses villas sur les bords du Bosphore ou dans les îles des Princes, mais de cette fraîcheur épicée mêlée à l'odeur de mazout et d'iode avec celle de mes excréments et aussi, je ne crois pas l'avoir dit, aux mouvements des jeunes prostituées que j'apercevais de ma chambre, la nuit, debout sur le trottoir où elles tournoyaient parfois sur elles-mêmes pour se réchauffer ou s'étourdir un peu, à la façon des derviches, imaginais-je, et qui m'inspiraient une telle compassion que plusieurs fois j'ai été tentée de descendre pour prendre place à leurs côtés, avec l'impression d'être une femme adultère qu'on livre aux lépreux et aux culs-de-jatte, ou pis : d'être l'enfant qu'on sacrifie à un dieu obscur et dévorateur. C'est une telle horreur que je garde en mémoire, plutôt que la douceur du soir tombant sur l'Asie contemplée depuis le café Pierre-Loti dont je me rappelais le nom à cause d'une dictée où il était question de la découverte de la mer par un enfant, et semblable, cette douceur, à celle que je trouvais dans les bras de Cécile, pleurant doucement, l'écoutant me dire que, dans quelques années, tout ça me ferait hausser les épaules, sourire peut-être, et que c'était la seule manière de souffrir moins ; et je faisais mine d'acquiescer, devinant que je n'en rirais jamais, que la vie me ferait toujours souffrir, que ces bonds dans le temps ne m'étaient d'aucun secours, que certains êtres sont voués au malheur comme d'autres à l'éclat ou à l'insignifiance. J'étais malheureuse comme Cécile était employée à la poste ou mon oncle restaurateur : une façon d'être autant qu'une condition ou un destin. Quant à savoir si je me complaisais dans mon malheur, je passerai sans doute le reste de ma vie à me le demander et à souffrir de maux de ventre et de diarrhée, alors que la plupart des femmes pâtissent du contraire, on ne le sait que trop, et en cela si différente des autres que je ne doutais pas d'avoir une destinée tragique. C'était tout ce que j'avais trouvé pour lutter contre la jalousie et même contre l'infernale délectation qu'on peut y goûter, les mots de Cécile n'y suffisant pas, du moins pas entièrement, et ne pouvant, moi, m'ôter de la tête qu'avec sa petite taille, ses formes replètes, son teint mat, sa poitrine menue mais plus ferme et plus ronde que la mienne, et ses jambes bien plus jolies, tout ce qu'elle tenait d'une mère d'origine italienne, le genre de femme qu'aimait le maître, elle était sa maîtresse. Je me suis pourtant calmée. Nous sommes allées dans les bois de La Boëtie, avec Augustin, son fils, qui allait avoir six ans et dont la présence nous interdisait de parler de ce qui me mangeait le cœur. Nous avions tourné à gauche, avant la ferme, à cause du nouveau chien, un rottweiller auquel je ne voulais pas me mesurer mais que je rêvais cependant d'éliminer, ces chiens étant des tueurs et devant être traités comme des criminels, tout comme leurs maîtres. Cécile aussi en avait peur mais je ne pouvais me servir de mes armes devant son petit garçon, ni devant elle qui, comme la plupart des gens, aujourd'hui, sont plus sensibles au malheur des animaux qu'à celui des humains, surtout à la souffrance des solitaires. Je le regardais marcher devant moi, ce petit garçon qui était, lui aussi, ce qui ne me serait jamais donné et que j'étais même incapable de me représenter : un fils, ma chair et pas tout à fait la mienne, un fils, oui, et qui naîtrait de moi par accident bien plus que par volonté ; un fils tel qu'Augustin que je m'étais habituée à voir grandir entre nous, un peu comme s'il était à nous deux, sinon de nous deux, bien que blond comme son père, dont la famille était autrefois venue des

Flandres ou de Hollande pour trouver sur les hauteurs limousines un territoire plus vaste que le ciel et qui ne se confond pas avec la mer. Je désirais, moi, cette confusion, mais je n'en ai jamais parlé à Cécile, devinant qu'une mère peut tout partager, même un homme, mais pas un enfant : je mc rappelais le jugement de Salomon et m'étonnais que, si Cécile était la maîtresse de l'instituteur, elle m'encourageât dans ce qu'elle appelait ma tentative amoureuse ; on voit combien je pouvais être naïve, incapable d'imaginer qu'il y a un secret au cœur du secret, quelque chose qui se dérobe infiniment, un puits au fond du puits, le mal s'abîmant dans le mal — cela même qui pouvait recevoir le nom de mensonge ou de trahison, Judas vendu par plus vénal que soi et puni par un plus grand criminel. Nous avancions entre de hauts sapins mélangés de mélèzes, de bouleaux et de hêtres, et d'arbres tombés au cours de la tempête de 1999, et laissés là comme pour nous rappeler que nous ne sommes rien devant les colères célestes, m'avait dit le maître. Nous marchions sur un chemin de gravier et de terre, ayant à cœur de ne pas fouler la mousse vert tendre qui poussait sous la bruyère noircie. On entendait au loin des coups de fusil, des aboiements, le grondement rageur d'une tronçonneuse, des cris de rapaces, et, plus près, des chants d'oiseaux, des feulements. L'air sentait la neige, disais-je à Cécile qui rétorquait que je ferais bien de tourner mon nez de devineresse vers ce qui me concernait précisément. Ça sentait aussi la lessive dont Cécile se servait pour les vêtements de son fils : une odeur que j'enviais, plus que jamais persuadée qu'aucun produit, nul parfum, nul bain ne pourrait dissiper l'odeur de graillon qui imprégnait mes vêtements, ni me faire un jour sentir bon, les corps solitaires et affamés finissant par sentir je ne sais quoi qui les apparente à ceux des pauvres, la misère morale sentant, elle aussi, comme la maladie ou la vieillesse, quelque chose de répugnant comme l'haleine et la sueur des mangeurs d'ail, d'oignon et d'épices. Nous étions en plein hiver et pourtant Cécile craignait, à cause du beau temps, que son fils ne rencontre un serpent en train de se chauffer dans la bruyère : folie de mère que j'ai observée chez bien des femmes, même les plus sensées ; si bien qu'il a fallu marcher avec précaution, moi devant, la mère et le fils suivant celle qui, comme toujours, se sacrifie, la bonne copine, la brave fille. Rôle que je ne supportais plus de jouer, voulant être comme tout le monde, ne plus souffrir, n'être plus la dernière roue du carrosse, avoir un homme dans ma vie, mari ou amant, un enfant, pourquoi pas, et respectée, même fille mère, plutôt que plainte et vaguement méprisée, ou ignorée. Et voilà que je les précédais, cette mère et son fils liés par un amour que n'avait pas eu le temps de me donner ma mère (ou, pour être juste et passer outre la rigueur que je lui tiens de m'avoir abandonnée en mourant, un amour que je n'avais pas eu le temps de reconnaître pour tel) et qui marchaient main dans la main dans un après-midi qui avait soudain une apparence de nuit, tandis que je veillais à ne pas poser le pied sur l'improbable serpent redouté par Cécile tout en souhaitant le rencontrer dans la bruyère, ce serpent, et qu'il morde quelqu'un, Augustin, par exemple, qu'on en finisse avec l'insolent bonheur d'autrui, la filiation heureuse, la famille, tout ce qui fait notre malheur, du moins le mien, par contre-coup plus que par volonté de nuire, le bien et le mal aussi liés que le souffle et la parole, je le savais, mais je ne l'entendais plus de cette oreille : j'ai regardé vers la cime des arbres et non plus à mes pieds, sachant que nous ne risquions rien, que le seul serpent que nous avions à redouter se trouvait dans notre cœur, mais imaginant froidement la mort d'un enfant, la rêvant presque, sans comprendre que c'était moi que je désirais voir enfin morte, moi qui n'avais cessé de mourir depuis l'âge de dix ans, depuis que mes parents m'avaient abandonnée derrière cette vitre qu'on appelle la vie et qu'aucun geste, aucun mot ne saurait briser, nulle musique funèbre ou triomphante, pas même les songes. J'étais mon propre serpent, je ne cessais de me mordre, de mourir et de revivre, mourant de ne pas mourir et vivant en demi-morte, en appelant encore une fois à l'enfant que j'avais été pour l'écouter me répondre dans le plus grand silence, de très loin ou de très près, comment le savoir, ces choses-là ne se mesurant pas comme le pas d'une promenade ou les jours de la semaine. Cet enfant, Augustin ou moi, Augustin en moi et moi en lui, ou les deux ensemble, plus liés en cet instant que sa mère et lui, cet enfant que je ne voyais pas seulement se faire mordre par un aspic et agoniser au bord du chemin, le temps que je coure chercher de l'aide, nos téléphones mobiles ne trouvant pas de réseau, à cet endroit de la forêt, mais que je faisais mourir silencieusement, détaillant ses souffrances, fascinée, tremblante, pleine d'effroi et d'aversion pour moi-même, avec un mouvement d'apitoiement que je ne parvenais pas à maîtriser et qui me semblait indécent mais qui était la seule chose capable, si je m'y abandonnais, de changer ma vie, la souffrance infligée à l'enfant étant irréversible, parce que infligée aussi à moi-même : j'étais cet enfant, et je ne me résolvais pas à le voir mourir, même si je me voyais morte, moi, et avec soulagement, une sorte de bonheur, oui, de l'ivresse à l'idée d'être enfin débarrassée de moi, mourir pouvant me rendre à ma mère et me faire naître une troisième fois, rien ne m'étant impossible, à ce moment, je ne pourrais le dire autrement, quiconque a été abandonné me comprendra et sera prêt à mourir avec moi pour que nous nous sauvions ensemble, pensais-je dans la sente bordée de bruyère et de mousse, devant Augustin et Cécile qui bavardaient comme seuls peuvent le faire une mère et son fils, la chair et la chair de la chair, et ce qui transmue cette chair en esprit, l'esprit plus puissant que la chair, indestructible même, et moi jalouse de cette toute-puissance, n'étant rien, pauvre fille de trente-trois ans qui n'aura pas su vivre et qui s'y obstinait cependant, incapable de faire bonne figure. « Tu as l'air d'une folle », m'a dit Cécile lorsque nous sommes arrivés au bout d'un chemin en pente qui se terminait par un évasement où les engins forestiers venaient faire demi-tour. Je l'ai regardée, les yeux brouillés, la bouche ouverte sur un cri qu'une buse, très haut dans le ciel bleu, a poussé à ma place, me muant en enfant-buse, en divinité égyptienne, en quelque chose qui me clouait sur place comme l'ancien fermier du Monteil le faisait des chouettes à la porte de sa grange. Augustin s'est mis à rire en imitant le cri de la buse. J'ai ri à mon tour. Nous étions presque délivrés. La nuit était proche. Pour rejoindre les hauts sapins de la route, il fallait s'enfoncer dans des halliers où nous aurions déchiré nos habits. Nous sommes retournés tristement sur nos pas : une promenade qui ne forme pas une boucle n'est pas une vraie promenade et je ne songeais plus qu'au retour, non pas au moment où je serais seule dans ma chambre, après le dîner avec mon oncle, dans les relents de vieille grillade, de soupe aux poireaux, de vin et des gauloises brunes qu'il fumait en regardant le journal télévisé, me reprochant de ne m'intéresser à rien, de n'être pas vivante, de me contenter d'être là comme une génisse lasse, non, ce n'était pas à ce lent mourir que je songeais mais au maître, à cet amour (qu'on me pardonne d'employer un mot qui n'est pas plus approprié que mérité), et à la jalousie qui le nourrissait maintenant d'une autre façon, à ce village de Siom que je ne connaissais pas et où j'ai décidé de me rendre sur-le-champ, prétextant une furieuse envie de miel de châtaignier que je savais pouvoir trouver aux Buiges. Il n'était que six heures. Mon oncle m'a regardée en rétorquant qu'on en vendait bien plus près, à Meymac, et de toutes sortes, puis il a haussé les épaules, comme devant un caprice de femme enceinte, et se disant peut-être que c'était là mon nouvel état, et s'en réjouissant secrètement. Je l'ai laissé maugréer, sa voix ne m'atteignait plus, je ne pensais qu'au maître, je ressassais l'idée qu'il n'était peut-être pas à Paris, avec une autre femme, ni en voyage dans un pays exotique où les filles sont faciles, rieuses, vénales, mais à Siom, près des Buiges, une soixantaine de kilomètres plus bas, où il pouvait se cacher pour voir Cécile en toute tranquillité, les soirs où je la croyais chez sa mère, à Meymac, ou chez elle, avec l'amant en titre. J'étais maudite, marquée par la guigne et la maladresse, comme par l'odeur de la côte de porc, et rêvant à l'impossible parfum d'Arabie qui me transformerait en une femme comme les autres, voire mieux qu'une autre, vu que je suis mieux faite que bien des femmes, et, d'une certaine façon, que Cécile elle-même, au moins plus pulpeuse, plus immédiatement désirable, elle le reconnaissait volontiers, me faisant remarquer combien mes seins étaient beaux, lourds et fermes, avec leur aréole couleur rose thé, point grumeleuse, et leur pointe fine et brune. « Et dire qu'aucun homme n'y a goûté ! » avait-elle murmuré, avec l'air de le vouloir, elle, mais se ravisant, le soir où je m'étais baignée chez elle, et moi n'osant pas faire ça pour elle, approcher sa tête de mon sein, la transformer en fille, mon enfant, ma petite fille, mon bébé, incapable de ce geste qui nous aurait délivrées, chacune devenant tout ensemble la mère et la fille de l'autre, et faisant cesser tout rapport de domination et de soumission et, avec lui, tous les tourments présents et à venir. Et voilà que, ce soir-là, au retour d'une pénible promenade, je montais dans ma voiture, aucun sommeil, aucune marche à pied, nulle ivresse ne pouvant me défaire de cette envie de mourir qui me prenait quelquefois et qui, avec une indifférence proche de la vraie joie, me faisait tuer des poulets, des pintades, des canards, des lapins dont mon oncle fabriquait en hiver de la galantine, du pâté, de la terrine. Je tuais par obligation autant que pour ne pas me tuer, avais-je fini par penser, sans toutefois aller jusqu'à me dire que c'était pour ne pas tuer mes semblables — mon oncle, par exemple, à la mort de qui je songeais cent fois par jour, ou tous ces hommes qui me regardaient comme si j'étais leur lapin ou leur poule, et qui ne rêvaient que de me culbuter n'importe où, fossé, talus, bois, muret, capot de voiture, oui, culbutée, j'avais découvert ce mot au collège, dans un livre de Zola dont j'ai oublié le titre et dont je n'avais d'ailleurs lu que quelques pages, et il me semble aujourd'hui moins dégradant que *sauter* ou *baiser* à quoi se réduit la dénomination de l'éternel malentendu qui attire les hommes vers les femmes, et celles-ci vers cette mise à mort que représente le fait de se donner à un homme. Je faisais comme tout le monde : je tuais pour ne pas avoir à tuer davantage, c'est une des lois de la vie, et j'y dérogeais moins que d'autres, meurtriers par plaisir ou occasion, ou lâcheté, le plus grand criminel étant d'une certaine façon l'innocent, l'aveugle, le sourd, celui pour qui autrui n'est qu'un nuage dans le ciel, ou une mouche. C'est ce que j'avais bredouillé autrefois devant l'abbé Ligneyrac : je serais une meurtrière plutôt qu'une pécheresse, ce dernier mot ayant, au féminin, plus de force et d'infamie que pécheur, à cause de sa parfaite ressemblance avec pêcheur, dont l'activité est la plus tranquille, la plus solitaire qui soit, la plus innocente, même, d'une certaine façon, encore que nul ne s'inquiète de l'agonie des poissons hors de l'eau. Je devais avoir douze ou treize ans et l'abbé Ligneyrac m'avait répondu d'une façon détournée (notant la confusion où je tombais mais éludant ma remarque) que les femmes, en effet, quel que soit le pouvoir qu'elles acquièrent sur les hommes, souffriront toujours bien plus qu'eux. Je n'étais pas mal placée pour le savoir, moi qui ne me souvenais pas d'avoir passé un seul jour sans souffrir d'une manière ou d'une autre. C'est pourquoi, ne voulant pas faire l'objet d'un de ces meurtres collectifs indispensables à l'ordre social, je participais à la vie de Saint-Andiau, aux soirées thématiques organisées par le comité des fêtes, et, bien sûr, à la fête du bourg et au bal des pompiers, seuls moments où, sans être des amants, les hommes et les femmes se regardent en face sans dissimuler leur désir de s'entre-dévorer, masques tombés et mains nues, en silence ou avec des mots sous les mots, chacun venant là s'assurer qu'il ne voudrait pour rien au monde être à la place d'un autre mais, au contraire, vérifiant qu'il tuerait volontiers pour rester ce qu'il est sans être renvoyé à sa solitude, la convivialité, ce que le maire appelait ainsi, n'étant qu'une manière de ne pas commettre le meurtre que chacun porte en soi : un meurtre heureux, si j'ose dire, la dimension lumineuse d'un geste que chacun devrait commettre une fois dans sa vie puisqu'on est immanquablement confronté, un jour ou l'autre, à un serpent. Et je me rappelle un repas de Noël, celui de l'année précédente, qui s'était tenu dans la salle polyvalente, et où Joseph Eauvignas, un mauvais homme, malade, atteint d'un cancer du côlon qui le rendait encore plus méchant et plus avare qu'il n'était, un de ces types qui passent leur vie tout entière avec leur mère parce que aucune autre femme ne les supporterait, nous avait apostrophées, Cécile et moi : nous refusions de toucher au plateau de fromages, et il s'indignait qu'on pût débourser cinquante euros pour un médaillon de foie gras, du grenadin de veau servi avec retard à cause du verglas qui avait failli empêcher mon oncle (chez qui s'était cuisiné le repas) de disposer de la viande, de la salade d'endives aux noix, de la bûche glacée, du brouilly, et ne pas toucher au fromage. Assis côte à côte sous le néon blafard, se haïssant l'un l'autre mais alliés pour la circonstance, la fille Drouot et le fils Eauvignas ne nous quittaient pas des yeux, le mal a toujours partie liée avec la sexualité, ces deux-là incarnant chacun une forme de mal. Nul ne sait à quoi ressemblait Judas, me disait Cécile, mais Eauvignas était Judas, lui qui rêvait de nous voir crucifiées à son sexe, lui dont nous avions plusieurs fois repoussé les avances, tout comme celles de la fille Drouot, d'ailleurs, et qui, ce jour-là, paraissait persuadé que nous lui céderions d'une manière ou d'une autre. Nous osions donc ne pas vouloir de fromage. « Vous vous croyez si grasses que ça ? » avait-il lancé, d'une voix qui était sans doute la seule chose qui fût belle chez lui, tandis que sa mère, assise près de lui, ajoutait dans un murmure que j'avais été seule à entendre que c'était peut-être de nous frotter l'une contre l'autre qui nous rendait minces, devenues nous aussi des gougnasses pour n'avoir pas su distinguer les vrais hommes, au premier rang desquels ce fils qui souriait, plus maigre qu'un bouleau, la main maternelle ayant quitté sa cuisse pour son épaule, la mère souriant elle aussi, mais d'une tout autre manière, en nous haïssant ouvertement, alors que, chez le fils, c'était le dépit d'avoir à mourir sans avoir baisé toutes les femmes, répétait-il, lui qui n'en avait sans doute pas touché une seule, sinon sa mère, racontait-on, laquelle ne nous reprochait pas de n'avoir pas cédé à son fils (au contraire, elle nous en savait gré, ce qui lui avait permis de le garder pour elle), mais de ne pas le laisser croire et de le montrer si effrontément. La mère voyait en nous des filles de la campagne, tout juste bonnes à desserrer le nœud de flammes qui ceignait les reins de son fils, et sinon à brûler pour lui, du moins à mourir à sa place, à petit feu, toute mère cherchant jusque dans le mal absolu, voire dans la folie, ce qui pourrait sauver son enfant. Or, nous n'étions pas des filles de la campagne, mais des femmes du XXIe siècle, vivant non loin d'une ville, dans une zone en attente de réhabilitation ou entrée dans une décrépitude irréversible, une sorte d'entre-deux qui nous donnait l'impression de n'habiter nulle part, nos fenêtres donnant tantôt sur l'ancienne campagne avec ses vaches, ses potagers, ses forêts, ses petites routes désertes, ses odeurs de bois et d'herbe brûlées, tantôt sur la route nationale le long de laquelle se dressent des bâtiments fermés, commerces désertés, échoppes d'artisans enfuis ou morts, avec cependant, derrière les maisons abandonnées, d'autres qu'on retapait et, plus loin, les pavillons au crépi rosâtre d'un lotissement récent. Des femmes modernes, donc, victimes d'elles-mêmes mais non d'autrui, ni de l'époque, alors qu'un Eauvignas n'était jamais sorti de ces sombres demeures où la vie obéit à des rites obscurs et archaïques, et où avaient encore lieu des mises à mort : non seulement celles d'animaux domestiques mais celles d'enfants anormaux ou non désirés, nés dans le plus grand secret puis enterrés au fond de jardins clos, là où la terre digère mieux et ne fait rien remonter, sinon d'étranges champignons ou des arbres monstrueux. Quant à être grasses, nous ne l'étions pas, en effet, Eauvignas avait pu le constater lorsque nous étions allées aux toilettes, peu avant le dessert, ensemble, Cécile et moi, selon l'habitude des filles sans maris ni fiancés. Je me tenais près des cabinets, Cécile redoutant plus que tout d'y être enfermée et ne pouvant se soulager que la porte entrebâillée, l'une et l'autre ayant renoncé à aller dehors où il gelait à pierre fendre, ce qui n'empêchait pas les hommes de le faire et de s'imaginer, en des plaisanteries d'après-boire, transformés en statues de glace comme la femme de Lot l'avait été en sel. Nous entendions le grand Ambrugeat clamer qu'il aimait mieux voir sa queue changée en glace qu'en sel vu qu'il y aurait toujours une femme pour la lui faire fondre, tandis qu'avec du sel elle ne serait bonne qu'à donner aux brebis. Nous avons aussi entendu s'ouvrir la porte des toilettes. Eauvignas se tenait dans la pénombre du couloir, l'air plus douloureux que d'ordinaire, mais tâchant de sourire, sûr de son fait ou de son bon droit à se trouver là, chez les femmes. « Chasse-le, il va me faire pisser par la bouche ! » m'a soufflé Cécile. J'avais laissé mon blouson sur la chaise, dans la salle à manger, mais je gardais à la main ma serviette de table et le couteau du plateau de fromages : un Laguiole à lame longue, bien coupante. Eauvignas s'est approché ; je l'ai levé, ce couteau, la main enveloppée dans la serviette à carreaux jaunes, non pour défendre Cécile ou pour me protéger, même si c'était à moi qu'il en voulait visiblement, mais pour tuer, je le sais à présent, quoique je ne sois pas folle. Il était si méchant, si dévoré de vices, cet Eauvignas, que je l'aurais tué sans hésitation, comme saint Georges le dragon, pour débarrasser la terre d'un être nuisible et venger toutes celles qui avaient eu à subir les outrages, sévices, méfaits et tortures d'un homme mauvais — chaque homme étant d'une façon ou d'une autre un Eauvignas, ai-je encore pensé en levant plus haut un bras qu'il ne voyait pas et ne pouvait pas voir, ses yeux rivés sur l'entrecuisse de Cécile qui n'avait pas remonté sa culotte et qui commençait à geindre. Nous étions immobiles, retenant notre souffle, la bouche ouverte sur un cri qui aurait franchi nos lèvres, au moment où ma main serait retombée sur le cou d'Eauvignas, si une autre main ne m'avait retenu le bras ; une poigne que je n'imaginais pas aussi puissante mais qui avait toute la force d'une femme désespérée — celle de la mère Eauvignas, surgie elle aussi de la nuit, et sommant, d'un mouvement de tête, son fils d'aller l'attendre dans le couloir où il a filé sans demander son reste, tandis qu'elle me toisait et que Cécile se reboutonnait, chacune rendue à soi et gagnant le couloir en tâchant d'oublier ce qui aurait pu avoir lieu, Cécile posant la main sur mon bras armé avec un sourire qui signifiait à peu près ceci : « Pas besoin d'en arriver là : il va bientôt crever. » Sourire qui n'a pas échappé à la mère ; alors nous avons pu l'entendre, ce muet sanglot que seule peut produire une mère et dans lequel s'étouffait un cri plus vaste que celui qui était sur le point d'éclater en Cécile ou que deux personnes auraient pu pousser ensemble : la mère Eauvignas et son fils ; la mère qui savait mais qui ne voulait pas l'entendre d'une autre bouche que de celle des médecins, et celui-ci qui trouvait le moyen de nous regarder avec le même air que sa mère, sur les lèvres de laquelle on aurait pu voir se former ces mots : « Vous ne l'emporterez pas au paradis », puis nous tournant le dos en prenant le bras de sa mère pour rentrer dans la salle où se tenait le dîner, l'un et l'autre plus raides et rugueux que des arbres à abattre et que tout le monde regardait avec une pitié mêlée d'impatience, un peu comme on souhaite la mort de quelqu'un, par peur autant que par compassion, devinant qu'il s'était passé quelque chose — une chose dont ils ne sauraient rien et que, d'ailleurs, même les pires langues ne voulaient pas connaître, tant les Eauvignas inquiétaient, indisposaient. Du moins n'y pensais-je plus, ne regardant que ma main, regrettant de n'avoir pas lavé mon poignet, là où la mère Eauvignas l'avait serré dans ses griffes, m'attendant même à y voir se matérialiser le brûlant bracelet que j'y sentais encore et que j'irais, dès le lendemain, plonger dans l'eau bénite.

IX

Il avait été écrivain et il avait souvent parlé de Siom dans ses livres, disait-on, et on devait bien le connaître, là-bas, dans le village où il était né et où je me suis rendue, le soir de notre promenade, découvrant qu'on ne cesse de mentir, à soi, aux enfants, aux autres, et même à l'amie à qui on se confie depuis des années et qui en sait plus sur vous que votre propre mère. « Il me faut ce miel de châtaignier », ai-je dit à Cécile, moi pourtant si peu gourmande, et sans oser ajouter que ce miel, récolté sur le territoire de Siom, me donnerait l'impression de goûter quelque chose du maître, à défaut de la gelée royale que les femmes cherchent chez les hommes et qui est, en fin de compte, le vrai but de l'amour. Je devais aussi, prétendais-je, prendre aux Buiges la viande que mon oncle achetait à un charcutier qu'il avait en estime. « Tant qu'à servir du porc tous les jours, autant que ce soit du premier choix », disait-il en une de ces phrases toutes faites à quoi se résumaient la plupart de nos échanges et généralement prononcées dans les moments où il découpait la viande sur une planche épaisse, dure, brune de tout le sang qu'elle avait absorbé. Et regardant le hachoir s'abattre sur l'os, je me disais que j'allais y passer à mon tour, qu'il allait me trancher les doigts et me préparer pour me faire rôtir et me servir aux clients. Je me disais aussi que je m'en emparerais un jour, de ce hachoir que jamais il ne m'avait laissée manier, ayant peut-être vu dans mes yeux je ne sais quoi qu'il n'aimait pas, se méfiant de moi, et parlant donc pour ne rien dire, par peur du silence où je passerais à l'acte. Du moins ne m'ont-ils pas été utiles, ces mots, à Siom où je suis arrivée vers six heures, alors que la nuit était tombée sur ce village minuscule serré au sommet d'une colline, en contrebas de la route de Limoges, autour d'une petite église à clocher-mur. Il n'y avait personne dans les rues — dans la rue principale, en vérité, les autres se résumant à deux ruelles qui partent de la place et dont la plus importante descend au terrain de camping et au lac. Personne non plus dans les maisons, aurais-je pu penser s'il ne s'en était élevé de maigres fumées. La seule, la vraie lumière venait de l'Auberge du Lac, dont j'ai poussé la porte avec l'impression de basculer dans un autre siècle, dans ce qu'on appelait l'ancien temps, à cause de l'odeur de feu de bois, de mauvais vin, d'anisette, de bière, de tabac brun, de soupe de légumes, et du patois dans lequel bataillaient deux vieillards attablés sous l'œil moqueur de quelques hommes, plus jeunes, juchés sur des tabourets de bar, tout le monde se taisant à mon entrée pour me regarder avancer vers le comptoir comme si j'étais issue d'au-delà de la grande nuit siomoise à laquelle ils devaient avoir cessé de penser avec effroi, comme tous ceux qui ont l'habitude de se tourner vers les voix venues d'ailleurs, ou peut-être de nulle part, la voix du peuple, la radio et la télévision, celle par exemple qu'on entendait bourdonner dans les parties privées de l'établissement, tandis que je m'installais au bar et que, d'un ton qui me paraissait devoir soulever une tempête sur le lac, tant était lourd le silence de la salle, je demandais un grog en m'enquérant de la route des Buiges, feignant de m'être égarée, mon accent parlant en ma faveur mais pas mon sexe, encore moins ma timidité, et découvrant, moi, dans une sorte d'arrogance de quoi paraître moins empotée — tout cela inquiétant peut-être ces hommes, jeunes ouvriers agricoles, vieux paysans, retraités de la fonction publique, les uns et les autres habitués à se retrouver là, le soir, parfois deux fois par jour, pour parler de ce qui, autant que l'alcool et le tabac, leur dévorait le corps : les femmes, leurs épouses comme celles qu'ils n'avaient pas eues ou qu'ils n'auraient jamais et qu'il leur fallait oublier, enfouir au plus profond d'eux-mêmes, là où nulle pelle n'atteindrait, ai-je pensé en voyant dans leurs yeux le même étrange feu que celui qui brillait dans ceux d'Eauvignas, de l'amant de Cécile, ou de mon oncle, lorsqu'il y avait une jolie cliente dans la salle ou qu'apparaissait à la télévision une actrice dénudée, sa main se portant à son entrejambe, son regard errant entre les images et moi, si bien que j'avais fini par renoncer à la télévision pour me refugier le plus souvent dans ma chambre où j'écoutais mon baladeur, allongée dans le noir, traversant la nuit entre la musique et des songeries misérables, fuyant cette haine, cette férocité, la damnation qu'on voit dans les yeux des hommes, tous les signes du désir déçu et que ma silhouette, mon parfum, mon odeur, ma voix de femme seule devaient réveiller, ce soir-là, certains hommes pouvant même renifler l'odeur de nos règles, paraît-il, même sous le plus capiteux parfum ; et donc m'interdisant dans l'auberge de Siom de rien faire d'autre que boire mon grog, payer en laissant un pourboire excessif, puis vider les lieux sans avoir eu le courage de poser la moindre question au sujet de l'écrivain qui était né là, entre ces murs, un demi-siècle plus tôt, tâchant au moins de ne pas rater ma sortie, marchant sans hâte, persuadée que j'avais été à deux doigts de me retrouver allongée sur une des tables du café, pantalon, collant et culotte baissés, la chemise déchirée, fermant les paupières pendant qu'ils s'approchaient sans un mot et posaient sur moi leurs mains calleuses et malodorantes pour m'ouvrir le ventre et m'arracher les entrailles avant de les dévorer en me traitant de salope, de petite cochonne, semblable à ces bêtes que tuait mon oncle, à l'époque où il ne rechignait pas à tout faire par lui-même et où il me fallait l'aider à les mettre à mort, quoique incapable de supporter les hurlements et le regard des victimes, à ce point terrifiée que c'était mon oncle que j'aurais fini par tuer en hurlant à mon tour comme ces bêtes, et pour cela me bouchant les oreilles avec des boules de cire trouvées, après son départ, dans la chambre d'un client, et qui me permettraient, dans les années qui suivirent, une fois barricadée dans ma chambre, d'oublier le monde et de vivre avec pour toute compagnie les battements de mon cœur. J'ai secoué la tête ; je l'ai renversée dans l'air glacial, vers la lune qui se levait au-dessus du lac, et j'aurais, là aussi, pu me mettre à hurler, cochonne, chienne, génisse, une bête, assurément, me disaient les hommes, tous les hommes, à commencer par ceux qui m'observaient derrière les rideaux du café. J'ai respiré profondément, puis je me suis abandonnée à la pente de la rue qui descendait à une terrasse plantée de trois maigres arbres, probablement des acacias, et qui surplombait le lac luisant comme un dos de scarabée, même si ce n'étaient ni le lac ni le dos du scarabée qui luisaient, mais les mots, seulement les mots, aurait pu dire le maître : des mots qui ne franchissaient plus mes lèvres depuis que je me trouvais à Siom, particulièrement sur cette place déserte où on n'entendait que le roulement des voitures, plus haut, sur la route de Limoges ; pas une âme, pas d'autre lumière que celle de quelques réverbères trop grands, trop ouvragés pour un village aussi perdu. J'avais froid. Je regardais autour de moi, n'imaginant pas qu'il puisse être là, dans une de ces maisons apparemment fermées pour l'hiver ou abandonnées ; encore moins capable de me le représenter se terrant dans son enfance, en ce lieu où le moindre mot aurait la lourdeur d'une pierre roulée devant un tombeau, ai-je pensé sur la terrasse en contemplant la lune et prête, une fois encore, à crier ou à l'implorer comme les Siomois, au milieu de la nuit, imploreraient le dieu du sommeil de leur dispenser l'oubli, tout comme j'étais prête à me jeter dans les eaux noires du lac ou à prier pour que me soit donnée la paix ; car on redevient toujours païen quand on perd la faculté de dormir, me dirait le maître, lorsque je le reverrais, à la fin de la semaine, fatiguée à dormir debout, semblable aux fantômes de ce Siom où il ne s'était donc pas réfugié puisqu'il m'a dit revenir d'un voyage en Angleterre : une sorte de pèlerinage — une manière d'adieu. « D'adieu ? » Ce mot me faisait redouter le pire. Je n'osais le questionner ; il ne m'en a pas dit davantage, du moins pas cette fois-là, mais le surlendemain, quand je lui ai apporté ses œufs. Nous avions repris nos habitudes, les déjeuners au restaurant Chastaing, la visite du mercredi et, pour fêter son retour, un des deux pots de miel que j'avais achetés aux Buiges, la promenade du samedi après-midi, enfin ; et je me convainquais qu'il ne s'était rien passé, les habitudes, les rites, les manies étant aussi une des dimensions de l'amour, m'avait dit Cécile qui suivait, cette semaine-là, un stage d'informatique à Tulle et qui rentrant trop tard m'avait demandé d'amener son fils à l'école et d'aller l'y chercher. Mais ce qui aurait dû me réjouir, me faire par exemple rêver que j'étais la mère d'Augustin et lui, le maître, son père secret, n'a pu que m'accabler, me découvrant la vraie nature de ma souffrance ; et ce qu'il m'a dit, le lendemain, à propos de son voyage en Angleterre, je l'ai oublié sur-le-champ, n'ayant d'yeux que pour l'inconnue qui se tenait à l'écart du groupe que nous formions, les jeunes mères de Saint-Andiau et moi, non pas devant la porte des salles de classe (il pleuvait, en ce premier jour d'école de la nouvelle année), mais sous le préau où les bûches étaient rangées avec un soin exagéré, le maître sciant et cassant lui-même le bois qu'il achetait à un fermier de Triouzoux, ayant toujours rêvé de retrouver ces gestes de son enfance siomoise, et laissant même entendre que c'était là une façon, la seule peut-être, d'épuiser, d'oublier ce qui lui manquait dans le fait d'avoir renoncé à l'écriture, ajoutant que l'esprit peut être heureusement vaincu par le corps et qu'il ne regrettait pas le temps où son esprit dictait sa loi à son corps. Elles bavardaient ensemble, ces femmes avec qui j'avais passé, moi, une alliance muette, non pour me donner l'illusion d'être une mère (me sachant là-dessus, comme le maître, terrifiée par l'idée d'être responsable d'un autre que soi), mais parce que d'instinct liguée avec elles contre l'inconnue : une Arabe, une Turque plutôt, très jeune, la figure serrée jusqu'au menton dans un foulard gris tourterelle dans lequel son visage semblait plus jeune qu'il n'était (un beau visage ovale, au teint mat, aux grands yeux bruns cernés de noir et aux lèvres pleines, sans rouge — un visage de religieuse, ai-je pensé, avec une sorte de gêne donnée par le fait d'associer une musulmane à la vraie religion). Elle attendait, elle aussi, non pas sous le préau, ni devant la salle de Mme Razel, mais devant celle du maître, sous un parapluie à fleurs, très droite dans un noir manteau de mauvaise qualité et des pantalons également noirs dont le bas était fourré dans des bottes à revers de faux mouton, les yeux perdus vers cette église dont la haute masse l'impressionnait sans doute, comme tous ceux qui se tournaient vers elle, attirant le regard de tous, même celui des mécréants et des impies, oui, en un temps où, chez nous, plus grand monde ne se souciait du Seigneur, de l'enfer ni du paradis : comme s'ils n'existaient plus, comme si l'ensemble de nos souffrances n'était pas l'avant-goût de ce qui nous attend et l'obscur miroir de la grande paix à venir, misérables humains, pauvres imbéciles, mes frères ignorants, plus aveugles, plus sourds, plus négligents encore que moi. Et elle, la jeune Turque, se tenait sur ses gardes, en territoire ennemi, prête à bondir à l'intérieur de la salle, ça se sentait, elle frémissait, se mordillait les lèvres, surveillait la porte pour être la première à retrouver son fils et voir le maître ouvrir et la regarder avec une joie qui me semblait un signe d'éternité ; et il était soulagé de la trouver là, presque reconnaissant, ce jour-là et désormais chaque soir, devant sa salle, lui souriant comme je ne l'avais jamais vu faire et obtenant d'elle un sourire qu'aucune de nos bonnes dispositions ne ferait naître en elle mais que nous aurions pu nous expliquer si nous avions vraiment cherché à savoir qui elle était, au lieu de nous contenter de sa condition d'étrangère, infiniment plus belle que la plus jolie d'entre nous, de surcroît musulmane, donc infréquentable, avaient décrété les femmes du bourg, non par une hostilité de principe ou pour le plaisir de déroger à la solidarité féminine, mais parce que trop jeune, trop jolie, trop étrange, et de la même nationalité que l'homme qui, pensait-on, avait torturé la fille Granet. En outre elle ne parlait presque pas, ce qui la leur rendait suspecte et, pour moi, bien plus qu'infréquentable : menaçante, dangereuse, puisqu'elle avait non seulement besoin du maître mais qu'elle possédait peut-être son cœur, déjà, vu la façon dont il l'accueillait, chaque jour, non pas en français, encore moins en turc, mais en anglais, avais-je cru entendre, alors que tout le monde, enfants et parents, avait redescendu le raidillon, et que je fermais la marche, vérifiant sans cesse si Augustin avait bien toutes ses affaires, songeant que le maître ne m'avait jamais accueillie ni regardée, moi, comme si les ténèbres se dissipaient, et, le vendredi soir, la dernière fois qu'il me serait donné de m'occuper de l'enfant, ne trouvant rien de mieux, en désespoir de cause, que de prétendre qu'Augustin avait oublié son cache-nez en classe et allant donc frapper à sa porte, entrant sans attendre qu'il m'y ait autorisée, les découvrant tous trois assis, l'enfant regardant devant lui, les bras croisés sur la table, vêtu d'un moche survêtement de sport rouge avec un coq blanc brodé au-dessus du cœur, la tête légèrement penchée, une étrange tête aux cheveux presque ras, avec les mêmes yeux que sa mère, immenses, tristes et sombres, et une figure somme toute assez laide, oreilles écartées à l'excès, lèvres minces, teint brunâtre, toutes choses qui le rapprochaient d'un romanichel et le vouaient ainsi à l'abomination, non seulement la mienne mais celle de la plupart des gens de Saint-Andiau — ces barraquins nous faisant depuis toujours horreur, bien que l'abbé Ligneyrac nous eût rappelé que le christianisme ignore les conditions, les races et les frontières, et que ces gens-là, les romanichels, sont eux aussi des chrétiens. La Turque était assise à une autre table, un peu en retrait, et le maître à son bureau, exactement comme il le faisait au début de ce que je m'obstinais à appeler notre histoire et qui, en vérité, je le vois bien, là où je suis, aujourd'hui, ne nous liait que comme le mal à un organe sain. Je les dérangeais, c'était si évident que j'ai battu en retraite, bredouillant des mots d'excuse en patois, langue que je n'utilisais jamais et ne comprenais d'ailleurs qu'imparfaitement mais que je tenais à ne pas laisser s'effondrer en moi, en hommage à ma mère qui aimait la parler avec mon père, par amusement, avec le sentiment qu'ils étaient les derniers à pouvoir le faire, et qui m'est venue à la bouche pour cacher mon dépit, oui, déçue, humiliée qu'il ne me rappelle pas, qu'il me laisse m'en aller comme une importune mère d'élève, et d'autant plus mortifiée qu'il me dirait, le lendemain, à midi, comme s'il voulait me faire payer mon intrusion, qu'il ne pourrait plus se promener avec moi, le samedi, sans m'expliquer pourquoi, et donc ne pouvant, moi, espérer le voir avant le mercredi suivant, rongeant mon frein, finissant de perdre le sommeil, imaginant que c'était avec la Turque qu'il irait se promener dans les bois, refusant de me rappeler qu'Augustin m'avait dit que le jeune étranger n'ouvrait jamais la bouche, plus âgé que les autres, et assis au fond de la classe non parce qu'il était en quarantaine mais pour que le maître s'occupe mieux de lui, après avoir expliqué à la classe que le garçon arrivait de Turquie pour retrouver son père à Saint-Andiau. Retrouver n'était d'ailleurs qu'une façon de parler : son père venait de décéder, à l'hôpital d'Ussel, des suites d'un accident du travail, en forêt, où un arbre mal tronçonné avait tournoyé sur sa base pour tomber sur le dos de l'ouvrier. La mère et l'enfant étaient arrivés à temps pour l'accompagner dans ses derniers instants, me dirait non pas Augustin ni le maître, mais Brignac, l'épicier, qui avait connu l'ouvrier : « Un brave type, du moins je le suppose car, avec ces gens-là, on ne peut être sûr de rien », déclarait-il à ceux, des femmes surtout, qui lui parlaient de la jeune veuve. On ne l'a pas enterré à Saint-Andiau : il ne souhaitait pas reposer en terre chrétienne, avait déclaré le vice-consul de Turquie à Clermont-Ferrand, venu régler avec le maire la question du rapatriement du corps, pour lequel l'ouvrier avait économisé au-delà de ses forces. Rapatriement qui se révélait plus onéreux qu'on ne pensait et contraignait la mère et l'enfant à demeurer quelque temps dans un pays qui n'était sans doute pas le paradis, encore moins l'enfer qu'avait pu leur décrire le défunt, lorsqu'il retournait, l'été, dans son village d'Anatolie, mais une terre presque aussi rude que la leur, avec cependant des avantages qui avaient fait choisir l'exil au père et, à la mère, prendre la décision de rester, au moins jusqu'à l'été, le temps de se retourner un peu, avait raconté l'épicier chez qui la jeune veuve se fournissait parce que l'homme avait été bon pour son époux, si tant est qu'un épicier puisse être bon ; du moins lui avait-il fait crédit et se croyait-il le dépositaire de ses secrets ; en tout cas il parlait volontiers, lui, ce bougre de Brignac ; car, du maître, il n'était pas question d'apprendre quoi que ce soit : il paraissait tout autre, plus détendu, presque serein, espérant quelque chose qui le ferait revivre, le rendrait à la vraie vie, et non à celle qu'il avait reniée en venant à Saint-Andiau, lui, un écrivain délivré du souci d'écrire après avoir pris une décision qui ne pouvait que le précipiter dans le vide ou le sauver, et non pas seul, mais grâce aux autres, à une femme, pouvait-on penser — moi, par exemple, qui ne m'avouais pas vaincue, et qui savais que des cadeaux étaient la seule façon de m'introduire chez lui, et non seulement avec des œufs, du vin, du pâté ou du miel, mais, quand je voyais à midi qu'il ne touchait à rien, ou qu'il ne venait pas (comme lors de la semaine de février pendant laquelle la moitié du bourg a été clouée au lit par une épidémie de gastro-entérite, et où Mme Razel s'est occupée en partie de ses élèves, plusieurs soirs de suite je lui ai monté de la soupe dans une bouteille Thermos dont il m'a été aussi reconnaissant que si je lui avais apporté une bouteille de pétrus, un vin dont j'ignorais tout mais dont Cécile m'a dit qu'un restaurateur de Meymac en proposait à mille euros la bouteille). Je m'en suis évidemment réjouie mais bien moins que de l'idée de voir la Turque bannie du périmètre de l'école et d'y retrouver ma place. Nous approchions de l'Épiphanie. Je rêvais de partager une galette des rois avec le maître : non pas celle du boulanger de Saint-Andiau, mais une galette que je suis allée acheter à Ussel, chez un pâtissier renommé, et dans laquelle j'ai glissé plusieurs fèves, afin que l'une d'elles lui échoie (quitte à ce que je doive avaler la mienne) et qu'il me choisisse pour reine. J'ai apporté la galette le mercredi, à cinq heures et demie, ce que j'appelais « notre heure », comme si le temps pouvait être nôtre, possédé, réparti, partagé, et qu'on ne puisse faire autrement que de vivre de ces illusions, comme à peu près tout le monde. Avant de frapper à la porte de son logement, j'ai jeté un coup d'œil à la salle de classe : ni la Turque ni son fils ne s'y trouvaient ; et ils n'étaient pas non plus chez lui. Je lui ai tendu la galette qu'il a prise en disant qu'il était heureux de célébrer avec moi cette fête, la plus belle après celle de Noël et l'Ascension. Nous avons parlé de choses et d'autres, probablement insignifiantes, et que j'ai oubliées, n'ayant, moi, pas de conversation, ce que j'avais à lui dire ne pouvant sortir de moi, et mettant dès lors une grande partie de mes efforts à maintenir ce rat dans mes entrailles. Le maître a dit qu'il n'avait pas grand-faim, qu'il lui fallait corriger des cahiers, mais que je pouvais l'attendre là, qu'il en avait à peu près pour une heure que j'ai passée à écouter ce qui remuait en moi. Puis il a débouché une bouteille de vin libanais, en me proposant de partager son dîner. J'avais envie de savoir d'où il tenait cette bouteille, qui la lui avait offerte, quelle femme, bien sûr, dont la venue avait échappé à ma vigilance, sans m'avouer que ce ne pouvait être que la Turque, ne voyant d'ailleurs pas exactement où se trouve le Liban, mais l'imaginant proche de la Turquie. Je n'avais pas faim. J'avais même un peu mal au ventre. Je lui ai dit que j'avais déjà dîné. « Eh bien, vous dînerez deux fois » ; ce que j'ai fait sans sourciller, l'appétit pourtant coupé, désireuse seulement de me faire couronner reine, et buvant plus que je ne mangeais, pressée d'en arriver à la galette à laquelle il n'a presque pas touché, se coupant une part trop mince pour tomber sur une fève, et moi, dès lors, incapable d'en avaler beaucoup plus, devinant que quelque chose n'allait pas, qui avait à voir avec la galette. « Je n'aime guère la frangipane », a-t-il fini par dire en m'expliquant que la frangipane régnait sur la galette des Rois comme la mort sur la campagne limousine, et qu'on n'en trouvait presque plus qui soient en forme de brioche ronde et saupoudrée de morceaux de sucre et de fruits confits, que le monde sentait la frangipane, la frite et la mauvaise viennoiserie. « Il sent aussi le kebab », ai-je murmuré assez fort pour qu'il ait entendu et qu'il ait souri, en homme d'abord interloqué puis heureux qu'on aborde, même de manière désagréable, un domaine qui lui est cher. Au moins le vin libanais était-il délicieux. J'étais quasi ivre ; la tête me tournait ; j'étais prête à lui dire que l'odeur du porc grillé me répugnait assez pour me croire solidaire des musulmans, si celle du mouton rôti ne m'eût dégoûtée davantage. Mais il fallait en venir au vif du sujet : « Je suis déjà allée à Istanbul, vous savez… » « Moi aussi. Tout le monde a fait ce voyage. » Rien ne l'aurait étonné, rien ne l'étonnait plus, et si je m'étais déshabillée devant lui, il aurait sans doute regardé par la fenêtre. J'étais près de lui dire qu'Istanbul puait le mouton rôti à la broche, que toute la Turquie puait le mouton. Il m'a devinée : « Ça sent aussi le poisson grillé… Nous avons trop bu ; nous sommes des enfants mélancoliques. » Je lui ai dit que j'aimais ce vin. « Et le Liban ? Vous connaissez ? » Il se moquait de moi ; ce n'était pas bien méchant, une réponse du berger à la bergère, mais j'avais le ventre noué parce que je savais que je n'irais jamais au Liban, un de ces pays qui n'existent plus que dans la Bible, imaginais-je en finissant mon verre. Le vin nous était monté à la tête, en effet, et c'était là tout ce que je connaîtrais du Liban : un vin qui sentait le cèdre, voulais-je croire. Je me suis levée pour partir. Je n'avais rien appris de ses relations avec la Turque. Je ne savais d'ailleurs pas grand-chose de rien, et ne pensais même pas avoir un peu de savoir sur tout, comme les gens qui regardent la télévision ou qui s'intéressent à ce qui se passe dans le monde. Je caressais le vague rêve de me remettre à l'anglais, le peu que j'en avais appris au collège étant depuis longtemps oublié, avec les quelques livres que j'avais lus et le reste : j'avais passé ma vie à désapprendre, à oublier, à ne rien comprendre, à me voiler la face, à m'enfoncer la tête dans une terre plus lourde que celle du cimetière, sauf que, depuis que le maître était à Saint-Andiau, surtout depuis les vacances de Noël, je m'efforçais de me trouver moins bête que je ne me croyais, depuis quelque temps, me rappelant qu'on me trouvait intelligente, autrefois, avant la mort de mes parents, et qu'il m'en était resté la réputation, celle d'une innocente qui cache son jeu, donc un peu inquiétante, et dont il fallait se méfier, ce qui est peut-être une des raisons pour lesquelles j'ai toujours été seule. Je ne me tenais plus, ne dormais plus, ne pensais qu'à ce qu'ils pouvaient bien faire, tous les trois, chaque jour, pendant deux heures, après les cours. « Des cours particuliers, que veux-tu que ce soit ! » me répétait Cécile qui m'expliquait que le petit Turc, quoique plus âgé que les autres, et même d'âge à entrer en 5e, et ne parlant pas français, mais seulement un peu d'anglais inculqué par sa mère, avait été placé d'office dans le primaire afin d'y apprendre notre langue, du moins ses rudiments, pendant les six mois qui restaient jusqu'à la fin de l'année scolaire. Le maître l'aidait comme il pouvait, non seulement par des leçons dont la mère profitait, elle aussi, mais en remplissant pour elle des formulaires administratifs et en lui cherchant du travail. « Comme c'est touchant ! » ai-je dit avec une sorte de cri qui m'a mis les larmes aux yeux. Mais je n'ai pas pleuré ; je voulais être digne — digne de moi, sinon de lui, car j'y croyais encore, je n'aurais su dire exactement à quoi, sans doute au temps où la Turque aurait quitté la France. « Ne sois pas méchante », murmurait Cécile. Méchante, je ne l'étais pas et, bien que mon enfance se soit passée avec un homme qui abattait des animaux pour nous nourrir et qui travaillait quotidiennement la viande, je ne supportais ni le sang ni l'éclat des voix et des armes, le tonnerre me terrifiait toujours et le soleil des mourants me trouvait chaque soir à genoux. J'avais beau me croire une femme comme les autres, quelque chose me destinait, je pense, à être plus exemplaire que la plupart, et ce que Cécile appelait ma méchanceté n'était qu'une forme de justice. Ma souffrance en valait d'autres ; et moi aussi j'avais perdu mon père, et non seulement mon père mais ma mère, et depuis je vivais seule avec un homme qui ne m'était ni un père ni un frère, encore moins un mari, autant dire rien, alors que lui, ce petit Turc, avait encore sa mère et, pourquoi pas, une sorte de beau-père, n'est-ce pas, ai-je encore crié sans que, cette fois, Cécile dise rien, me laissant à ma détresse, à la douleur qui me rongeait et que j'aurais volontiers, de façon impie, échangée contre une maladie mortelle, un mal qui me ferait mourir lentement et attirerait sur moi l'attention, la pitié de tous, particulièrement celle du maître qui ne me négligerait plus, qui me regarderait enfin vraiment, qui verrait que je n'étais pas plus moche que la Turque ou que Cécile ou que toutes les femmes qu'il avait eues au cours de sa vie d'écrivain. La Turque l'emportait pourtant en beauté sur toutes les femmes de Saint-Andiau et des environs, surpassant même les filles de la famille Espinasse, d'Ussel, qui étaient ce que l'on avait vu de plus beau sur les hautes terres, depuis que les beautés légendaires s'étaient éteintes, celles de Siom, notamment, Suzanne Pythre, Lucie Piale, Anne-Marie Lauve, Céline Soudeils, quelques autres encore dont les noms, régulièrement prononcés devant mon oncle par le charcutier des Buiges, avaient résonné dans mon enfance comme ceux de vedettes de cinéma. Et je n'étais pas la seule à la trouver belle ; les hommes aussi s'étaient mis à en parler, ce qui revient à dire qu'ils rêvaient d'elle de la même façon que les femmes la haïssaient : en la redoutant. L'irruption de la beauté, de l'irréfutable splendeur, est source d'effroi, me disait Cécile qui avait lu cela dans un livre du maître. « Pas besoin de l'avoir lu pour le savoir », ai-je rétorqué. Trop belle, cette phrase sur l'effrayant surgissement de la beauté ; trop belle, aussi, cette femme qui nous troublait tous d'une manière ou d'une autre ; et, menaçante, elle ne pouvait qu'être menacée, inquiétée, injuriée, mise en danger : il fallait donc la protéger ; le maître l'avait compris d'entrée de jeu, et moi, je refusais de l'admettre. Je ne me rangeais pas pour autant parmi ceux qui, à la mairie, entendaient s'insurger contre la présence grandissante de Turcs et de Maghrébins dans la commune, ainsi qu'à Ussel et à Meymac, tel mon oncle pour qui c'était là en quelque sorte le retour des Sarrasins : des Sarrasins et des Maures, défaits par l'histoire, humiliés, devenus pauvres, donc d'autant plus vindicatifs, sournois, dangereux. « Les Anglais aussi sont de retour : dix maisons achetées à Villevaleix, et ce n'est pas fini », ajoutait-il en regardant le ciel comme s'il y voyait quelque chose qui lui donnait raison. Mais le ciel ne pouvait qu'être vide, pour lui comme pour tous ceux qui maudissaient les étrangers, ai-je dit à Cécile qui m'avait expliqué que la mauvaise humeur de mon oncle et des gens de Saint-Andiau venait en grande partie de ce que nous étions en janvier, fatigués, malades, moroses, et que cette époque de l'année était, à cause du mauvais temps et du froid, la moins propice aux affaires, aux déplacements, à toute forme d'espoir ou de joie. Nous avons beau être de notre temps et vivre dans des conditions matérielles modernes, quelque chose en nous toujours nous inclinera à la mélancolie de nos ancêtres. Mon oncle m'avait d'ailleurs donné un autre sujet d'inquiétude en me chargeant, le premier mercredi de février, d'aller annoncer au maître que nous prendrions quelques vacances, que nous y avions droit, nous aussi, petits commerçants, après tout également dignes d'avoir des loisirs que les enseignants et les professions libérales, avait-il ajouté en se gargarisant de mots dont il ne mesurait sans doute pas tout à fait le sens, lui qui était né si près de la terre, dans le premier tiers du siècle précédent, qu'il me semblait sentir encore l'étable. « Deux semaines à Majorque », m'a-t-il déclaré en agitant sous mon nez un dépliant touristique sur les Baléares. Je lui ai répondu que j'avais trop à faire pour voyager. « Et qu'est-ce que tu peux bien avoir à faire ici, bougre de gourdasse ! » « J'apprends l'anglais. » C'était la première chose qui m'était passée par la tête, et c'était la bonne. « On ne peut rien faire aujourd'hui sans l'anglais. Je vais m'inscrire à un cours du soir, à Ussel. » Argument imparable, qui mettait les Baléares plus loin que la Patagonie et renvoyait mon oncle à son repos, à sa lésine, à l'ennui de toute une vie de labeur et d'échec, mais aussi, faut-il le dire, à une routine qu'il n'avait pas vraiment envie de rompre, sinon en vue d'une retraite pour laquelle il s'était promis de s'abonner à une revue de vulgarisation historique, ayant toujours aimé l'histoire et espérant trouver dans l'échelle des siècles de quoi s'expliquer son propre malheur, ayant même, une fois (la seule, à la fin d'un déjeuner, en novembre, si je m'en souviens bien), tenté de parler d'histoire avec le maître qui n'avait pas semblé disposé à s'aventurer sur ces terres et l'avait renvoyé à sa condition d'aubergiste. Mon oncle avait le sourire d'un homme déçu mais soulagé de ne pas s'engager dans un domaine où il est mal à l'aise. « En tout cas, tu monteras lui dire que nous fermons pour deux semaines », a-t-il grommelé en me regardant comme si je ne pouvais que mentir. Je mentais, en effet, et le prix de mon mensonge serait de me mettre vraiment à l'anglais, achetant une méthode pour adultes et, autre coup de génie, si j'ose dire, allant trouver le maître pour non seulement lui faire part de la décision de mon oncle mais aussi de la mienne, lui expliquant que j'avais oublié le peu d'anglais que je savais, et que j'avais besoin d'aide, de conseils, me retenant d'ajouter « moi aussi », mais mon regard, mon visage, mon sourire le laissaient amplement deviner : le sourire d'une femme bien décidée à ne pas céder le terrain à une autre, fût-elle battue d'avance, et aimant mieux affronter le dégoût des livres et du travail intellectuel que de quitter Saint-Andiau pour quinze jours. Le maître a paru décontenancé : il ne refusait pas de m'aider mais n'était pas très calé en anglais, me laissait-il entendre, ayant lui aussi beaucoup perdu de cette langue. « Les langues nous abandonnent bien plus que nous ne les oublions », a-t-il murmuré tristement. « Nous nous aiderons l'un l'autre », ai-je cru bon de répondre. Je souriais. Je tenais ma victoire. Je doute si mon sourire était irrésistible mais je dois reconnaître qu'il n'a pas été sans effet : le maître a fini par sourire à son tour et par me dire que c'était d'accord, que je n'avais qu'à venir le mercredi, après dîner, avec les œufs et le manuel d'anglais. Je ne pouvais rêver mieux, ayant redouté qu'il ne me reçoive le mercredi après-midi, avant la Turque, pour donner le change et vivre tranquillement les amours profondes, lumineuses, données par le destin, qu'il avait nouées avec la jeune Turque, et non une aventure sans relief avec une petite serveuse de restaurant. Le bien-être que j'ai tiré de son assentiment a été de courte durée : de là au mercredi suivant, j'aurais le temps de me dévorer le foie, de voir jour après jour (sauf, précisément, le mercredi soir) la Turque entrer dans la salle de classe dont elle refermait la porte en baissant les yeux, avec l'humilité qu'ont toujours ces femmes-là et qui est une de leurs armes les plus redoutables — des paupières à demi closes, le sourire le plus doux, des gestes brefs ou lents, une parole discrète, une présence mesurée. J'étais la seule à voir clair dans son jeu : les autres haussaient les épaules, pensaient que, comme eux, et comme la plupart des gens, je me méfiais des musulmans, alors que, rappelait Cécile, à la suite de mon oncle, mais tout autrement, nous devrions tous nous souvenir des invasions barbares, notamment des Arabes qui, refluant vers le sud après le désastre de Poitiers, avaient fait halte sur les hautes terres du Massif central et dans des ventres de femmes, les Maghrébins, les Noirs, les Asiatiques nous tendant quelquefois le miroir de nos origines, une honte que ni l'amour ni les dilutions ultérieures et réparatrices du sang n'avaient pu effacer tout à fait ; il y avait même de l'effroi dans notre façon de les regarder, ces peuples venus de bien plus loin que nous ne l'imaginions, et aussi dans le regard que nous portions sur nous-mêmes en nous disant que nous avions quelque chose de commun avec eux, par une aïeule forcée de recevoir une semence venue de l'Atlas, du Proche-Orient, d'Afrique noire, des steppes de l'Asie centrale ; une greffe monstrueuse, un acte impie, m'avait expliqué mon oncle le jour où, enfant, je m'étais étonnée de ce que la femme de l'électricien ressemblât à une Mauresque avec son teint mat, ses lèvres épaisses, ses cheveux crêpelés, ses yeux sombres, et qu'elle allât pourtant à la messe tous les dimanches et avait, disait-on, le sang pur. « Eh bien, il n'est pas si pur que ça », avait dit mon oncle en me mettant en garde contre ces gens que j'avais fini par ne pouvoir considérer sans arrière-pensées, les Turcs, en particulier, que j'ai fini par haïr franchement, et non seulement celle dont l'existence me rongeait le sang, mais tous les autres, à cause de ce qui était arrivé à la fille Granet et que toute femme redoutait pour ses filles autant que pour elle ou pour la gent féminine, le bruit courant qu'ils étaient, ces hommes, à ce point privés de femmes qu'ils pouvaient s'attaquer à des vieilles, peu leur importait le fourreau pourvu que l'épée trouvât sa gloire dans ce qui n'était plus la misère d'une main calleuse. Et c'était donc au sang que je songeais, en ces jours de janvier et de février, à son trajet à travers les siècles, à ce qui pouvait le garder pur ou l'appauvrir ou le rendre impur, le sens de la pureté étant la seule chose que nous puissions, nous, les humbles, pauvres humains, avoir de commun avec ceux qu'on appelait autrefois les aristocrates, disait mon oncle qui avait toujours eu l'obscur souci d'une chose que résumait le mot honneur, qu'on employait encore au siècle dernier, au temps où il était rare de voir se mélanger les races, sinon de façon exceptionnelle, et aux confins des vieux empires. « Mieux vaut crever seul, dans la misère et l'absence de descendance, que de mêler son sang à celui des barbares », ajoutait-il en me regardant avec suspicion, moi, la dernière à pouvoir procréer, et me croyant sans doute capable de me donner à un Arabe ou à un Noir, comme l'avaient fait deux ou trois filles du bourg, non les plus jolies ni les plus intelligentes, c'est vrai, cadettes et benjamines de familles nombreuses et dont les parents avaient été trop heureux de se débarrasser, malgré les avis de ceux qui soutenaient qu'il eût mieux valu en faire des prostituées que de les donner à des ennemis du Christ. « Des envahisseurs cette fois revenus en mendiants, et qui, puisque nous sommes chrétiens, méritent notre commisération, mais rien de plus », soutenait encore mon oncle. Mais ce n'était pas à ses troubles idées sur les nouveaux barbares que je songeais en comptant les jours qui me séparaient du mercredi suivant, prévenue depuis toujours contre ces hommes dont le regard semblait toujours reprocher aux femmes blanches de ne pas se soumettre à leur désir. Or le démon était aussi en moi, un démon d'une espèce inconnue, celui qui nous pousse à mentir, à tourner les choses à notre avantage, puisque, trop mortifiée pour l'avouer à personne, et à peine à moi-même, je n'ai pas dit qu'en échange des leçons du mercredi soir, le maître renonçait à nos promenades dans les bois, ce qui m'obligeait à les accomplir seule, ces promenades, tout en déclarant à Cécile que je retrouvais le maître sur le chemin de La Boëtie, et lui donnant au retour des détails que j'inventais pendant ces marches solitaires dont je rentrais plus harassée que si j'avais nettoyé de fond en comble l'hôtel-restaurant Chastaing. J'étais humiliée. Je tentais d'oublier qui j'étais et ignorais ce que je souhaitais être. Je ne pensais plus qu'à la Turque ; c'était elle qui me hantait au point de chasser à présent le maître du souterrain où je descendais le visiter, nuit après nuit, plus profondément que dans la crypte de la basilique d'Orcival, en Auvergne, où Cécile m'avait emmenée un dimanche, afin que je ne finisse pas tout à fait idiote ou comme une de ces « foldives », ces « folles de Dieu » qu'elle m'avait montrées sur un chapiteau de la nef : « On ne peut vivre sans aimer », avait-elle murmuré en me faisant agenouiller sur les petites briques rouges et froides, devant l'autel de pierre claire sur le devant duquel quatre mains entourent la mère de Dieu soutenant le corps de son Fils : dehors il neigeait, et j'avais l'impression que je ne sortirais de ce lieu qu'en priant, ou bien morte, et, ce jour-là, un après-midi de l'année précédente, au cœur d'un trop long hiver où la mort me paraissait plus enviable que la vie que je menais, je me sentais prête à quitter sans regret ce monde, avec, même, une sorte de joie qui m'a tiré assez de larmes pour inquiéter Cécile. La mort — ma mort —, je n'y pensais jamais : j'étais si peu heureuse que j'avais fini par me croire éternelle, non pas à la façon des enfants ou des adultes qui ne voient pas plus loin que le bout de leur nez, ni même en chrétienne, mais parce que d'une certaine façon j'étais déjà morte. Cécile m'a prise par le bras, m'a fait remonter près du maître-autel, devant la Vierge qui tenait l'Enfant Jésus sur ses genoux : « Regarde, regarde-la bien avec son visage un peu austère de fille des hautes terres : elle connaît tout, la vie et la mort, elle sait ce qui va arriver à son Fils, et pourtant, elle le protège, ce petit, parce qu'elle aime et qu'elle l'a reçu de l'Esprit saint. » Elle avait raison : je n'aimais pas, je n'avais jamais aimé, et, d'une certaine façon, je n'aimerais jamais, n'ayant eu personne à aimer, ne pouvant dire d'aucun homme qu'il avait été mon amant, et sachant que des êtres comme moi sont trop seuls pour s'abandonner à autre chose qu'au renard qui leur dévore les entrailles. J'avais beau prier : j'étais seule dans la nuit de mes sens, où, un an plus tard, j'enfanterais la Turque, me semblait-il, tant elle me pesait, cette femme dont je sentais la présence dans mon ventre et qui me poussait à faire ce à quoi je n'aurais jamais pensé arriver : questionner Augustin à son propos, l'écouter me dire avec beaucoup de complaisance qu'elle était comme toutes les femmes, avec ses airs de sainte-nitouche : « Une garce », oui, désireuse de plaire de toutes les façons au maître. Elle portait même un string sous son pantalon. « Comment tu sais ça, toi ! » a dit Cécile trop vivement pour que je n'aie pas pensé qu'elle le prenait bien à cœur. « Tout le monde l'a vu quand elle s'est penchée pour ramasser le cartable de son fils », a-t-il poursuivi sans se douter qu'il m'enfonçait dans la langue une aiguille plus acérée que le rire du démon. Il me fallait en avoir le cœur net. Je suis allée, le soir même, après dîner, à l'endroit où habitait la

Turque. Il tombait depuis le milieu du jour une neige molle qui étouffait mes pas. Nul n'aurait d'ailleurs songé à mettre le nez dehors, sauf des amants ou des criminels, ou une folle telle que moi, me disais-je en arrivant à l'ancienne auberge Besse, à l'extrémité du bourg, après la station-service : une vieille bâtisse sombre, longtemps abandonnée au bord de la route d'Ussel, et qui n'avait pas été jugée bonne pour être réhabilitée et servir de logement social, sauf quelques pièces du rez-de-chaussée sommairement retapées par les Turcs, ce qui relançait, d'une certaine façon, le pouvoir maléfique que nous prêtions à la maison, enfants, lorsque nous y entrions par une fenêtre brisée pour déambuler dans les pièces obscures, à la nuit tombée, en nous croyant au cœur d'un navire qui se serait échoué là en plein hiver ; nous étions à l'âge où on veut se faire peur, où on ne sait pas encore que la seule peur qui mérite ce nom est celle de la solitude devant le sexe d'autrui, c'est-à-dire la mort ; on est, à ce moment, la proie d'un loup et ce loup est lui-même poussé par la peur autant que par la faim : en s'emparant de sa proie, c'est lui-même qu'il dévore, plus avide encore qu'un feu dévorant un autre feu. Devant l'ancienne auberge, ce soir-là, je doutais si je verrais quelque chose, tous les volets étant clos, sauf ceux du rez-de-chaussée, où se trouvait la cuisine que la Turque partageait avec deux autres familles originaires d'Anatolie. Je me suis approchée, pestant contre la buée qui recouvrait les vitres, me mordant l'intérieur des joues, faisant le tour de la maison avec des précautions de renarde affamée. S'il venait quelqu'un, je pourrais toujours dire que je venais porter des chaussures à réparer à l'un des Turcs, cordonnier de son état, et qui travaillait le cuir dans un appentis donnant sur le jardin, dépannant les personnes âgées qui répugnaient à jeter leurs souliers ou ne pouvaient aller chez le cordonnier d'Ussel. Je n'avais pas de chaussures à la main, et il me faudrait mentir effrontément. On ne pouvait pourtant déchoir davantage ; mais je ne m'étais pas muée en renarde pour rien : je sentais que la Turque était là, et, bien décidée à attendre pour voir ce qu'elle ferait, une fois le petit Nedim couché, j'ai guetté non pas près de la route, où on aurait pu m'apercevoir, mais derrière la maison, sous les sapins qui bordaient le potager, dans un froid que je ne sentais pas, toute à ma rage et à ma douleur, fumant cigarette sur cigarette, en prenant soin d'en cacher le bout entre mes doigts, lorsque j'aspirais la fumée, certaine que je n'attendais pas en vain, et nullement déçue, environ une heure plus tard, de voir sortir une femme par la porte de derrière : une Turque en foulard et anorak blancs, plus grande que celle qui m'intéressait, la femme d'un ouvrier de la scierie Gadonneix, probablement, et qui s'est dirigée vers le centre du bourg, tandis que la lumière s'éteignait au rez-de-chaussée.

Je n'avais nulle pitié ; je ne voulais pas songer combien il devait être inconfortable de vivre dans cette trop grande, cette insalubre baraque, entre la route et les peuples de rats, de hiboux, de fantômes, peut-être, la mère et l'enfant dormant blottis l'un contre l'autre pour se réconforter au cœur de cette maison inchauffable, comme tant de maisons du haut Limousin, aujourd'hui encore, et qu'on finirait par démolir l'année suivante, comme on le faisait autrefois pour les maisons maudites ou celles des régicides. Je ne me souvenais pas qu'elle fût si près de l'école, presque au pied de la butte, de sorte que le maître, en passant par-derrière, à travers le bois de sapins, aurait pu s'y rendre en toute discrétion. Je savais qu'elle ne sortirait pas, ce soir-là, qu'elle ne laisserait pas seule son fils par une aussi froide nuit, et je n'imaginais pas le maître la rejoignant chez elle, à cause des autres Turcs, devinant que les choses, si elles avaient lieu (et j'avais à présent le désir qu'elles soient telles que je les avais redoutées), ne se passaient pas comme ça. Ce que je voulais, c'était la voir nue, elle, découvrir ses seins et ses jambes, apercevoir ce string dont Augustin nous avait révélé la couleur noire, sans que je songe un instant à mettre sa parole en doute, me disant qu'une veuve qui porte un string ne peut qu'être une garce, en effet, ou une femme amoureuse, en tout cas désireuse de séduire, et je ne voyais pas quel autre homme que le maître — lequel, m'avait dit Cécile, quelques mois auparavant, renseignée par un de ses livres, aimait les petites femmes brunes aux seins lourds, et de type méditerranéen, ce qui correspondait à la morphologie de la Turque, ou de Cécile, bien plus qu'à la mienne. Les lumières se sont éteintes. J'ai patienté pendant une heure encore, puis je les ai abandonnés à leur sommeil, imaginant de m'allier avec les revenants afin de les chasser loin de là, pensant mourir sur-le-champ pour devenir un personnage des ténèbres et acquérir, comme tous les suicidés, un pouvoir maléfique, me découvrant des dispositions non pas au mal mais à la justice d'outre-tombe, trouvant intolérable, d'une cruauté insensée, d'avoir attendu qu'un homme entre dans ma vie, comme je l'entendais dire à toutes les femmes, et que cet homme ne fasse qu'y passer en visiteur indifférent. Redisons-le : je ne suis pas plus moche qu'une autre, je suis bien mieux que beaucoup, même, et je n'avais pas droit à ce bonheur qui, fût-il un mirage ou une destruction mutuellement consentie, n'en reste pas moins ce qui nous empêche de sombrer dans la folie, me répétais-je en guise de consolation. Mais je n'étais pas plus un fantôme qu'une petite renarde rusée ; je ne hantais personne, pas même un de ces inconnus qui surgissent du fond du temps pour nous dire, alors qu'il est trop tard, qu'ils nous ont aimée sans oser nous le révéler — l'amour n'étant (je le comprenais sans oser me l'avouer, reprenant ses propres phrases, forcée d'admettre qu'il avait raison, une fois de plus) qu'un perpétuel décalage entre deux ordres de temps, deux illusions, deux terreurs qu'on ne peut apaiser.

X

« Vous qui avez été écrivain et qui en savez plus que les autres sur le cœur humain, dites-moi pourquoi on ne cesse pas de souffrir, dites-le-moi ! » J'avais déjà trop parlé et je reculais en fermant à demi les yeux, prête à sangloter, redoutant un éclat de sa part, ou un trop pesant silence, ou bien d'être à jamais chassée de son territoire. Et pourtant, il me regardait avec une extrême douceur ; mais c'était celle de la pitié, et je savais que la pitié est le dernier os qu'on jette à une amoureuse éconduite ou sans espoir. J'étais à plaindre, en effet, et je n'avais que faire de sa pitié, de sa douceur, de sa prudence : la pitié est une forme de solitude pour qui l'éprouve comme pour son bénéficiaire. Or je désirais en finir ; il me semblait que j'étais ivre, que la situation réclamait de la violence, quelque chose d'immense, d'excessif, d'éclatant. « Vous souffrirez moins quand nous aurons commencé la leçon », s'est-il contenté de répondre. Je lui ai dit que j'avais le don des langues, que je comprenais le patois limousin, que je savais aussi que *kiosque* venait du turc, où il désigne un belvédère : je me moquais — de moi plus que de lui ; je n'étais pas douée pour les langues ; je n'étais d'ailleurs douée pour rien, mais je me suis montrée une bonne élève : j'avais envie d'apprendre l'anglais, comme elle, la Turque, le français, elle à qui il donnait en quelque sorte sa langue — le don de la langue étant ce qu'il y a de plus beau dans l'amour, m'avait dit Cécile. « On voit que vous en voulez ! » m'a-t-il dit, lui, ce qui me renvoyait à l'enfance, à l'élève que j'avais été, et à une soumission d'un autre ordre, celle d'une femme vaincue d'avance et prête à tout accepter, comme toute femme qui vit un amour secret. L'amour ? Je n'emploie ce mot qu'avec gêne : je m'en suis toujours sentie indigne, étant de ces êtres, je crois, que l'amour ne touchera pas de sa grâce, sinon sous la forme obscure, solitaire, dégradante du désir — et encore n'étais-je pas sûre que le désir ne soit pas le tombeau de l'amour, puisqu'il le précède mais ne lui survit pas. Un désir dont je ne savais toujours pas quoi faire, même en me caressant dans mon lit, jour après jour, souvent deux fois par jour, sauf le mercredi, à cause de ma leçon que j'attendais comme une délivrance, bien qu'elle ne durât pas plus d'une heure et qu'il fût rare que nous restions à bavarder. Il refusait toute rétribution, arguant que les œufs le payaient bien assez, pour peu qu'il ait pensé à être payé. « Des œufs ?

Qu'est-ce que ça vaut, des œufs ! » ai-je dit, beaucoup trop fort. Il a haussé les épaules, comme pour me rappeler que tout a une valeur. « Comment vous remercier, alors ? » ai-je fini par lui demander, en mars, le mois de son anniversaire, ce que je n'ai appris que lorsqu'il a été trop tard et que j'aurais pu savoir en lisant ses livres, au lieu d'obéir au doigt et à l'œil à l'interdiction qu'il m'en avait faite, ratant ainsi l'occasion d'une petite fête en son honneur : anniversaire dont j'avais pourtant une fois tenté de connaître la date en lui demandant quel était son signe astrologique mais, devant le mépris dont il m'avait accablée, me sentant choir dans des eaux plus noires que celles de la Dordogne. « C'est moi qui dois vous remercier. » « Mais pourquoi ? » « Vous m'aidez à m'éloigner de moi. » Je ne comprenais pas. Peut-être se moquait-il encore, ayant inversé les rôles, me montrant que c'était moi qui devais exiger quelque chose. Je me suis senti des ailes. « J'aimerais que nous fassions encore une excursion, loin d'ici, à Salers, au Mont-Dore, à Saint-Nectaire, où vous voudrez. » Il a souri. « À Pâques, pourquoi pas, pendant les vacances. » J'étais tellement certaine qu'il accepterait que je l'ai trouvé presque laid, et sur le point de m'être indifférent, comme c'est souvent le cas, en amour, quand on est sûr de sa fortune. J'oubliais presque l'existence de la Turque qui restait pourtant chaque soir avec lui, après les cours, en compagnie de son fils, et qui revenait peut-être seule, plus tard, pour des leçons d'un autre genre. Mais j'y pensais autrement : avec mon doigt, si j'ose dire, l'espèce de décharge électrique que je me procurais au moment où la mère et l'enfant entraient dans la salle de classe me permettant d'en finir provisoirement avec la jalousie, comme si je me livrais au maître par le truchement de la Turque, délivrée d'avoir à penser à elle. La promesse faite par le maître nous donnait à chacune un rôle : à la Turque une sorte de régularité conjugale, à moi le statut d'une favorite en puissance. Non que j'aie voulu m'en contenter ; mais l'excursion à venir était une manière de victoire, et c'est en femme presque sereine que j'ai attendu les vacances de Pâques, me sentant généreuse, pleine d'abnégation, allant même jusqu'à recommander la jeune veuve à un couple de retraités qui venait de s'installer à Saint-Andiau et cherchait une femme de ménage. Pour un peu, elle m'aurait émue, cette Turque, moins à cause de sa situation matérielle que parce que je me prenais à espérer une victoire entière et définitive. Pourtant, au deuxième jour des vacances, j'aurais des raisons de douter si le maître n'avait pas oublié sa promesse. Il ne se manifestait pas. Je lui avais donné mon numéro de téléphone mobile, mais ma messagerie restait muette : on m'y laisse rarement des messages, et j'ai acheté ce téléphone moins parce que j'en ai besoin que pour ne pas me montrer trop différente des autres ; mais j'attendais quelque chose d'un homme et, dans ces conditions, rien de pire qu'une messagerie téléphonique vide pour révéler le néant d'une existence dans la nuit obscure, le silence, l'oubli, l'hiver des langues et des cœurs, me disais-je en me demandant si je devais lui rappeler sa promesse, le relancer, faire comme si de rien n'était et lui proposer une simple promenade sur le plateau de Millevaches ou à Monestier-Port-Dieu, sur les bords de la Dordogne, près de ce village englouti par les eaux du barrage de Bort-les-Orgues, et dont seuls demeurent l'église et le cimetière. J'ai attendu la fin du troisième jour, un mercredi, donc, et suis montée chez lui au début de l'après-midi, les mains vides, bien décidée à le tirer de sa tanière, n'imaginant pas qu'il n'y fût pas seul, entrant sans frapper par la porte de derrière, jouant le tout pour le tout, avec, qui sait, le désir de me perdre, et percevant dès l'entrée des gémissements qui ne pouvaient pas être ceux d'un animal mais qui semblaient l'immémoriale plainte d'une femme qui espère transformer l'effroi en pure joie, et qui ahane, râle, supplie, lancée à corps perdu dans cette quête insensée, ce mal étrange dont rien ni personne ne nous délivrera, et dont il paraissait pourtant, ce jour-là, qu'elle dût toucher à sa fin sous l'effet d'une grâce ardente. Sur l'identité de cette femme, je n'avais pas le moindre doute. Si je n'ai rien fait, debout dans le couloir menant à l'appartement du maître, ce n'était pas que j'étais clouée sur place par la douleur (l'étonnement restait en surplomb de la douleur et me donnait plus envie de rire que de monter leur transpercer le cœur avec l'extrémité du bâton de marche, ferré d'un gros clou, qui se trouvait dans le porte-parapluie, près de l'entrée), c'était que je me sentais moi-même observée, non par les amants qui, là-haut, auraient manifesté leur ardeur dans le seul but de m'humilier et d'y trouver un surcroît de plaisir, mais par quelqu'un d'autre, au-dehors, dans le jardin de derrière : un homme, probablement, caché sous les branches basses des thuyas, et dont le vent m'apportait l'odeur (je m'y trompe rarement, surtout à propos des hommes, qui ont toujours je ne sais quoi de négligé, ou qui puent franchement) ; une odeur de sueur, d'épices, de tabac, de bois humide, de lotion d'après-rasage et, j'ose dire, de misère : celle d'un étranger, me suis-je dit sans chercher à en savoir davantage, inquiète de la façon dont j'allais pouvoir me tirer du guêpier où je m'étais fourrée en pénétrant dans la maison sans y avoir été invitée, anticipant la peine qui serait la mienne dès que j'aurais regagné ma chambre, mais incapable de bouger et ne le voulant pas vraiment, tout se jouant dans les quelques centaines de mètres carrés compris entre le restaurant Chastaing, l'école et l'ancienne auberge Besse — un triangle obscur, infranchissable, maléfique, et que ma douleur élargissait aux dimensions de la nuit. Et puis il y avait ce type qui m'observait sous les arbres et, peut-être, l'espoir de voir surgir le maître sur le palier comme du plus profond d'une forêt obscure, la main tendue, me demandant de le suivre, me faisant entrer dans cette chambre où je n'avais pas encore mis les pieds, le laissant me déshabiller avant de me conduire au lit où était étendue la Turque, elle aussi toute nue, comme le maître sous son peignoir japonais à petits losanges gris et noirs ; la Turque qui me tendrait les bras, m'embrasserait, me lécherait partout, particulièrement l'entrejambe dont elle ouvrirait de sa langue toutes les portes que le maître franchirait l'une après l'autre pendant qu'elle me caresserait les seins avant de se placer derrière nous et d'écarter les fesses du maître pour lui lécher l'anus et les testicules, ainsi que je l'avais vu faire, une nuit, chez Cécile, sur une cassette louée par son amant : j'en étais restée clouée à moi-même, ne pouvant croire possibles de telles choses et voyant, terrifiée, Cécile tourner vers moi des yeux de louve, telle la Turque dans le lit du maître, comme le maître, aussi, imaginais-je en me mettant à trembler de la même façon que le jour où Cécile m'avait montré sur son ordinateur un site de rencontres par Internet sur lequel des hommes proposaient pour une consommation quasi immédiate, à Clermont-Ferrand, leurs membres photographiés en érection, et Cécile me disant vouloir essayer d'un Noir doté d'une verge impressionnante, en forme de pylône, avant d'éclater d'un rire étrange et de me dire que la chose était impossible dans notre région, que nous étions trop loin, isolées, innocentes, que ce n'était qu'un rêve, un simple rêve qui s'ajoutait à tant d'autres, à l'infini, et que c'était ça, une vie, la nôtre, notre vraie vie, une somme de rêves sans envers ni espoir. Là-haut, les cris et les râles avaient cessé. J'allais défaillir, mes entrailles prêtes à se révolter, le cœur au bord des lèvres. J'avais fermé les yeux. J'ai entendu mon prénom, au loin, et j'ai imaginé que c'était l'inconnu qui m'appelait, alors qu'au deuxième appel, il me fallait bien reconnaître la voix du maître. Je n'aurais ouvert les yeux pour rien au monde, surtout quand j'ai senti sa main sur mon avant-bras et que j'ai hurlé sans qu'aucun son passât mes lèvres, une main invisible, pleine d'odeurs lourdes et plaquant les mots sur ma bouche, et moi chassant cette main puis rouvrant les yeux pour le trouver beaucoup plus loin de moi que je ne croyais et l'écouter me dire que ça faisait un bon moment qu'il m'observait et qu'il se demandait ce que je fabriquais là. « Mais où étiez-vous ? » « Je vous observais. » « Vous étiez là-bas, dehors ? » ai-je crié en montrant les thuyas. « Là-bas ? Il n'y a personne, personne. » « Personne ? Pas même un enfant ? » « Quel enfant voulez-vous qu'il y ait ? » « Celui que j'aurais pu vous donner », ai-je dit, trop bas pour qu'il ait pu entendre, encore que je me demande si, en vérité, il n'avait pas deviné mes mots : il s'était mis à sourire en homme qui a tout vu, tout entendu, et qui connaît les femmes et leur souffrance, leur inépuisable capacité à s'inventer des douleurs pour lutter contre l'arrogance des hommes, et m'aidant, lui, à entrer dans la cuisine, à m'asseoir sur une chaise, à ouvrir mon blouson et le col de ma chemise, comme l'eût fait un amant, puis me tendant un verre d'eau, me versant ensuite, ainsi qu'à lui, un verre d'armagnac. « C'était moi qui pleurais, là-haut », ai-je fini par dire. « Vous, là-haut ? » « Oui, ma douleur est comme ça, elle voyage à travers le monde. » Je transpirais. J'avais besoin de parler, de me perdre, de lui dire qu'il n'y avait plus de forêt incendiée entre nous, mais la steppe infinie où nous courions éperdument l'un vers l'autre. « C'est l'enfant que j'ai été qui pleurait, l'enfant abandonnée... » « Un enfant ? » Il ne comprenait pas, ou ne voulait pas entendre. « Laissez-moi devenir votre fille. » Il avait les larmes aux yeux. « Je n'ai jamais voulu d'enfant, jamais voulu voir un enfant me devenir peu à peu étranger, indifférent, un inconnu, peut-être un meurtrier. Et puis ça, aussi : la peur de me retrouver un jour avec une fille de cinquante ans, déjà vieille, et ressemblant de plus en plus à son père, une fille qui aurait la figure fripée, mauvaise haleine, des chairs avachies : quelle pitié, n'est-ce pas, de voir sa fille s'enfoncer dans l'enfer de l'âge, oui, quelque chose de plus scandaleux que d'ouvrir la tombe d'une femme aimée. Tout le monde n'est pas Heathcliff. » « Heathcliff ? » Je ne comprenais pas et m'en souciais comme d'une guigne : je l'aurais écouté jusqu'à la fin du Temps. C'était l'avant-dernière fois qu'il parlait de lui, de ce qui avait pu le conduire à Saint-Andiau, les livres, les écrivains, les personnages de romans, notamment ces *Hauts de Hurlevent* qu'il n'avait cessé de relire depuis son enfance à Siom, lorsqu'il découvrait la solitude, l'ennui, la pensée de la mort, songeant à sa mère absente et à son père inconnu, rêvant de connaître un amour semblable à celui qui unit l'héroïne, Catherine Earnshaw, et Heathcliff dans les landes du Yorkshire battues par les vents. C'était là qu'il s'était rendu, aux vacances de Noël : « Une sorte de pèlerinage », disait-il. Je le regardais avec l'air de tout attendre de ce qui suivrait : « Lisez ce livre, oui, celui-là, et rien d'autre », s'est-il contenté de dire. Puis il est remonté chez lui, dans sa chambre, probablement, me laissant plantée là comme une domestique à qui on vient de faire une confidence qu'on regrette déjà. Les hommes n'aiment montrer leurs faiblesses aux femmes que pour se les attacher. J'étais à ses pieds mais je voulais tomber encore plus bas : je croyais qu'aimer c'était s'abaisser pour mieux s'élever. « S'il te le demandait, tu boufferais sa merde », m'a dit Cécile, d'ordinaire moins vulgaire, mais exaspérée, le même soir, par cette histoire qui ne menait qu'au précipice. « Tu n'as qu'à lire ce livre. » Je suis allée l'acheter dès le lendemain, à Ussel, mais le libraire ne l'avait pas : il fallait le commander ; il mettrait quelques jours pour arriver ; je l'ai payé d'avance en sachant que je n'irais pas le chercher, non seulement parce que l'argent me dispensait de le lire, mais aussi que, m'étant interdit de lire les livres du maître, je redoutais d'en ouvrir d'autres, notamment cette outre-là, et d'en libérer les vents qui m'auraient balayée de la surface de la terre. Un livre, je le devinais, est toujours peu ou prou un amour enterré ; et si c'est pour entendre parler de l'amour, du mal, de la cruauté, de l'abandon, de la mort, autant mourir de faim devant mon miroir, me disais-je à ce moment, alors que, si je l'avais lu, j'aurais peut-être compris que ce roman avait déterminé ensemble sa vie amoureuse et son destin d'écrivain ; j'aurais aussi compris que je ne vivrais jamais, moi, que dans l'envers de l'amour, et que, comme Siom et d'autres lieux des hautes terres, Saint-Andiau, l'école, le prieuré avec ses bâtiments conventuels et son cimetière, son église fermée et ses religieuses qu'on voyait rarement, des recluses, comme moi, aujourd'hui, et comme tous ceux qui hantent ces hauteurs venteuses plus qu'ils n'y habitent, tout ça lui rappelait ce roman, et il voyait là un ensemble de signes au premier rang desquels avaient pris place la Turque et son fils, disait Cécile. Un livre est aussi une tombe au fond de laquelle gît quelque chose qui est un peu de nous-même, me dirait le maître, quelques semaines plus tard, au mois de mai, peu de temps avant les événements qui ont marqué la fin de cette année scolaire — cette poignée de mois pendant lesquels j'aurai connu le meilleur et le pire de ce qu'il m'aura été donné de vivre, surtout pendant les semaines qui se sont écoulées entre les vacances de Pâques et la fin du mois de mai, qui fut particulièrement beau, presque chaud, et où je m'étais prise à espérer que le maître serait enfin tout à moi. Il me suffisait de le regarder, de rencontrer ses yeux qui avaient vu ce que je ne verrais jamais : le vaste monde, l'amour heureux, la vie, la vraie vie, qui est partout ailleurs qu'à Saint-Andiau, je le savais, tout le monde le savait, et j'étais malgré tout comblée, ayant oublié la Turque et ce qui eût crevé les yeux de toute autre femme, mais préférant cet aveuglement à l'os d'une douleur que je n'étais plus en mesure de supporter. Comblée, oui, comme le jour où il m'a emmenée, non loin de chez nous, dans un endroit désolé, une propriété à pic sur la Dordogne au-dessus de laquelle tournoyaient des buses et des éperviers à la recherche des innombrables serpents qui occupaient le lieu avant que le château ne soit rénové et les reptiles exterminés. Il rendait visite à la veuve d'un notaire qui avait été un ami de sa mère, ou de son père, et toujours bon pour lui, l'ayant souvent conseillé et lui ayant donné, jusqu'à ses derniers jours, des étrennes pour le nouvel an — de quoi je l'ai envié plus que d'aucune autre chose, nul ne s'étant intéressé à moi de cette façon, pas même l'homme de Villevaleix qui m'avait courtisée de si étrange façon, et le cadeau que je me faisais à moi-même au moment des fêtes de fin d'année ou de mon anniversaire n'étant qu'un cache-misère. Ce notaire venait de mourir d'un cancer foudroyant dans ce lieu dont il voulait faire sa Terre promise, écoutant la musique de Bach dans un petit pavillon de bois et de verre en forme de cône qu'il avait fait construire sur l'à-pic d'où il ne voyait que le ciel, lui qui avait passé toute sa vie dans la sombre ville de Saint-Flour, en Auvergne, le maître, après cette visite pendant laquelle je m'étais promenée seule dans le parc, au bord de la falaise, rêvant à l'extermination des reptiles et regardant l'eau noire sans, pour la première fois de ma vie, penser à m'y précipiter, me disant qu'il en est toujours ainsi et que, depuis Moïse, nous mourons à l'entrée de la Terre promise, incapables de supporter l'idée même du bonheur mais faisant semblant d'être heureux et pleins d'espoir, cette défaite au bord du pays où coulent le miel et le lait étant notre seule manière de bonheur. Comblée, encore, parce que je serais avec lui, une fois de plus, pour cette soirée à Riom-ès-Montagnes, dans le Cantal, à deux heures de voiture de chez nous, où Cécile avait été invitée par son amant et où elle avait obtenu de lui que je l'accompagne et où j'avais, moi, proposé d'inviter le maître ; à quoi l'amant avait acquiescé, déclarant que plus on est de fous plus on rit, mais doutant si le maître accepterait, n'étant pas loin, comme les gens de Saint-Andiau, de le trouver fadard, moins pour sa façon de vivre, son goût de la solitude et du silence, son peu d'intérêt pour ce que le maire appelait les manifestations festives (le maître ayant ainsi refusé de participer, en avril, à l'inauguration de l'ancien four à pain communal de Plaziat, qu'on venait de restaurer et qui avait été l'occasion d'un grand méchoui dans le champ où se dresse le four dans lequel les femmes du bourg avaient fait cuire du pain et des tourtous, ces épaisses galettes de sarrasin dont mon oncle nous gratifiait de temps à autre, le dimanche soir, mais que j'abhorrais parce qu'elles avaient l'arrière-goût porcin de la plaque où il les faisait griller, leur préférant pour leurs vertus constipatrices les mauvais éclairs au chocolat de chez Charlier), que pour sa liaison avec la Turque. Une liaison sur laquelle on ne portait d'ailleurs aucun jugement véritable, les mœurs contemporaines étant, chez nous aussi, assez indulgentes sur le chapitre des mélanges raciaux, pourvu qu'ils restent des exceptions ; on se contentait (je l'apprendrais plus tard : on me le cachait en souhaitant probablement qu'à moi aussi il arrive malheur, toute bonne pensée ayant son revers, surtout chez des gens abandonnés de Dieu) de murmurer que tout ça ne pouvait que mal finir, à cause de la haine et du mépris que nous vouent les Turcs et les Arabes, et de ce que nous savions de leur religion, du terrorisme islamique, de leur goût du martyre, de l'égorgement, de l'esclavage des femmes en comparaison duquel ma condition d'orpheline et de serveuse était une vie divine : toutes choses à quoi, même ici, sur ces hauteurs reculées, nous ne restions pas indifférents et qui nous inquiétaient, particulièrement depuis ce qui était arrivé à la petite Granet et les blessures en forme de croissant de lune qu'on lui avait infligées. Mais nous vivions en malheureux qui trouvent une consolation dans le fait qu'il y a plus malheureux qu'eux ; et au moment où j'aurais dû me jeter dans un buisson de ronces, je me pensais à la porte du paradis : contre toute attente, le maître a accepté l'invitation, me regardant comme si j'étais à même de le délivrer de tout. M'est-il permis de dire que, ce soir-là, pendant quelques heures, dans ce jardin clos, hors du monde, j'ai été une femme comme les autres, une femme presque heureuse, moi qui avais pourtant souhaité ne jamais ressembler à mes congénères, surtout celles qui affichent leur bonheur de façon indécente et méritent ce que leur infligent les hommes, tant et si bien que, sans avoir trop de goût pour le malheur ou la cruauté, je me méfie des femmes plus encore que des hommes, pour les avoir découvertes bien plus basses encore que ces derniers, et sans plus de pitié ni d'aménité entre elles lorsqu'elles se jaugent ou se disputent des hommes ? Nous étions une vingtaine de personnes à Riom-ès-Montagnes, dans un grand jardin abrité de hauts murs en pierre de cette lave noire dont sont généralement bâties les maisons, dans le Cantal, sous des frondaisons légèrement remuées par le vent, le maître et moi un peu à l'écart dans des fauteuils de rotin, ne connaissant personne parmi ces gens qui, à l'exception d'un médecin et d'un agent immobilier, travaillaient tous, à divers échelons, aux usines Michelin de Clermont-Ferrand ; des quinquagénaires, pour la plupart, sauf nos hôtes (l'hôtesse, plutôt, dotée d'une abondante chevelure blanche qu'elle laissait rouler sur ses épaules comme une jeune fiancée, alors qu'elle avait bien soixante ans et son mari quinze de moins) et un couple d'une trentaine d'années, plutôt beau et accompagné de deux fillettes qui jouaient dans les arbres du sommet desquels elles prétendaient apercevoir des guerriers ennemis. « Quels guerriers ? » a demandé la mère. « Des cavaliers arabes, avec de longs fusils au poing », a répondu l'aînée tandis que la cadette hurlait : « Les ennemis arrivent ! », toutes deux aussitôt tancées par leur mère qui nous regardait, Cécile et moi, comme si nous étions ces ennemis — des filles entretenues et amenées là pour la soirée, ai-je pensé en redoutant que le maître s'ennuie, m'ennuyant moi-même un peu, malgré ma joie de passer pour sa petite amie, et bien incapable de nourrir une conversation qui, d'ailleurs, ne prenait pas, les uns et les autres parlant trop fort, le vin coulant à flots, du châteauneuf-du-pape, exclusivement, servi par le fils de notre hôtesse, lequel fêtait là son divorce, ai-je fini par comprendre aux propos de mes voisines — une femme d'une quarantaine d'années en pantalons de cuir, sèche comme une trique, les cheveux courts, le visage ravagé de tics, qui sentait le vin et le tabac à rouler et qui ne quittait pas des yeux sa voisine, une jeune Albanaise d'une vingtaine d'années, plutôt jolie en dépit d'une coiffure et d'une robe démodées, et si peu souriante, si lointaine que chacun se demandait ce qu'une Albanaise pouvait bien faire sur ces terres encore plus isolées que les hauteurs limousines, l'Albanie semblant en outre plus loin que tout, ou nulle part, et cette jeune femme ne pas appartenir tout à fait à l'espèce humaine, d'autant qu'on renonçait à rien tirer d'elle, à cause de son français hésitant, de son air impassible, de la surveillance exercée par sa voisine qui paraissait exaspérée par ma présence. Peu m'importait : je ne mangeais pas de cette herbe, et mes regards l'ont fait clairement savoir. Le vin m'engourdissait agréablement. Je m'enfonçais dans la nuit. Le cochon de lait qu'on avait fait rôtir à la broche, au fond du jardin, était maintenant dans nos assiettes, tiède, presque froid, et pour moi impossible à manger, j'en avais assez du porc, sous quelque forme que ce soit, et je l'ai jeté discrètement sous la table, tandis que des récits commençaient à s'élever, chacun se disposant à raconter une histoire. Je redoutais le moment où il faudrait me jeter dans ce brasier ; mais j'avais tort de m'en faire : ils se révélaient tous incapables de parler vraiment ou d'écouter, n'ouvrant la bouche que pour ricaner à des blagues vulgaires, de puérils jeux de mots, des remarques déplaisantes sur les femmes, l'hôtesse souriant d'un air bonasse, l'hôte faisant office de boute-en-train, le fils divorcé déjà ivre et clamant son dégoût de tout lien conjugal et de la gent féminine, un autre, d'une laideur insigne, se lançant dans l'éloge de l'amour libre. « Comme autrefois... », soupirait ce maigre barbu à triste mine, dont la femme, étonnamment jolie, ne quittait guère des yeux le maître qui s'entretenait avec l'épouse du jeune père de famille, lequel emboîtait le pas au barbu : « Oui, comme à la grande époque des Stones » ; paroles qui mirent fin aux autres, les femmes se taisant avec un sourire lointain, ou riant doucement, tandis que le médecin, à qui on avait dit que le maître avait été écrivain, avait pris à part ce dernier pour lui demander s'il était difficile de se faire éditer, ayant écrit un ouvrage sur un épisode de la Résistance à Riom-ès-Montagnes et s'entendant répondre qu'il était trop facile de publier, aujourd'hui, que le premier venu se croyait tenu d'écrire un roman, les femmes surtout, parce que éternelles et complaisantes victimes. Réponse qui aurait dû lui aliéner tout le monde, à commencer par moi qui pourtant aurais pu prononcer cette phrase, si la maîtresse de maison, déclarant que les purs esprits aussi doivent se nourrir, n'avait apporté un grand plateau de fromages sur lequel chacun a paru se jeter, les ongles, les dents, les lèvres et les couteaux brillant soudain dans la nuit pour s'approprier un peu de cette nourriture, faute de pouvoir mettre en pièces l'un d'entre nous, le maître, de préférence, ou bien moi, c'était évident. « Ils ont peur de manquer ! » m'a soufflé le maître. « Vous ne vous ennuyez pas ? » lui ai-je demandé. « Si. Ces gens sont tristes, fatigués. Ils ont peur de la nuit. » Ce n'était pas ce que je voulais entendre. Je lui ai demandé s'il avait peur, lui aussi. « Mais oui, comme vous. » « Qu'est-ce qui vous fait croire ça ? » « Seuls les morts n'ont pas peur de la nuit. » Il exagérait. Il se moquait. « On n'aurait pas dû venir », ai-je murmuré. Il a acquiescé. « Pourquoi vous êtes venu, alors ? » J'avais parlé comme on rit, ou comme battait mon cœur : plus fort, beaucoup trop vite. « À cause d'un écrivain que j'admire. » « Un écrivain ? » « Oui, il venait en vacances ici, à Riom. Je voulais voir l'église où il s'est laissé enfermer enfant, une nuit. » Il n'en dirait pas davantage. J'ai failli lui répondre qu'on n'est jamais enfermé qu'en soi. Quelqu'un avait trouvé insupportable le silence qui gagnait les bouches et avait mis un disque :

une musique dont les premiers accords avaient fait taire tout le monde, énergique, entêtante, impérieuse, secouant tout le monde et dont la plupart reprenaient les premiers mots : *Under my thumb*, les uns et les autres en effet sous le pouce, sous le genou, sous le coup des Rolling Stones dont les chansons se sont succédé dans la nuit, trop fort au goût du maître qui est allé se dégourdir les jambes dans le second jardin, plongé dans l'obscurité, celui-là, et plus sauvage, mystérieux, auquel on accédait par une porte taillée dans un mur de buis, tandis que le barbu, le jeune blond et le médecin commentaient ces morceaux, *Satisfaction, Jumpin' Jack Flash, Miss you, Beast of Burden,* annoncés par le fils de l'hôte, les autres, hommes et femmes, les larmes aux yeux, racontant ce qu'ils évoquaient pour eux, des circonstances heureuses, les premières amours, le désir de gloire, une autre vie que celle que proposaient les usines Michelin et la province auvergnate, et qui, ces chansons, ne disaient plus aujourd'hui qu'une jeunesse perdue, la désillusion, les amours mortes, la solitude à deux, la haine de soi, tout ce que ces quinquagénaires tentaient de chasser en chantant à tue-tête et en grattant les cordes de guitares imaginaires. *Start Me Up, Emotional Rescue, Wild Horses, Under Cover of the Night*, continuait de clamer le divorcé, jusqu'aux dernières chansons du disque, *Angie*, qui le mena au bord des larmes, et puis *Have You Seen Your*

Mother, Baby, Standing in the Shadow ?, notre hôte se tournant alors vers sa femme qui avait pâli et rejeté sa tête dans l'ombre et pleurait sans retenue, épouse et mère, ou même seulement mère, ayant non pas renoncé à son statut de femme mais, renvoyée par son âge à un rôle maternel, se découvrant notre mère à tous mais ne pouvant s'y résoudre tout à fait, et trouvant bon de nous expliquer que les années qui la séparaient de son mari ne comptaient pas, que si le cœur était jeune tout demeurait possible, y compris ce qu'elle appelait l'amour fusionnel, expression qui, à les considérer elle et son mari, m'a donné un frisson de dégoût. Lorsque le maître a placé sa veste sur mes épaules, j'ai cru que j'allais pleurer de joie. Certains se sont mis à danser ou, plus exactement, à faire comme s'ils marchaient sur place avec l'opiniâtre souci de se défaire de soi. Nous étions les seuls à ne pas danser, le maître et moi, refusant de nous donner en spectacle, lui, surtout, qui m'a dit n'avoir dansé de cette façon qu'une fois, plus de trente ans auparavant, dans un bal des Buiges, près de Siom, et moi lui révélant que j'aimais les vraies danses, la valse, la polka, le tango, surtout, que je danse mal mais que j'aime cela parce qu'il me semble qu'on va tout à la fois me mettre à mort et me sauver. « Mort et transfiguration », a-t-il murmuré. Il était un peu ivre. J'avais bu bien davantage. J'ai ri tout doucement, sans comprendre. Je me suis levée pour aller dans le second jardin, où, accroupie, quasi ivre, dans l'odeur entêtante du buis, j'ai pissé en regardant les étoiles, sans m'inquiéter des pas qui approchaient, certaine que c'étaient ceux du maître, et ouvrant mes cuisses à la fraîcheur nocturne avec un rire que je voulais le plus léger du monde mais qui semblait sourdre de mon ventre à la façon d'un long vent. Ce n'était pas le maître ; c'était le barbu, qui avançait en souriant et me demandait, me tutoyant, si je voulais fumer un peu d'herbe. Je tombais de haut : non seulement ce type me déplaisait vivement mais il avait deviné que je n'appartenais pas au maître ; et puis, cette arrogance masculine, cet aplomb, cette façon de se croire, comme tous les hommes, au bord de la victoire et de prétendre cueillir ce qu'il désirait, tout ça m'indignait. Je me suis relevée ; dans une main un mouchoir en papier, l'autre main sur le manche de mon couteau de chasse. Il continuait d'approcher, me disait qu'il me lécherait bien la chatte, même pleine de pisse, et aussi le cul, si j'avais fait autre chose que pisser, ça ne le gênerait pas : bien au contraire, il y trouverait plus de goût qu'aux tartes, cakes et quatre-quarts qu'on s'apprêtait à servir dans le premier jardin. J'aurais pu tourner tout ça en dérision, comme savent le faire les jolies filles ; mais je n'en étais plus là, et la nuit, l'alcool, la peur, la haine, la fatigue aidant, j'ai tiré le couteau que j'ai brandi devant ses yeux en disant : « Écarte-toi, connard ! » avec une force qui m'étonnait, me réjouissait, me donnait envie de rire, tandis que le barbu reculait dans l'ombre, et s'affaissait en murmurant : « Pauvre fille », sans m'empêcher de gagner l'étroite porte de buis, ni de me retrouver dans la lumière d'un projecteur, parmi les convives qui somnolaient en écoutant le vent dans les arbres. Une pauvre fille, oui, c'était ça, et qui soutenait avec fermeté les regards lancés par la femme du barbu, lequel ne revenait pas, me laissant croire qu'il s'était peut-être passé autre chose que ce dont je me souvenais, et qu'il se tordait de douleur, là-bas, les mains sur le ventre, la tête renversée vers les étoiles, affolé, terrifié comme je l'aurais bientôt été si je n'avais vu réapparaître l'atroce faune et si le maître ne m'avait serrée contre lui. Il avait froid : c'était moi qui portais sa veste, sur mes épaules. J'ai tenté de le réchauffer en lui entourant la taille avec mes bras et en approchant mes lèvres des siennes : il s'est dérobé et je me suis entendue dire, avec un petit rire idiot, que nous avions toute la nuit, que nos hôtes avaient proposé de nous garder à coucher, sans douter de moi, ni à ce moment ni un peu plus tard, lorsque nous eûmes mangé le dessert et bu des liqueurs et de la tisane, et qu'il m'eut dit : « On rentre à Saint-Andiau ? Ces gens sont sinistres. Les Rolling Stones leur rappellent qu'ils vont mourir. » « Vous êtes méprisant ! » J'avais crié. Ces hommes et ces femmes, je m'en moquais ; mais je craignais de faire partie, moi aussi, de ceux que le maître méprisait, ce qui expliquait pourquoi il me tenait à distance, moi qui étais probablement plus malheureuse que tous ces gens réunis, et courant donc, le ventre de nouveau noué, de l'autre côté de la porte de buis. Il m'avait repoussée et j'entrais dans un froid dont rien, amour ou vêtement, ne me protégerait, ai-je pensé en me délivrant les entrailles. Je suis revenue comme si je me suivais moi-même, anéantie, trouvant à ma place, en grande conversation avec le maître, la femme du barbu : elle souriait comme si elle était sûre de sa fortune, alors qu'elle était évidemment moins bien que moi, moins bien faite, surtout, et plus âgée. Je tentais de me raisonner, de me dire que ma jalousie était sans fondement, que cette radasse n'aurait pas le culot de lui donner son numéro de téléphone, que nous allions bientôt rentrer, il me l'avait proposé, et je pouvais encore espérer ne pas passer seule le reste de la nuit, bien qu'il fût près d'une heure du matin et qu'il nous fallût bien deux heures pour regagner Saint-Andiau. Pourtant la vérité sortait du puits et me mordait le ventre ; je voyais clairement ce qu'il avait été : non pas un séducteur mais un homme qui se laisse séduire, se laisse faire, et qui a compris que ce n'est pas aimer qui est bouleversant, c'est d'être aimé, et ça, ce mystère, cette merveille, cette autre façon de mourir, je ne les connaîtrais jamais, réduite à la seule jalousie et à mon insignifiance sociale, comme tant de femmes d'aujourd'hui, qui ne savent pas quoi faire de leur liberté, sinon se laisser dévorer par le renard enragé qu'on nourrit au fond de soi. Les femmes ne cherchent que ça, au bout du compte, leur propre mort, à croire qu'elles sont du côté de la mort, qu'elles sont la mort, surtout en donnant la vie, me disais-je à les voir affaissées en elles-mêmes, cette nuit-là, après la musique des Rolling Stones, la viande et le vin, nageant dans les eaux troubles de leur passé et celles, guère plus claires, du présent. En tout cas, rien ne me maintiendrait la tête hors de l'eau, moi, et c'est en noyée que je traverserais ce qui restait de la nuit, pensais-je en regardant le maître sourire à la femme du barbu, lui touchant l'épaule de temps à autre, et ne se cachant pas pour lui serrer le genou et rire aux éclats comme si de rien n'était et que la nuit leur appartînt. Je la regardais calmement, attendant mon heure : c'était moi qui repartirais avec le maître, le temps me faisait cette grâce. Ma victoire n'était cependant pas si assurée que je ne me sois pas sentie dans l'obligation de la signifier à cette créature aux cheveux plats. Je suis allée fumer au fond du jardin, près de la broche sur laquelle avait rôti le cochon de lait ; j'ai passé mon doigt dans la graisse froide, et je me suis approchée de la chaise sur laquelle, avant d'aller trouver le maître, et malgré la fraîcheur, la femme avait abandonné sa veste, sans doute pour mettre en valeur ses seins, puis je l'ai discrètement essuyé dans l'encolure, tandis qu'elle roucoulait devant le maître qui s'est tourné vers moi, m'a souri, donnant le signal du départ, se levant, déclarant en me montrant du menton : « J'ai promis de la ramener chez elle, à Saint-Andiau. » « Saint-Andiau ? » « Oui, sur le plateau de Millevaches, en Limousin. » Elle a haussé les épaules, a fermé les yeux et a murmuré un mot qui pouvait être : « Dommage », ou quelque chose de ce genre. Elle s'est éloignée en posant sur moi un regard si chargé de mépris qu'il refaisait de moi une pauvre fille, la parente minable qu'on trimballe par charité dans une fête, une femme restant néanmoins une femme et ainsi dangereuse, pour peu qu'elle eût des seins lourds, devait-elle se dire en nous regardant prendre congé de ceux qui n'étaient pas assoupis dans leurs fauteuils et sur lesquels nos hôtes avaient posé des plaids et des couvertures, demandant au maître s'il était bien sûr qu'il voulait rentrer, puis s'il était vrai qu'il avait écrit un livre. « Il y a longtemps, dans une autre existence », a-t-il répondu en levant la tête vers la lune. « Je le lirai », a dit l'hôtesse en me regardant comme si j'étais ce livre et qu'elle pût trouver en moi le secret d'un écrivain, eût-il renoncé à écrire, eût-il tué en lui ce qui le rendait différent des autres hommes. Si j'étais un livre, moi, il était vierge ou illisible, et ne demandait qu'à passer au feu, comme j'avais vu mon oncle le faire avec les quelques romans ayant appartenu à ma mère, peu après sa mort, brûlés dans le jardin avec les mauvaises herbes et des papiers personnels. Un cœur brûlé, impénétrable, me disais-je, moi qui n'avais pour ainsi dire adressé la parole à personne, me contentant de boire, de manger, de fumer, d'observer, d'être cette fille amenée par le maître, donc rabrouée, humiliée, renvoyée à mon insignifiance, les uns et les autres riant de nous voir partir, le fils de l'hôte lancé dans la fabrication de joints avec de l'herbe qu'il faisait pousser dans le second jardin, le médecin chantonnant *Angie*, comme pour faire descendre du ciel le septième ange, le barbu pelotant la cuisse de sa femme dont le visage s'était assombri, les deux lesbiennes fumant d'un air excédé, le jeune couple se levant pour rassembler sa progéniture, et tous me regardant, graves et silencieux, comme une fille qui va se sacrifier, comme toute femme qui suit un homme dans la nuit. Sacrifiée, je l'étais bel et bien, mais je refusais d'y songer, du moins cette nuit-là. « Comment s'appelle l'écrivain qui passait ses vacances à Riom ? » ai-je demandé au maître lorsque nous avons traversé la place de l'église. Il n'a pas répondu, n'a peut-être pas entendu, ou, l'ayant dit quelques heures plus tôt, n'a pas jugé bon de le répéter, conduisant lentement, luttant sans doute contre le sommeil et l'alcool, plongé en lui-même, ayant accompli cet ultime pèlerinage, la littérature répudiée, le passé pacifié, ayant cessé de livrer bataille à ses démons ; et moi, tout aussi épuisée, ivre, rongée d'espoir et d'inquiétude, de doute et de terreur, souhaitant qu'il s'endorme au volant, dans la côte de Bort-les-Orgues, et que nous tombions dans le lac dont l'eau brillait sous la pleine lune comme une aile de corbeau en plein midi, oui, soudain proche de la fureur et de la joie, prête à tourner brusquement le volant pour qu'il en soit fini, que le sommeil et la mort se confondent dans un vertige qui a la couleur de la Voie lactée. Mais il ne se passerait rien, il ne m'arriverait jamais rien de bon, et je ne redoutais même plus le mal : comme tous ceux qui n'espèrent plus être aimés, j'étais à présent du côté des puissances nocturnes. Le maître n'ouvrirait plus la bouche. Avec cette soirée, quelque chose s'achevait, je le savais, deux mois de grâce, de foi en l'avenir et en mes semblables : ce qui s'approche le plus de ce qu'on nomme l'amour. J'avais encore l'impression que nous rentrions chez nous, non pas dans nos maisons respectives, ni dans l'étroitesse de soi, mais dans une chambre inconnue — cette chambre aux murs d'ivoire et d'ébène où le passé, le présent et l'avenir ne forment plus qu'un point que d'autres appellent la pure joie, et où j'avais, toute la soirée, rêvé que le maître me conduirait, qu'il me donnerait au moins ça, le temps arrêté, l'oubli, une nuit de bonheur, unique, irremplaçable, et dont l'ivresse serait telle qu'elle me permettrait de traverser les nuits et les saisons à venir, jusque dans ce que ma mère appelait les vieilles années, auxquelles elle n'est pas parvenue, elle, et où je doute si j'arriverai, ne le souhaitant guère, d'ailleurs, sentant que je n'aurais pas les qualités d'une bonne vieillarde et que le retour à moi serait une nouvelle chute. J'ai fini par m'endormir contre son épaule, peu avant le village de Saint-Exupéry, pour me réveiller devant le restaurant Chastaing — tirée du sommeil par le maître qui me caressait la joue en murmurant que nous étions arrivés, qu'il me fallait rentrer chez moi. « Chez moi ? » ai-je bredouillé. Il souriait. Est-ce pour ça que j'ai cru devoir tenter ma chance, me comportant en homme au lieu d'émettre un de ces signaux par lesquels une femme suggère son intérêt pour un homme, me jetant à l'eau, posant sur le haut de sa cuisse une main qui m'a semblé devoir tomber en cendres et qu'il a écartée sans cesser de sourire ? « Je veux vous protéger », a-t-il murmuré. « De quoi ? » « De vous-même. » « Autant mourir ! » « Vous ne m'aimez pas », a-t-il soufflé avec du regret ou de l'agacement. « Comment pouvez-vous dire ça ! » « Ce n'est pas moi que vous aimez ; c'est l'image d'un amour terrible et dévorateur. » « Vous dites ça parce que vous ne m'aimez pas ! » « Non, je ne vous aime pas — pas comme vous le voudriez. » « Comme moi, donc. » « Comme vous ? » a-t-il dit en me regardant sérieusement pour la première fois, et la dernière. « Oui, je ne vous ai jamais aimé. »

XI

Je ne suis pas écrivain, mais je sais à présent qu'il l'était resté d'une certaine façon, lui, en dépit de tout, même en ayant renoncé à écrire et à lire, cherchant à aimer, aimant, peut-être, mais ne supportant pas d'être aimé de moi, d'une femme seule, de surcroît, et comme lui pas tout à fait de ce monde, et, comme tout un chacun, allant jusqu'au bout de son propre malheur, me disais-je en pensant que si, pendant ces deux mois, j'avais pu toucher du doigt ce qu'on appelle le bonheur, c'était non seulement que je refusais de voir ce qui se passait mais, surtout, ce qui allait se produire. Je voudrais, aujourd'hui, ne me rappeler que les moments heureux, l'automne où le soleil couchant entrait dans la salle de classe pour baigner les visages et les mains en donnant à nos voix un peu de cet or qui est une des couleurs du temps, et aussi les dîners improvisés dans sa cuisine, l'alcool de prune, le vin libanais, les promenades dans les bois, même la plus humiliante pour moi, et la visite au bord de la Dordogne, la soirée à Riom-ès-Montagnes, et les leçons d'anglais qui avaient, comme le reste, pris fin après la scène de la voiture. J'avais dit à mon oncle que le maître était fatigué, un peu malade même, et qu'il voulait être en paix pendant quelque temps. Je m'étais entendu répondre que les écrivains et les enseignants sont comme les femmes de la ville, qu'ils ont leurs périodes, leurs indispositions, leurs vapeurs, et que c'était bien pour ça que la France était foutue, les hommes ressemblant aux femmes, les femmes usurpant la place des hommes, les invertis prenant du galon, obtenant bientôt de s'épouser légalement, les races se mélangeant irréversiblement et les étrangers seuls faisant des enfants pour conquérir le pays. Je ne l'écoutais plus ; je ne l'avais d'ailleurs jamais beaucoup écouté, mais je ne l'entendais plus lorsqu'il parlait ainsi. Je rêvais. Je ressassais. Je fouillais dans ma mémoire ; j'en ramenais encore ce jour où je m'étais trompée d'heure, en avril, ayant oublié qu'on passait à l'heure d'été. Il tombait une petite pluie de printemps, tiède et légère ; c'était la dernière heure de cours de la journée : une leçon de musique, et le maître ne m'avait pas chassée. Je me suis assise au fond de la salle. Les élèves se retournaient de temps à autre, me souriaient, avaient l'air heureux de me voir là, de leur côté, si j'ose dire, sinon des leurs, par cette complicité qu'établissent d'emblée les enfants et les innocents, les amoureux, aussi, et ceux qui vont mourir, sachant probablement, ces enfants, la vérité sur mes sentiments pour le maître et me préférant sans doute à la Turque que j'ai vue, par la fenêtre, s'approcher vers la fin de l'heure, en même temps que les autres mères, et qui m'a regardée sans me voir, comme elle faisait pour tout et comme font en général les jolies femmes, oui, la vérité de cet amour qui, me disais-je encore, ne pouvait que croître et nous envelopper de sa lumière, le maître, les élèves et moi, et même la Turque, pensais-je les larmes aux yeux, avant de me tourner vers le petit Nedim et de m'étonner encore une fois de ses oreilles décollées, et m'imaginant ainsi celles de sa mère. Il devait bien sentir mon regard sur sa nuque, mais pas une seule fois il ne s'est retourné, toujours très droit, attentif, digne, pendant ce cours où il était question du *Voyage d'hiver* de Schubert, que le maître disait être un voyage dans le temps autant qu'au cœur d'un paysage qui aurait pu être le plateau de Millevaches. Nedim semblait ne vouloir rien perdre de cette musique qui devait l'ennuyer autant que moi, mais il s'en était entièrement remis au maître, lequel trouvait manifestement du goût à ce cours, peut-être parce que j'étais là, et oubliant, lui, qu'il m'avait avoué, un soir où nous avions bu de la prune, avoir renoué avec ce métier, vingt ans après, pour se punir de s'être pris tellement au sérieux dans sa vie d'écrivain, voulant même expier l'espèce de gloire qu'il y avait trouvée, lui qui, disait-il, imposteur, égoïste, indifférent, n'aurait pas mérité l'amour que lui ont porté tant de femmes. Et moi, il me semblait, malgré tout, que je pouvais être la plus heureuse d'entre elles, tout à la fois son amoureuse, son élève et sa fille, outre l'enfant que j'avais été, bien des années plus tôt, dans cette salle dont l'odeur était restée la même, encre, craie, sueur, feutres, bois clair, bois à brûler, chewing-gum, et la poussière des années, celle aussi du temps qui ne passe pas ; heureuse, oui, de m'être faite à sa solitude et à la mienne comme à une vie commune, quelque chose qui se sera, je le redis, le mieux approché d'une vie à deux, moi dans ma petite chambre de l'hôtel Chastaing, et lui dans la sienne, où je n'avais jamais pénétré, ou bien dans celle qu'il m'avait montrée, cet hiver, au dernier étage, sous le toit, et qui ne dépendait d'aucun logement de fonction : une de ces chambres qui, au cœur des grandes maisons, semblent ne servir à rien et où, autrefois, on logeait l'enfant anormal ou la fille démente que l'on voulait cacher au monde. Cette pièce était vide, à l'exception d'un vieux fauteuil en rotin et d'un petit tapis de prière persan aux couleurs sombres qu'il avait rapporté d'un voyage au Liban ; il venait s'asseoir là, certains soirs, malgré le froid et l'odeur de renfermé, les yeux tournés vers l'église et le cimetière, étant à la hauteur des morts bien plus que des vivants, avait-il dit sans que j'aie osé rétorquer qu'il m'exaspérait quand il parlait comme ça, lui qui avait une vivante en face de lui. C'est pourtant parmi les morts que je me suis rendue, à la nuit tombée, le lendemain de la scène de la voiture, à la pointe la plus avancée du cimetière, au bord du précipice, postée entre les tombes, reprise par la jalousie, ce soir de juin, mais bien décidée à ne plus m'aveugler, le guettant entre les croix et les stèles, et me disant que je la porterais jusqu'au bout, ma propre croix, dussé-je me jeter dans ce vide qu'on appelle soi. Sans doute étais-je allée trop loin pour être capable de distinguer ce qui se passait en moi de ce qui avait lieu chez le maître, croyais-je, n'apercevant pas grand-chose de sa chambre à coucher, à cause des rideaux tirés, ni de la pièce vide qui, au dernier étage, était plongée dans l'obscurité et dont le chien-assis ne m'aurait, vu son étroitesse, pas permis d'en voir beaucoup. Mais j'étais opiniâtre, et je savais attendre, ayant patienté toute ma vie, endurant une attente qui se nourrissait de ce qui me dévorait tout entière : la certitude, partagée par à peu près tout le bourg, que la Turque et le maître filaient le parfait amour, ne se cachant presque plus, se retrouvant chez lui ou dans les bois, les hommes enviant le maître d'avoir dégotté de la chair fraîche, disait le patron du café Gaudissart, et les femmes prédisant que ça finirait mal, certaines parce que les amants n'avaient pas respecté la période de deuil imposée à la jeune femme, d'autres parce que envieuses, et les plus âgées, celles qui se signaient en le disant, parce que les amants étaient marqués par le destin, ce qui se connaissait à leur air de chercher à voir au-delà d'eux-mêmes, dans un futur qui n'était pas de ce monde, avait même murmuré Mme Ponty, l'ancienne receveuse de la poste. Une certitude que je n'osais encore faire mienne, mais dont le bruit m'avait poussée à épier le maître, entre les tombes, pour les surprendre nus, s'embrassant, s'étreignant, me confirmant que je n'étais pas tout à fait folle, que ce que j'avais entendu une fois, dans le couloir du maître, était bien réel, et repensant à cet inconnu qui guettait, lui aussi, sous les sapins, derrière la maison : peut-être ce type qu'on disait voir rôder depuis quelque temps aux abords de Saint-Andiau, surtout à la lisière du bois de sapins qui surplombe l'ancienne auberge et donne aussi sur l'arrière de l'école qui n'en était séparée que par l'étroite et profonde rue du Barry ; un nom incongru pour cette ruelle bordée de fermes sur le déclin et de maisonnettes occupées par des vieillards dégénérés, venimeux, effrayants — ce que je ne deviendrai à aucun prix : il y a des lames et des précipices pour s'empêcher de déchoir, et je ne crois pas faire de vieux os, là où je suis aujourd'hui, et surtout pas devenir une gentille petite dame, même en ville, loin de Saint-Andiau. Pendant des jours et des jours, j'ai vécu dans une fièvre proche du bonheur, les lèvres sur le fil d'une lame extraordinairement affutée : celle de mon couteau de chasse qui ne me quittait plus, même la nuit, lorsque je songeais au rôdeur, un Turc, probablement, qui n'avait pourtant pas l'air d'un vagabond mais d'un homme qui cherchait lui aussi la vérité sur cet amour. Il se trouvait peut-être dans le cimetière, en même temps que moi, caché par une stèle, loin des tombes surmontées de verrières que les projecteurs, en éclairant les flancs de l'église, font briller comme des palais de glace, surtout quand il a plu et que les gouttes de pluie constellent le verre dépoli. Et soudain je l'ai aperçu, ce guetteur, sur la droite, près du mur, à l'aplomb du curieux chapiteau représentant un homme en train d'exhiber son derrière. Je ne cherchais même pas à me cacher : dès qu'il m'a vue, il a filé vers la sortie. J'étais, parmi les morts, non loin de la tombe de mes parents, en terre familière, chez moi si je puis dire, et je ne risquais rien. Je jouis d'une excellente vue, sans doute parce que je ne regarde pour ainsi dire qu'en moi-même. Le maître s'est levé dans la pénombre de sa chambre : la nuit n'existe plus qu'au fond des bois, et la façade de l'école était, comme tout bâtiment public, éclairée de cette lumière orangée qui ôte aux songes toute profondeur, toute possibilité d'être des voyages nocturnes. Il s'est dénudé au milieu de la pièce, le regard tourné vers le dehors — je n'ose dire vers moi qui, s'il m'apercevait, ne pouvais que lui paraître un ange de plâtre dressé dans la forêt des croix ; vers le dehors, donc, c'est-à-dire la nuit à laquelle il offrait, imaginais-je, ce qui se dressait au bas de son ventre et qu'il caressait d'un geste lent, machinal, presque triste, comme s'il ne s'appartenait plus mais qu'il s'abandonnât à une main obscure ou à la bouche même de la nuit, renversant la tête en arrière tandis que j'avais, moi, la main à mon entrejambe, entre la culotte et la chair vive, l'impression de basculer dans une obscurité plus fraîche que la nuit de juin : froide, plutôt, comme la terre où j'étais tapie, entre les tombes, et qui allait trembler et s'entrouvrir d'un moment à l'autre et me faire choir dans ses entrailles, dans mon néant, si on préfère, où je trouverais à me consoler de ce que le maître m'avait abandonnée lorsqu'il avait renversé la tête avant de tomber à genoux et de disparaître. Autant dire en enfer, avait déclaré Cécile, lorsque je lui avais raconté cette scène qui avait été observée par l'autre, ce Turc qui s'était peut-être introduit dans la maison, montant à pas de loup jusqu'à la chambre où il poignarderait le maître dans le dos. J'ai failli me mettre à hurler, sauter par-dessus le mur de gauche pour dévaler le chemin des Soupirs, trop fébrile pour composer son numéro sur mon téléphone mobile, et désirant peut-être le voir mort plutôt qu'à une autre, avouerais-je à Cécile. Mais je l'avais bientôt aperçu, ce dos dont j'imaginais en frémissant la peau blanche et douce sous ma paume qui ne servirait bientôt plus qu'à essuyer mes larmes ; c'est pourquoi j'avais tenté de mettre en garde le maître à qui, on le sait, je m'interdisais de parler, après la scène de la voiture. Mais il n'avait rien voulu entendre, me disant que je rêvais, que j'avais toujours été une rêveuse. J'ai eu des gestes étranges : la nuit suivante, j'ai déposé dans la boîte aux lettres de l'école une dent humaine, une canine ramassée devant le portail du cimetière, et laissée là par les ouvriers qui avaient construit un caveau dans quelque concession abandonnée : j'espérais lui faire croire qu'on lui avait jeté un sort dont moi seule pourrais le délivrer ou inverser les effets. Il n'a pas réagi. J'ai alors fait courir le bruit qu'il avait trouvé un crâne humain devant sa porte ; mais on pouvait mettre ça au compte de garnements excités par les proches vacances, ou de la fille Chabrinon qui s'habillait à la mode dite gothique, tout en noir, avec un collier et des bracelets de cuir à pointes d'acier, de hautes chaussures militaires, une immense cape de velours, et qui portait au visage tous les stigmates de Satan. Le feu n'a pas pris ; la fille Chabrinon, si elle faisait se signer les vieilles sur son passage, suscitait le rire général : elle faisait pitié, comme moi, comme les lesbiennes, alors que le maître et la Turque étaient entourés d'un intérêt considérable. C'est pourquoi j'ai tenté autre chose — quelque chose d'abject, je le reconnais, puisque, une autre nuit, je suis allée déposer non loin du seuil du maître non pas un panier d'œufs mais le produit de mes entrailles dans un morceau de journal turc ramassé dans la poubelle de l'ancienne auberge. Le maître semblait n'y accorder nulle importance. Le Turc inconnu faisait parler de lui ; il ne se cachait plus, on le voyait aux abords de la maison de la jeune veuve, dont il pouvait passer pour un parent. C'était un homme d'une quarantaine d'années, assez bien habillé, d'allure calme, très poli, qui se disait en vacances chez nous, encore que nul, ici, ne fût capable d'imaginer un Turc prenant des vacances ailleurs qu'en Turquie. Nous n'étions cependant pas loin de la vérité ; nous en étions si près, même, que nous n'avons rien vu ni pu empêcher. Ce qu'il me reste à dire, je ne fais, comme les autres, que le reconstituer ; et je ne me pardonne pas, moi qui étais la mieux placée pour le voir ou le deviner, de n'avoir pas agi autrement que je l'ai fait. Je souffrais outre mesure : je savais que, cette fois, j'irais au bout de cette souffrance que je ne pourrais plus considérer comme une joie inversée. Cécile elle-même m'exhortait à en finir d'une manière ou d'une autre. « Mais ça ne peut pas finir », ai-je crié. « Ça finit avant même d'avoir commencé », m'a-t-elle répondu sans que je puisse me ranger à l'opinion si noire qu'elle s'était forgée de l'amour — à supposer que ce fût de l'amour qu'elle parlait, mais ça, je ne le saurais pas, car j'avais décidé de ne plus la revoir : je voulais rester seule quelque temps avec cette douleur qui ne pouvait plus me servir de masque, encore moins déboucher sur la vraie vie ; elle était moi tout entière, j'étais le hurlement jamais sorti de ma bouche, de la chair vive et anesthésiée tout à la fois. Je ne mangeais presque plus, la côte de porc quotidienne ne passait plus depuis longtemps, ni les pommes de terre sautées ou les haricots verts. Mon oncle affectait d'y voir une coquetterie d'amoureuse en difficulté, et qui se reprend en main pour mieux plaire et jouer son va-tout. Je me dis aujourd'hui que, comme tant d'hommes, il souhaitait me voir mourir. Moi aussi, j'y songeais : non pas à un suicide (c'eût été ne pas en finir, justement, et entrer dans ces espaces où l'on n'est ni mort ni vivant, où l'on erre à la recherche de sa propre mort, une façon d'être immortel sans la félicité promise par l'Évangile ou par l'enfance), mais à une maladie ou à une extrême fatigue qui m'aurait ôté la vie, comme une chute dans le sommeil. Je n'ai donc rien vu, n'ayant rien voulu voir, ce qui était peut-être une manière de laisser faire les choses et d'aller au bout de ce qui me tourmentait, toute histoire devant trouver une fin, ici-bas, même les plus secrètes, même sur ces hautes terres oubliées de l'histoire comme elles l'ont été de Dieu, au début d'un nouveau millénaire où il est impensable qu'on puisse intéresser quiconque au sort de gens sans importance, qui vivent et meurent sans bruit, au fin fond d'une province disgraciée. L'oubli est pourtant la meilleure des choses, et je savais qu'il me faudrait l'oublier, lui, le maître, et retourner dans la forêt profonde. Je devais l'oublier mais auparavant le revoir une dernière fois — un peu comme une ultime visite à un malade que l'on sait condamné. Un malade ou un mort, car décider d'oublier quelqu'un qu'on aime, c'est l'enterrer vivant, c'est le tuer en soi, c'est le brûler sur un bûcher dont le bois n'est pas de ce monde. J'étais en même temps le chasseur et la biche qu'on va guetter, le soir, à la lisière où elle a coutume de venir humer l'air de la plaine. Je voulais sauver la biche et tuer le chasseur, c'est-à-dire mourir mais non périr seule. J'allais où boivent les loups. J'étais la lame de l'hiver pénétrant dans l'été. J'étais le cri que tant de femmes n'ont pas poussé. Je le savais amoureux de la Turque, et non de moi, et qu'il trouvait dans le petit Nedim le fils qu'il n'avait pas, imaginant qu'il lui donnerait bientôt un frère ou une sœur, ailleurs, dans une ville où ils passeraient inaperçus. Ils étaient du côté de la vie, et moi en enfer. J'avais froid. Je suis montée chez lui, l'avant-dernier mercredi de juin, vers six heures du soir, ayant enfin un prétexte : un cuissot de la biche tuée par un braconnier qui en avait apporté la moitié à mon oncle pour un repas exceptionnel et que je me promettais, ce cuissot, de faire cuire pour le maître, chez lui, lors d'un repas d'adieu qu'il ne pourrait me refuser, aurais-je pu lui dire si je ne m'étais sentie soudain stupide avec mon panier contenant la viande enveloppée dans un torchon à carreaux, une bouteille de bordeaux, quelques pommes de terre et des noix, me retrouvant debout devant lui comme au premier jour et sachant que c'était le dernier. Il me souriait, avec l'air calme de celui qui voit au-delà de ce qu'il a sous les yeux — le bonheur, l'insupportable bonheur présent et à venir, l'éternité heureuse dans laquelle je ne serai pas, et où tout le monde sera, sauf moi. « Je peux vous le faire cuire avec un peu de vinaigre de framboise », ai-je fini par murmurer dans la cuisine. Il a secoué la tête, m'a dit qu'il avait à faire, me laissant comprendre que je ne pouvais rester, que j'étais même indésirable, c'est le mot qui m'est venu à l'esprit, et il m'anéantissait. Alors je lui ai parlé du crime qui venait d'être commis à Siom, devant l'ancien restaurant Berthe-Dieu, autrement dit sa maison natale, où un jeune gars originaire de Brive avait tué à coups de couteau la femme qu'il aimait et qui travaillait dans une colonie de vacances installée au bord du lac : un crime passionnel, probablement, et qui me faisait envier la victime et son bourreau, lui ai-je dit, non seulement parce que j'aime la légèreté presque insouciante d'un tel crime, mais aussi parce que je crois sincèrement que seul le meurtre peut ôter le mal et que le meurtrier est emporté et sauvé par son geste — ce qui ne signifie pas que le mal triomphe, mais que, par un geste si profondément, si misérablement humain, celui qui est possédé par le mal et celui qui l'en délivre sont frères ; le criminel reçoit son innocence de celui qui le tue dans le même geste de délivrance, le crime, comme l'amour, permettant seul de sortir de soi. Le maître était au courant, les crimes étant assez rares sur ces hautes terres pour que le bruit lui en soit arrivé aux oreilles. Il a hésité, peut-être parce que je lui avais parlé de ce meurtre. Il m'a proposé du porto. « Je préfère le whisky », ai-je dit en le toisant. J'étais ridicule : je déteste le whisky, mais le porto me semblait, surtout en cette occasion, une boisson de vieille femme, ou de dame respectable, et je ne voulais plus être respectée. Je désirais que tout vole en éclats, déchirer mes vêtements devant lui, le voir me lacérer la face avec le couteau qui lui servait à couper l'épaisse brioche achetée à la boulangerie Charlier. Il m'a servi du whisky irlandais — le seul qu'il aimât, précisait-il, buvant avec moi sans m'empêcher de me resservir, me suggérant de manger un peu pour ne pas être malade. Malade, je voulais l'être plus que tout, et tituber, vomir, m'étendre sur le carrelage, expier les fautes que je n'avais pas commises, et qu'il me prenne comme une femme perdue, parce que j'étais perdue, déchue, brisée. Que me restait-il ? Je lui ai parlé de la Turque, la nommant ainsi, lui disant qu'elle était belle : ma voix avait quelque chose de très affecté et de menaçant, mais aussi de léger. « Idil ? Elle est belle, c'est vrai. » Il souriait. J'apprenais son prénom, et le trouvais d'autant plus détestable qu'il évoquait pour moi ce qui n'était plus seulement une idylle, je connaissais ce mot, mais un amour si puissant qu'il les poussait à vouloir vivre ensemble, le maître et elle : l'amour même qu'il me refusait, et aussi le mien, ce terrible amour à présent jeté aux ronces pour les yeux noirs de cette jeune étrangère en compagnie de qui il entrevoyait le paradis. Un paradis où je prierais pour qu'il n'entre pas mais, bien au contraire, pour qu'il choie en enfer, comme moi, avec moi, n'ayant pas la générosité des femmes délaissées, ignorées, ou meurtries, qui puisent dans le renoncement un surcroît d'amour ou une justification de leur sentiment. Oui, en enfer, surtout quand il a dit qu'il allait partir, quitter Saint-Andiau pour une ville du Midi où il avait obtenu d'être muté. Et il me remerciait pour tout. « Pour tout ? Mais il ne s'est rien passé », ai-je crié, soudain prise de nausées. J'avais envie d'ajouter que nous ne devons rien à personne, que nos actions de grâce sont vite dites, qu'il ne nous reste plus qu'à dialoguer avec les morts ou ceux qui ne sont pas nés, ou encore avec ceux que nous avons été mais dont le temps nous a séparés et que seul l'amour aurait permis de rassembler en ce qu'on appelle un individu. Je ne tenais plus debout. Je suis sortie en titubant, et j'ai vomi sous le préau, près du bois qu'il avait coupé pour l'hiver — un hiver où il ne serait plus parmi nous et où je serais moi-même absente. J'étais à genoux ; j'avais des sueurs froides ; je pleurais ; j'ai encore vomi, puis je me suis relevée et enfin accroupie pour uriner sur le sable du préau, sans doute pour souiller ce lieu où il m'avait dit venir rêver à l'autre roman qui l'avait marqué : *Le Grand Meaulnes* ; un livre que, je l'ai déjà dit, je n'avais pas réussi à lire, et qui avait fait deviner à Cécile bien des choses sur le maître, notamment qu'il aurait voulu, en devenant instituteur à l'école de Saint-Andiau, retrouver non seulement quelque chose de son enfance siomoise, mais aussi ce qui, de l'enfance, ne s'est pas entièrement perdu dans les forêts de l'âge adulte et qui ne peut qu'être l'amour : oui, l'enfance et l'amour ensemble, dans un grand songe d'écriture, tel que *Le Grand Meaulnes* et *Les Hauts de Hurlevent* le lui avaient fait entrevoir. Je n'avais pas ma place, là-dedans ; je n'avais de place nulle part, et j'étouffais. « L'impossible », ai-je dit. « L'impossible ? Peut-être, mais aussi une forme de bonheur ? » « Non, impossible qu'il n'ait pas vu, pas entendu dans le fond des nuits les plus noires la plainte de mon amour. » « On ne peut pas aimer sans faire souffrir », a murmuré Cécile en me prenant dans ses bras. Nous étions à quelques jours des grandes vacances et je l'imaginais, lui, serrant le petit Nedim dans ses bras pour disparaître de ma vie, après que la Turque eut reçu les coups de couteau de l'homme qui rôdait dans Saint-Andiau depuis quelque temps et dont nous allions bientôt apprendre qu'il était l'un de ses beaux-frères, venu chez nous pour tuer la jeune femme, averti par un membre de la communauté turque qui trouvait intolérable qu'une jeune musulmane filât le parfait amour avec un chrétien : il fallait venger l'honneur de la famille, celui du défunt, particulièrement, dont la jeune femme avait sali la mémoire en se donnant à ce maître d'école qui aurait pu être son père, d'abord par reconnaissance pour son dévouement envers son fils et pour elle-même, chaque soir, après la classe, et puis, renvoyant le petit Nedim à la maison par le chemin de derrière, se donnant à lui sans enlever son foulard, exposant sa nudité aux yeux de cet homme qui la regardait comme on ne l'avait jamais fait, tremblante, fermant à demi les yeux, une main sur ses seins d'une blancheur extraordinaire, l'autre sur son pubis rasé, s'attendant qu'il refuse, désirant ce refus tout en s'inquiétant qu'il puisse ne pas prendre ce qui lui était offert, doutant si elle lui plaisait, n'ayant pas connu d'autre homme que celui que ses parents lui avaient destiné, ignorant tout des gestes de l'amour, capable seulement de s'offrir les yeux baissés, sans soupirer ni geindre, encore moins râler de plaisir, mais souriant comme l'enfant qu'elle avait dû cesser d'être, trop jeune, à seize ans, pour devenir femme et mère ; et, lui, le maître, je le voyais s'approcher en frémissant, avec cette mine grave qu'ont les hommes sûrs de leur bonne fortune : des enfants, eux aussi, mais des enfants qui découvrent la cruauté et le plaisir de faire souffrir. Et malgré tout, je crois que ce sont les femmes qui sont cruelles, méchantes, dévoratrices ; non par nature : par nécessité. Quant à celles qui ne le sont pas, qui n'ont pas au fond d'elles-mêmes ce feu mais seulement des larmes, un puits de souffrance, tout ce qu'elles font passer pour de la bonté, celles-là sont des sentimentales, des fillettes aveugles. La Turque était une tourterelle blessée. Elle aurait dû mourir lorsque son beau-frère lui a donné ces coups de couteau alors qu'elle sortait de chez le maître, juste avant la nuit en priant : il l'avait frappée peut-être en disant pourquoi il fallait qu'elle périsse, vengeur surgi de l'obscurité des coutumes, des rites, et des siècles, assassin dont j'étais, avouons-le, une sorte de complice, ayant naguère lu dans le journal quelque chose sur les crimes d'honneur chez les musulmans du Proche-Orient, et j'avais laissé cette lame étinceler dans le soir avant qu'elle ne trouve, à plusieurs reprises, la profondeur de la chair, non pas celle qu'avait connue le maître, mais celle, encore plus intime et vertigineuse, du sang. C'était comme si j'y étais, à ce moment, dans ce chemin secret qu'ils s'étaient inventé à travers le bois de sapins, entre l'école et l'ancienne auberge ; et j'y étais d'une certaine façon, et je n'avais pu empêcher ce crime mais pas le beau-frère de retourner l'arme contre sa propre gorge, lorsqu'il avait compris qu'il n'avait pas réussi à laver entièrement la souillure, n'étant parvenu qu'à blesser grièvement sa belle-sœur, soit qu'il n'ait pas osé aller jusqu'au bout de son geste, soit que le maître soit arrrivé à temps, et ait arrêté le bras vengeur, mais sans le désarmer, et regardant mourir l'homme qui se disait indigne de retourner dans son pays comme de vivre dans le nôtre, sans doute amoureux lui aussi de cette femme qui aurait pu être moi et qui mourrait de ses blessures, à l'hôpital d'Ussel, le lendemain, ayant saigné comme j'entendais me faire saigner, moi, maniant implacablement le couteau puisque je suis chrétienne, l'une des dernières, la plus étrange, peut-être, mais sachant reconnaître mon ennemie, accomplissant mon devoir de croyante et d'amoureuse afin de tomber encore plus bas et d'être absoute, et d'en finir avec la souffrance, une bonne fois pour toutes, grâce à ce couteau qu'on m'a ôté des mains, le lendemain matin, dans la forêt profonde où je marchais ensanglantée, moi, l'abandonnée, plus seule que jamais, depuis le commencement de la nuit, sans lumière ni but, devenue forêt en marche, m'en étant remise au vent d'ouest, immense et insignifiante comme l'amour humain, sans mémoire ni avenir, ni autre espoir que de parvenir à l'à-pic, loin, là-bas, au bord de la Dordogne où au plus haut du ciel, avec des cris joyeux et désespérés, tournoient des oiseaux solitaires.

DU MÊME AUTEUR

Aux Éditions Gallimard

LA VOIX D'ALTO, 2001 (« Folio », *n° 3905*).

LE RENARD DANS LE NOM, 2003 (« Folio », *n° 4114*).

MA VIE PARMI LES OMBRES, 2003 (« Folio », *n° 4225*).

MUSIQUE SECRÈTE, 2004.

HARCÈLEMENT LITTÉRAIRE, entretiens avec Delphine Descaves et Thierry Cecille, 2005.

LE GOÛT DES FEMMES LAIDES, 2005 (« Folio », *n° 4475*).

DÉVORATIONS, 2006 (« Folio », *n° 4700*).

L'ART DU BREF, Le Cabinet des lettrés, 2006.

DÉSENCHANTEMENT DE LA LITTÉRATURE, 2007.

PETIT ÉLOGE D'UN SOLITAIRE, 2007 (« Folio 2 € », *n° 4485*).

PLACE DES PENSÉES, sur Maurice Blanchot, 2007.

L'OPPROBRE, essai de démonologie, 2008.

Au Mercure de France

L'ORIENT DÉSERT, coll. « Traits et portraits », 2007.

Aux Éditions P.O.L

L'INVENTION DU CORPS DE SAINT MARC, 1983.

L'INNOCENCE, 1984.

SEPT PASSIONS SINGULIÈRES, 1985.

L'ANGÉLUS, 1988 (« Folio », *n° 3506*).

LA CHAMBRE D'IVOIRE, 1989 (« Folio », *n° 3506*).

LAURA MENDOZA, 1991.

ACCOMPAGNEMENT, 1991.

L'ÉCRIVAIN SIRIEIX, 1992 (« Folio », *n° 3506*).

LE CHANT DES ADOLESCENTES, 1993.

CŒUR BLANC, 1994.

LA GLOIRE DES PYTHRE, 1995 (« Folio », *n° 3018*).

L'AMOUR MENDIANT, 1996.

L'AMOUR DES TROIS SŒURS PIALE, 1997 (« Folio », *n° 3199*).

LAUVE LE PUR, 2000 (« Folio », *n° 3588*).

Aux Éditions de La Table Ronde

LE SENTIMENT DE LA LANGUE, I, II, III, 1993.

UN BALCON À BEYROUTH, 1994 (repris en « Petite Vermillon », 2005).

LE CAVALIER SIOMOIS, 2004.

FENÊTRE AU CRÉPUSCULE, Conversation avec Chantal Lapeyre-Desmaison, 2004.

Aux Éditions Dar An Nahar, Beyrouth

L'ACCENT IMPUR, 2001.

Aux Éditions Champ Vallon

LE SENTIMENT DE LA LANGUE I & II, 1986-1990.

BEYROUTH, 1987.

Aux Éditions Fata Morgana

LE PLUS HAUT MIROIR, 1986.

CITÉ PERDUE, 1998.

LE DERNIER ÉCRIVAIN, 2005.

CORPS EN DESSOUS, 2008.

Aux Éditions François Janaud

AUTRES JEUNES FILLES, avec des dessins d'Ernest Pignon-Ernest, 1998.

Aux Éditions Fayard

POUR LA MUSIQUE CONTEMPORAINE, 2004.

Aux Éditions L'Archange minotaure

SACRIFICE, avec des photographies de Silvia Seova, 2006.

TOMBÉS AVEC LA NUIT, 2007.

COLLECTION FOLIO

Dernières parutions

4427. Isabelle Jarry — *J'ai nom sans bruit.*
4428. Guillaume Apollinaire — *Lettres à Madeleine.*
4429. Frédéric Beigbeder — *L'Égoïste romantique.*
4430. Patrick Chamoiseau — *À bout d'enfance.*
4431. Colette Fellous — *Aujourd'hui.*
4432. Jens Christian Grøndhal — *Virginia.*
4433. Angela Huth — *De toutes les couleurs.*
4434. Cees Nooteboom — *Philippe et les autres.*
4435. Cees Nooteboom — *Rituels.*
4436. Zoé Valdés — *Louves de mer.*
4437. Stephen Vizinczey — *Vérités et mensonges en littérature.*
4438. Martin Winckler — *Les Trois Médecins.*
4439. Françoise Chandernagor — *L'allée du Roi.*
4440. Karen Blixen — *La ferme africaine.*
4441. Honoré de Balzac — *Les dangers de l'inconduite.*
4442. Collectif — *1,2,3... bonheur!*
4443. James Crumley — *Tout le monde peut écrire une chanson triste* et autres nouvelles.
4444. Niwa Fumio — *L'âge des méchancetés.*
4445. William Golding — *L'envoyé extraordinaire.*
4446. Pierre Loti — *Les trois dames de la Kasbah* suivi de *Suleïma.*
4447. Marc Aurèle — *Pensées (Livres I-VI).*
4448. Jean Rhys — *À septembre, Petronella* suivi de *Qu'ils appellent ça du jazz.*
4449. Gertrude Stein — *La brave Anna.*
4450. Voltaire — *Le monde comme il va* et autres contes.
4451. La Rochefoucauld — *Mémoires.*
4452. Chico Buarque — *Budapest.*
4453. Pietro Citati — *La pensée chatoyante.*
4454. Philippe Delerm — *Enregistrements pirates.*

4455. Philippe Fusaro	*Le colosse d'argile.*
4456. Roger Grenier	*Andrélie.*
4457. James Joyce	*Ulysse.*
4458. Milan Kundera	*Le rideau.*
4459. Henry Miller	*L'œil qui voyage.*
4460. Kate Moses	*Froidure.*
4461. Philip Roth	*Parlons travail.*
4462. Philippe Sollers	*Carnet de nuit.*
4463. Julie Wolkenstein	*L'heure anglaise.*
4464. Diderot	*Le Neveu de Rameau.*
4465. Roberto Calasso	*Ka.*
4466. Santiago H. Amigorena	*Le premier amour.*
4467. Catherine Henri	*De Marivaux et du Loft.*
4468. Christine Montalbetti	*L'origine de l'homme.*
4469. Christian Bobin	*Prisonnier au berceau.*
4470. Nina Bouraoui	*Mes mauvaises pensées.*
4471. Françoise Chandernagor	*L'enfant des Lumières.*
4472. Jonathan Coe	*La Femme de hasard.*
4473. Philippe Delerm	*Le bonheur.*
4474. Pierre Magnan	*Ma Provence d'heureuse rencontre.*
4475. Richard Millet	*Le goût des femmes laides.*
4476. Pierre Moinot	*Coup d'État.*
4477. Irène Némirovsky	*Le maître des âmes.*
4478. Pierre Péju	*Le rire de l'ogre.*
4479. Antonio Tabucchi	*Rêves de rêves.*
4480. Antonio Tabucchi	*L'ange noir.* (à paraître)
4481. Ivan Gontcharov	*Oblomov.*
4482. Régine Detambel	*Petit éloge de la peau.*
4483. Caryl Férey	*Petit éloge de l'excès.*
4484. Jean-Marie Laclavetine	*Petit éloge du temps présent.*
4485. Richard Millet	*Petit éloge d'un solitaire.*
4486. Boualem Sansal	*Petit éloge de la mémoire.*
4487. Alexandre Dumas	*Les Frères corses.* (à paraître)
4488. Vassilis Alexakis	*Je t'oublierai tous les jours.*
4489. René Belletto	*L'enfer.*
4490. Clémence Boulouque	*Chasse à courre.*
4491. Giosuè Calaciura	*Passes noires.*
4492. Raphaël Confiant	*Adèle et la pacotilleuse.*
4493. Michel Déon	*Cavalier, passe ton chemin!*
4494. Christian Garcin	*Vidas* suivi de *Vies volées.*

4495.	Jens Christian Grøndahl	*Sous un autre jour.*
4496.	Régis Jauffret	*Asiles de fous.*
4497.	Arto Paasilinna	*Un homme heureux.*
4498.	Boualem Sansal	*Harraga.*
4499.	Quinte-Curce	*Histoire d'Alexandre.*
4500.	Jérôme Garcin	*Cavalier seul.*
4501.	Olivier Barrot	*Décalage horaire.*
4502.	André Bercoff	*Retour au pays natal.*
4503.	Arnaud/Barillé/ Cortanze/Maximin	*Paris Portraits.*
4504.	Alain Gerber	*Balades en jazz.*
4505.	David Abiker	*Le musée de l'homme.*
4506.	Bernard du Boucheron	*Coup-de-Fouet.*
4507.	Françoise Chandernagor	*L'allée du Roi.*
4508.	René Char	*Poèmes en archipel.*
4509.	Sophie Chauveau	*Le rêve Botticelli.*
4510.	Benoît Duteurtre	*La petite fille et la cigarette.*
4511.	Hédi Kaddour	*Waltenberg.*
4512.	Philippe Le Guillou	*Le déjeuner des bords de Loire.*
4513.	Michèle Lesbre	*La Petite Trotteuse.*
4514.	Edwy Plenel	*Procès.*
4515.	Pascal Quignard	*Sordidissimes. Dernier Royaume, V.*
4516.	Pascal Quignard	*Les Paradisiaques. Dernier Royaume, IV.*
4517.	Danièle Sallenave	*La Fraga.*
4518.	Renée Vivien	*La Dame à la louve.*
4519.	Madame Campan	*Mémoires sur la vie privée de Marie-Antoinette.*
4520.	Madame de Genlis	*La Femme auteur.*
4521.	Elsa Triolet	*Les Amants d'Avignon.*
4522.	George Sand	*Pauline.*
4523.	François Bégaudeau	*Entre les murs.*
4524.	Olivier Barrot	*Mon Angleterre. Précis d'Anglopathie.*
4525.	Tahar Ben Jelloun	*Partir.*
4526.	Olivier Frébourg	*Un homme à la mer.*
4527.	Franz-Olivier Giesbert	*Le sieur Dieu.*
4528.	Shirley Hazzard	*Le Grand Incendie.*
4529.	Nathalie Kuperman	*J'ai renvoyé Marta.*
4530.	François Nourissier	*La maison Mélancolie.*

4531. Orhan Pamuk	*Neige.*
4532. Michael Pye	*L'antiquaire de Zurich.*
4533. Philippe Sollers	*Une vie divine.*
4534. Bruno Tessarech	*Villa blanche.*
4535. François Rabelais	*Gargantua.*
4536. Collectif	*Anthologie des humanistes européens de la renaissance.*
4537. Stéphane Audeguy	*La théorie des nuages.*
4538. J. G. Ballard	*Crash !*
4539. Julian Barnes	*La table citron.*
4540. Arnaud Cathrine	*Sweet home.*
4541. Jonathan Coe	*Le cercle fermé.*
4542. Frank Conroy	*Un cri dans le désert.*
4543. Karen Joy Fowler	*Le club Jane Austen.*
4544. Sylvie Germain	*Magnus.*
4545. Jean-Noël Pancrazi	*Les dollars des sables.*
4546. Jean Rolin	*Terminal Frigo.*
4547. Lydie Salvayre	*La vie commune.*
4548. Hans-Ulrich Treichel	*Le disparu.*
4549. Amaru	*La Centurie. Poèmes amoureux de l'Inde ancienne.*
4550. Collectif	*«Mon cher papa...» Des écrivains et leur père.*
4551. Joris-Karl Huysmans	*Sac au dos* suivi de *À vau l'eau.*
4552. Marc-Aurèle	*Pensées (Livres VII-XII).*
4553. Valery Larbaud	*Mon plus secret conseil...*
4554. Henry Miller	*Lire aux cabinets.*
4555. Alfred de Musset	*Emmeline.*
4556. Irène Némirovsky	*Ida* suivi de *La comédie bourgeoise.*
4557. Rainer Maria Rilke	*Au fil de la vie.*
4558. Edgar Allan Poe	*Petite discussion avec une momie et autres histoires extraordinaires.*
4559. Madame de Duras	*Ourika. Édouard. Olivier ou le Secret.*
4560. François Weyergans	*Trois jours chez ma mère.*
4561. Robert Bober	*Laissées-pour-compte.*
4562. Philippe Delerm	*La bulle de Tiepolo.*
4563. Marie Didier	*Dans la nuit de Bicêtre.*

4564. Guy Goffette — *Une enfance lingère.*
4565. Alona Kimhi — *Lily la tigresse.*
4566. Dany Laferrière — *Le goût des jeunes filles.*
4567. J.M.G. Le Clézio — *Ourania.*
4568. Marie Nimier — *Vous dansez?*
4569. Gisèle Pineau — *Fleur de Barbarie.*
4570. Nathalie Rheims — *Le Rêve de Balthus.*
4571. Joy Sorman — *Boys, boys, boys.*
4572. Philippe Videlier — *Nuit turque.*
4573. Jane Austen — *Orgueil et préjugés.*
4574. René Belletto — *Le Revenant.*
4575. Mehdi Charef — *À bras-le-cœur.*
4576. Gérard de Cortanze — *Philippe Sollers. Vérités et légendes*
4577. Leslie Kaplan — *Fever.*
4578. Tomás Eloy Martínez — *Le chanteur de tango.*
4579. Harry Mathews — *Ma vie dans la CIA.*
4580. Vassilis Alexakis — *La langue maternelle.*
4581. Vassilis Alexakis — *Paris-Athènes.*
4582. Marie Darrieussecq — *Le Pays.*
4583. Nicolas Fargues — *J'étais derrière toi.*
4584. Nick Flynn — *Encore une nuit de merde dans cette ville pourrie.*
4585. Valentine Goby — *L'antilope blanche.*
4586. Paula Jacques — *Rachel-Rose et l'officier arabe.*
4587. Pierre Magnan — *Laure du bout du monde.*
4588. Pascal Quignard — *Villa Amalia.*
4589. Jean-Marie Rouart — *Le Scandale.*
4590. Jean Rouaud — *L'imitation du bonheur.*
4591. Pascale Roze — *L'eau rouge.*
4592. François Taillandier — *Option Paradis. La grande intrigue, I.*
4593. François Taillandier — *Telling. La grande intrigue, II.*
4594. Paula Fox — *La légende d'une servante.*
4595. Alessandro Baricco — *Homère, Iliade.*
4596. Michel Embareck — *Le temps des citrons.*
4597. David Shahar — *La moustache du pape* et autres nouvelles.
4598. Mark Twain — *Un majestueux fossile littéraire* et autres nouvelles.

Composition Imprimerie Floch
Impression Maury
à Malesherbes, le 10 février 2008.
Dépôt légal : février 2008.
Numéro d'imprimeur : 135462

ISBN 978-2-07-035541-9 / Imprimé en France.

156007